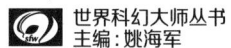
世界科幻大师丛书
主编：姚海军

THE NEANDERTHAL PARALLAX TRILOGY

尼安德特人三部曲
原始人

［加拿大］罗伯特·索耶 著

仇俊雄 译

四川科学技术出版社

HOMINIDS

Copyright © 2002 by Robert J. Sawyer

This edition arranged with The Lotts Agency Ltd.

through Andrew Nurnberg Associates International Limited.

Simplified Chinese edition copyright:

2023 Sichuan Science Fiction World Co., Ltd.

All rights reserved.

图书在版编目（CIP）数据

原始人 / [加拿大] 罗伯特·索耶 著；仇俊雄 翻译.

--成都：四川科学技术出版社，2023.5

（世界科幻大师丛书 / 姚海军主编. 尼安德特人三部曲）

书名原文：Hominids

ISBN 978-7-5727-0950-0

Ⅰ.①原⋯ Ⅱ.①罗⋯ ②仇⋯ Ⅲ.①幻想小说 – 加拿大 – 现代

Ⅳ.①I711.45

中国国家版本馆CIP数据核字（2023）第064094号

图进字号：21-2021-46

世界科幻大师丛书

尼安德特人三部曲：原始人

SHIJIE KEHUAN DASHI CONGSHU

NIANDETEREN SAN BU QU:YUANSHI REN

丛书主编　姚海军

著　者　[加拿大] 罗伯特·索耶

译　者　仇俊雄

出 品 人　程佳月

责任编辑　宋　齐　姚海军

特约编辑　兰　搏

封面绘画　郭　建

封面设计　李　鑫

版面设计　李　鑫

责任出版　欧晓春

出　版　四川科学技术出版社

　　　　　成都市锦江区三色路238号 邮政编码610023

　　　　　官方微博：http://weibo.com/sckjcbs

　　　　　官方微信公众号：sckjcbs

　　　　　传真：028-86361756

成品尺寸　140mm×203mm　　印　张　13.5

字　数　250千　　　　　　插　页　3

印　刷　四川南方印务有限公司

版　次　2023年5月成都第一版

印　次　2023年5月成都第一次印刷

定　价　56.00元

ISBN 978-7-5727-0950-0

邮 购：成都市锦江区三色路238号新华之星A座25层　　邮政编码：610023

电话：028-86361770

作者按:"……人"的故事

尼安德特人的英文,到底是该写成"Neanderthal"还是"Neandertal"呢?

两种拼法都没错,而且也都是常用拼法,就算在古人类学界,学者们也常把这两种混着用。

1856年,人们在德国杜塞尔多夫附近的一个山谷中发现了这种人类的化石。当时,这个地方被称为"Neanderthal","thal"的意思是"山谷",而"Neander"是"Neumann"的希腊语版本,是命名这个山谷的人的姓氏。

二十世纪初,德国政府对全国各地的拼写名称进行了规范处理,"thal"和"tal"这两个词缀在全国各地都有使用,但都统一写成"tal",所以很明显,那个之前被写成"Neanderthal"的地方,现在按照规定,只能写成"Neandertal"了。

但那个智人化石呢?我们也应该把它改名为"Neandertal"吗?

有人说,当然。但这就有了一个问题:人们一旦创造出了某个科学名称,那就像板上钉钉,在此后所有的科学技术文件中,这类人永远会以"th"的拼写方式为大家所知。所以,要么是 Homo neanderthalensis,要么是 Homo sapiens neanderthalensis①(取决于人们是将其归为与我们不同的物种,或者仅仅是一个亚种)。不过在学名和英语拼写中,以两种不同的方式拼写 Neanderthal 这个单词,确实有些尴尬。

同时,那些支持把单词拼成"tal"的人在谈到北京人的拼写问题时,显然就沉默了。就算这个城市的名字现在在英语里已经被拼成"Beijing"了,但也没人发起过什么运动,打算把北京人的"Peking"改回来。

我查了六本主要英语词典的最新版本:《美国传统英语词典》《微软百科全书英语词典》《韦氏大学英语词典》《牛津英语词典》《兰登书屋韦氏未删节大词典》和《韦氏新世界英语词典》,两种拼法他们都接受。

那从发音上看呢?有些纯粹主义者认为,不管是拼成"tal"还是"thal",都应该把"t"的音全部发出来。因为在德语中,"t"和"th"读音都是一样的。

大概是这样吧,但我听许多古人类学家说这个单词时,都会发"th"的音(就像 thought 这个词)。而我查过的六本词典中,除了《牛

---

① 即人属尼安德特人种,还是人属智人亚种尼安德特人。——编者注

津英语词典》外，其余的词典两种发音都接受（《牛津英语词典》只接受"tal"这个读音）。如果说英语国家的人应该像德语国家的人那么发音，那我们似乎也应该把法国的首都读成"巴里"而不是"巴黎"，但这种情况在大多数时候，别人都会觉得，那人是在装腔作势。

不过说到底，选哪个都是个人选择。在我创作本书时查阅的大量研究资料中，拼成"thal"的情况要比拼成"tal"的情况多得多（甚至在最近的科技文献中也是如此）。所以我决定采用最初的拼法，就是Neanderthal，而你则可以按照自己的喜好来选择。

南部森林向我们传递了这样的信息：事情未必如此发展。地球上还有空间容纳一种在生物学上致力于道德的物种，但讽刺的是，我们却喜欢将其称之为"人性"：尊重他人，恪守底线，避免将暴力作为解决利益冲突的方法。拥有这些特征的倭黑猩猩暗示我们，如果进化史稍有偏差，智人就可能面临不同的处境。

——理查德·兰厄姆　戴尔·彼得森[1]

《雄性暴力：猿类和人类暴力的起源》

无论你在哪里都没有隐私。习惯了就好。

——斯科特·麦克尼利[2]

太阳微系统公司

首席执行官

---

[1] 理查德·兰厄姆（Richard Wrangham，1948—），美国人类学教授。戴尔·彼得森（Dale Peterson，1944—），美国作家。

[2] 斯科特·麦克尼利（Scott Mcnealy，1954—），太阳微系统公司联合创始人，该公司已于2009年被甲骨文公司收购。

第一章

第一日

八月二日，周五

148/103/24

黑暗如此纯粹。

而正在监视这片黑暗的人，是露易丝·贝努特。她现年二十八岁，是位来自蒙特利尔的博士后，身形高挑丰满，一头浓密的棕发按规定束在发网内。她正在地下两公里深的一间小控制室内值班——要是碰上来这参观的美国人，她就会用让他们着迷的口音说："这里离地表的距离，其实是'一又四分之一英里[①]'"。

控制室边上是个平台，下方则是一个巨型洞穴，里头一束光也没有，萨德伯里中微子观测站就坐落其中。世界上最大的亚克力球体就挂在洞穴中央，它的直径有十二米，或者"将近四十英尺"，里面

[①] 1英里约为1.61公里。

1

装满了从加拿大原子能有限公司借来的一千一百吨重水。

不锈钢搭建的网格支架包裹着这个透明的圆球,也支撑着九千六百根光电倍增管,每根管子都呈抛物线状,指向球体。这些重水,以及包裹重水的亚克力球体,还有网状支架构成的外壳,都位于一个十层楼高的桶形洞内。这个洞是从周围这片苏长岩中开凿出来的,洞内注满了超纯水,几乎已经到了洞顶。

露易丝知道,上方两公里厚的加拿大地盾①让重水得以免受宇宙射线的影响。尽管周围的岩石中有着少量的铀与钍,但超纯水组成的屏障则能吸收它们产生的天然辐射,避免影响到重水。其实,除了中微子外,没有什么能穿透重水,而这种极小的亚原子粒子正是露易斯的研究对象。每秒足有数万亿个中微子穿过地球;但其实,就算中微子穿过了一块一光年厚的铅板,撞上其他粒子的概率也只有五成。

但从太阳中涌出的中微子数量实在惊人,因此碰撞的确时有发生,而重水则成了理想的撞击目标,因为它的每个氢原子核中都有一个质子(这是氢原子的正常组成部分)和一个中子。如果中微子恰好撞上中子,那么中子就会衰变,释放出一个质子、一个电子,以及可被光电倍增管检测到的光信号。

露易丝听到中微子监测警报器发出"叮"的一记响声时,起初并未抬起她那浓黑弯曲的双眉。这样短促的警报每天大约要响十

① 地盾是指大自然基底岩石出露的地区,长期处于凸隆状态,很少有沉积盖层。其岩石为寒武纪以前形成的。

几次,在地底下最令人兴奋的一般也就是这事了,但还是没能让她的目光从《时尚COSMO》杂志上移开。

但警报又响了,一次、两次,然后变成了长鸣,这种连续不断的电子蜂鸣声,就像垂死之人的心电监护仪。

露易丝从桌前起身,走向中微子检测器的控制台。挂在它上方的相框里的是史蒂芬·霍金①的照片,当然没有签名。萨德伯里中微子观测站在几年前举行了盛大的开幕式,确切说来应该是1998年,霍金当时也出席了。露易丝拍了拍警报的扬声器,担心它是坏了,但它仍在不断地哀号。

骨瘦如柴的研究生保罗·桐山不知从这座巨大地下设施的何处冒了出来,直接冲进控制室。露易丝清楚,保罗在她身边时总显得有些慌乱,但他这次并未语塞。"搞什么鬼?"他问。监测屏由九十八乘以九十八根发光二极管组成,代表着九千六百根光电倍增管;现在,每根发光二极管都亮起来了。

"可能有人不小心打开了洞穴里的灯?"露易丝虽然这么说,但她的语气显然连自己都不信。

漫长的哔哔声终于停止了。保罗按了几个按钮,启动了观测室内的五台监视器,它们分别对应着五台水下摄像机。但那几块屏幕现在全是漆黑的长方形。"好吧,就算之前灯亮过,现在也关了。"他说,"我在想那——"

---

① 斯蒂芬·霍金(Stephen Hawking,1942—2018),英国著名物理学家。

"是超新星！"露易丝用那双纤指修长的手鼓起掌来，宣布自己的发现，"我们应该联系中央天文电报局，先下手为强。"尽管观测站主要是为了研究太阳发出的中微子，不过它其实也能检测到宇宙任何地方发出的中微子。

保罗点了点头，开始埋头捣鼓浏览器，点开收藏夹里中央天文电报局的书签页。露易丝知道，就算他们现在还不确定，这事也值得上报。

控制台上又响起了一连串警报，露易丝看着LED面板，阵列上的几百枚灯都亮了起来。怪了，她想，如果是超新星，那LED灯亮起来的时候，应该都是沿着一个方向的啊……

"可能是设备出问题了？"保罗的结论显然和她一致，"或者有根光电倍增管短路了，让球面上的其他倍增管也跟着受到了影响。"

边上的门后突然传来一阵低沉的爆裂声，声音的源头是巨型中微子检测室上方的平台。"我们可能要去把观测室里的灯打开。"露易丝说。低沉的响声还在继续，好似某只地底怪兽正在黑暗中徘徊。

"但如果这真的是超新星呢？"保罗说，"打开灯的话检测器就没法工作了，这样——"

又是一声巨响，就像曲棍球运动员挥杆击球的声音。"开灯！"

保罗拉起开关的保护罩，按下按钮。电视画面的图像闪烁了几下后稳定了下来，上面是——

"上帝啊!"露易丝用法语惊呼。

"重水罐里有东西!"保罗喊道,"但怎么可——"

"你看到了吗?它在动,不对——我的天,那是个人!"

低沉的爆裂声还在继续,然后——

他们能在显示屏上看到,也能听见墙后传来的声音……

那个巨型的亚克力球体开始沿着几根支撑各个部件的横梁开裂。"我的天!"露易丝喊道,随即意识到,里面的重水肯定和桶形岩窟内的超纯水混在一起了。她心狂跳不止。有那么一瞬间,她也搞不清自己究竟是应该更关心那台被弄坏的观测器,还是那个在球体中挣扎求生的人。

"快!"保罗朝着那扇通往观测室上方平台的门冲去。摄像机后面还连着录像机,这些全都会被录下来。

电话又一次响了两声,听筒那头的人带着牙买加口音,他是观测站①的驻场医生。"是蒙塔戈医生吗?我是观测站的露易丝·贝努特,我们需要你立刻到中微子观测站来。检测室里有个人,他马上就要淹死了。"

"有人要淹死了?"蒙塔戈问,"但他是怎么进去的?"

"我们也不知道,你快点!"

"这就来。"医生说。露易丝放下听筒,跑向保罗之前穿过的那扇蓝色大门,但它现在已经自己关上了。上面的标语,她早已了然

---

① 这个观测站是造在镍矿里的。

于心:

此门常闭

危险:内有高压线缆

未经允许,不得擅自携带电子设备进入此区域

空气质量安全——可以进入

露易丝抓住把手,拉开门,冲上了开阔的金属平台。

台上有个活板门,下面就是真正的观测室;最后一位建筑工人就是从这里离开后,再把身后的门封上的。让露易丝惊讶的是,这扇门现在还被四十个门闩牢牢锁着,虽然本来就应该是这样,但那人如果想进去,除了这扇门外,就没别的路了……

平台周围的墙面覆着一层深绿色的塑料布,为的是防止岩石的粉尘飘进来。几十根穿线管和聚丙烯管从天花板上垂下来,钢梁勾勒出了这间屋子的轮廓。好几面墙下都码放着计算用的设备;另一些墙面前则摆着架子。保罗正在一个架子前努力翻找着什么,可能是在找能够剪断门闩的钳子。

金属发出愤怒的尖叫,露易丝朝着活板门冲去,她想打开门,但赤手空拳的她对此根本无能为力。她的心怦怦直跳;束住活板门的门闩射向空中,房间里炸响了机枪开火时的声音,门板轰地撞向平台,房间里回荡着巨响。露易丝跳向一边,冷水从门中喷涌而出,将她浇得湿透。

检测室顶部原先灌满了氮气,露易丝知道,这些气体肯定在外泄。喷出的水很快消退了,她挪向平台的门,朝里面看去,试着屏住呼吸。检测室内部被保罗之前打开的泛光灯照亮了,水极其清澈,她可以望见三十米深的水底。

她只能勉强看出聚丙烯球体的巨大弧线。聚丙烯对光的折射率几乎与水相同,所以分辨起来非常困难。球体早已四分五裂,多亏之前被合成纤维固定,不然早就沉到检测室的网格球体底部了。打开的活板门视角有限,露易丝看不见那个溺水的人。

检测室内的灯灭了。"保罗!"露易丝大喊道,"你他妈在磨蹭什么!"

保罗的声音现在从控制室后方传来,混在空调设备的工作噪声和露易丝脚下的水流声里实在难以辨识。"如果那人还活着,"他喊道,"那他应该能透过活板门,看到平台上的光。"

露易丝也同意。现在那人眼前应该只有一片黑色的天花板,还有一个边长一米、发着光的正方形。

过了一会儿,保罗回到平台。露易丝看着他,然后又看着敞开的活板门。下面还是没有那个人的动静。"得有个人下去看看。"露易丝说。

保罗睁大了双眼,"但……里面的重水——"

露易丝说:"现在也没得选。你的游泳技术如何?"

保罗看起来尴尬万分。露易丝知道，他最不愿意的就是在她面前出丑，可现在……"不怎么样。"他垂下了双眼。

保罗跟着她下来，还一直在她边上晃悠，这已经很尴尬了，但露易丝也知道，自己要是穿着观测站的蓝色尼龙连体工服下水游泳，肯定会影响发挥。她和这里的多数工作人员一样，工服下只穿了内衣。地下的这个深度实在酷热难耐，足有40.6摄氏度，和热带地区差不多了。露易丝脱了鞋，拉下工服前面的拉链；还好今天穿了胸罩，真是谢天谢地，但她心里紧跟了一句：要是它不是蕾丝的就好了。

"再去把下面的灯打开。"露易丝说。保罗这次很听话，一刻都没有耽搁。露易丝没等他回来，就穿过活板门，进入了下面的冷水里。水温被冷却到十摄氏度，不但可以阻止微生物繁殖，还能减少光电倍增管产生的噪声。

她感到一阵惊慌，突然觉得自己身在高处，下面却没有任何支撑。底部很远很远。她踩着水，让头和肩膀探到活板门外，等待自己的慌乱慢慢平息。然后她深吸三口气，把嘴闭紧，潜入水下。

露易丝的视线很清晰，双眼没有丝毫刺痛。她环顾四周，想要找到那人的身影，但周围到处都是亚克力碎片，根本——

他在那儿。

他的确浮上来了，水面与平台间有着一道十五厘米的缝隙。这个可怜的家伙肯定是死了，因为平时，这处缝隙里会填满超纯的氮气,吸进三口就会有生命危险。这么看来,这真是个悲伤的故事:他之前可能努力向水面游去,以为上面会有空气,最后自己吸入的气体反倒要了他的命,这么想来真是有点讽刺。现在,可以呼吸的空气从活板门中涌入,肯定和氮气混合了,但对他来说,可能已经太迟了。

露易丝又把头和肩膀从活板门里探出来。她能看见保罗正在着急地等着,希望她能说点什么——什么都行。但时不我待。她又吸入了更多的空气,尽量鼓满自己的肺,再次潜入水中。水面和平台的空间不够,她要是想在游泳时让鼻子浮出水面,那脑袋肯定会不断磕到平台的金属板。那人离她大约只有十米远。露易丝蹬着腿,奋力向对方游去,然后——

水中浮着一朵云,染着一抹暗色。

天啊!

那是血。

那朵云围在他的脑袋周围,遮蔽了他的五官。他一动不动。如果他还活着,那肯定是晕过去了。

露易丝仰着头,把口鼻探到水面和平台的缝隙间。她试探性地吸了口气,这里现在已经充盈着可供呼吸的空气了。她攥着那人的胳膊,之前他一直脸朝下飘着,于是她再把他翻了个身,这样就能让他的鼻子露出水面,浮在有空气的间隔里,但这好像无济于事。他既没有吐水,也没有呼吸的迹象。

露易丝拽着他在水里游泳。这可是项艰巨的任务：这人很壮，而且全身的衣服都在；衣服被水浸透后沉得很。可露易丝没时间在意这些，但她的确注意到，这人没穿工服和安全靴，所以他不可能是镍矿矿工。露易丝只瞥了一眼那人的脸（是个留着金色胡子的白人），就知道他也不是观测站的人。

保罗肯定在平台上蹲着，露易丝看到他都把脑袋扎进水里去了；露易丝带着那人朝出口越游越近，他一直在看着。如果在其他时候，露易丝会让那个受伤的人先离开水中，然后再是自己，但活板门的尺寸仅够一人通行，而且还要由她和保罗两人联手，才能把这个魁梧的男人拉上来。

露易丝松开他的胳膊，把头探出活板门，保罗此刻早已让开通道。她喘了好一会儿气，她现在已经没有力气把那人拖出水面了。过了一会儿，她把手掌搭在潮湿的平台上，撑起身子，离开水面。保罗又蹲下来，帮她爬上台面，然后两人一起转身去帮助那个男人。

他已经开始漂向别处了，但露易丝还是努力抓住了他的胳膊，把他拖回活板门那儿。露易丝和保罗费了老大劲，才成功把他拉了上来。他还在流血，头部一侧的伤口清晰可辨。

保罗立刻跪在那人身边，开始给他做人工呼吸，并不时扭头查看那人宽阔的胸膛是否开始起伏，随着保罗每俯身一次，粘在他脸上的血也越来越多。

而露易丝此刻找到了那的右腕，搜寻着他的脉搏。跳动没了——不,不,等下! 有的! 他还有心跳!

保罗不断向那人的嘴里吹气,最后那人终于开始大口喘了起来。水和呕吐物从他嘴里涌出,保罗转向一边,那人吐出的液体和平台上的血渍混在一起,甚至还冲走了一些血迹。

但那人似乎依然昏迷不醒。露易丝刚从水里出来时几乎全裸,而且浑身湿透,还觉得有些冷,此时她的神志也慢慢清醒,然后费力地穿上连体服,拉好拉链。她知道保罗在看着她,而且还装出一副没在看的样子。

蒙塔戈医生还要好一会儿才能到。从地面到观测站可不仅仅是向下两公里那么简单,最近的电梯在九号竖井那儿,离这里的水平距离也有一点二五公里远。就算电梯恰好停在地面等着蒙塔戈医生进来(这可不能保证),那他也至少要二十多分钟后才能赶到。

露易丝想,她应该把那人身上的湿衣服给脱了,于是就把手伸向他身上那件炭灰色衬衫的门襟,但——

那件衣服上既无纽扣,也无拉链,尽管没有衣领,但也不能算罩衫,而且——

啊,找到了! 在他宽阔的肩膀处藏着一排暗扣,露易丝试着把它们解开,但却徒劳无功。她又瞥了眼那人的裤子,乍一看像是深橄榄绿,不过等衣服干了后,颜色可能会浅很多。裤子上没有皮带;相反,只有一组暗扣和褶皱。

露易丝突然想到,他可能正在遭受屈肢症的折磨。检测室有三十米深,谁都不知道他下到过多深的地方,也不知道他上浮的速度有多快?这里的气压是地表正常气压的一点三倍,露易丝不知道这对得了屈肢症的人会有什么影响,不过这也意味着他在这里摄入的氧气浓度会比地表高,对他肯定是有好处的。

现在只能等了。男人开始自己呼吸起来,脉搏也变得更有力,露易丝终于有机会仔细观察那人的面容。他的脸很宽,但却不扁,颧骨向后折,显得很凸。他还长了个巨大的鼻子,大小几乎和握紧的拳头差不多,下巴上长着浓密的暗金色胡须,额上贴着直直的金发。他的面部特征基本上符合东欧人的特征,但又有着斯堪的纳维亚人的肤色,而不是东欧人的浅褐色①。那双大眼睛还是闭着。

"他到底是从哪来的?"保罗现在盘着腿,坐在那人边上,"这下面应该没人能进来,而且——"

露易丝点点头,"就算他能下来,那他又是怎么进入那个密封的观测室内的?"她顿了顿,把头发从眼前撩开,才意识到自己刚才在罐内游泳的时候,不小心把发网给落在里面了。"这些重水现在全毁了,就算他大难不死,也要面临一大堆指控。"

露易丝发现自己正在摇着头。这个男人到底会是谁呢?或许是个加拿大土著?某个印第安狂热分子?觉得采矿破坏了他们圣洁的土地?但这人的头发是金色的,这在土著中很少见。而且这应该也不是个闹过头的恶作剧,因为这家伙看起来差不多都有三十五

①原文 olive color 指的是一种浅棕色偏红白混杂的颜色,而中国的橄榄一般是绿色的。

岁了。

他很可能是个恐怖分子，或者是个反对核能的抗议者。虽然这里的重水的确是由加拿大原子能有限公司提供的，但他们在这里的研究工作根本就与核能没关系啊！

露易丝想到，不管他是谁，如果他最后真的因伤去世，倒是能成为"达尔文奖"的有力候选人。这就是个物竞天择的典型例子：一个人如果做了件超级蠢的事，那要付出的代价就是生命。

第二章

露易丝·贝努特听见了开门声,有人走到了监测室上方的平台上。"嘿!"她喊道,想引起蒙塔戈医生的注意,"这里!"

鲁本·蒙塔戈匆匆向他们跑来,他是个有牙买加血统的加拿大人,三十五岁左右,一颗脑袋剃得精光。也就是说在这个观测站里,只有他可以不用发网,但还是得和别人一样戴着安全帽。医生蹲下来,翻看着伤员的左腕,然后——

"这是什么鬼东西?"鲁本用带着牙买加的口音问。

露易丝也看到了:那人手腕处的皮肤下显然植入了什么东西,那是块长八厘米,宽二厘米的矩形哑光屏幕,对比度很高,上面显示着一串符号,最左侧的大约每秒变形一次。六个颜色各不相同的小圆点在屏幕下方组成了一条线,这装置在离他手臂最远的地方还有个什么东西,可能是枚摄像头。

"这是什么花里胡哨的手表吗?"露易丝问。

鲁本显然决定暂时先不管这个神秘的装置;他把自己的食指和中指放在那人的动脉上,然后下了判断:"他的脉搏很正常。"接着,鲁本又轻轻拍了拍他的脸颊,看看是否能让他醒过来。"加油,"他鼓励道,"加油啊,快醒醒!"

最后,那个男人动了一下。他剧烈地咳嗽起来,又吐出了更多的水。双眼眨了好几次才费力睁开,虹膜是露易丝从未见过的金棕色。他的视线大概过了几秒后才聚焦,然后双眼突然圆睁。他看到鲁本后很惊讶,转过头,又看见了露易丝和保罗,脸上仍带着惊诧的神色。他动弹了两下,似乎想离他们远些。

"你是谁?"露易丝问。

那人茫然地望着她。

"你是谁?"露易丝重复了一次,"你想做什么?"

"Dar?"那人说,他深沉的嗓音尾调上扬,像是在发问。

"我得送他去医院,"鲁本说,"他的脑袋显然被狠狠地撞了一下,我们要给他的头骨做个X光检查。"

那个男人环顾金属平台,似乎不能相信见到的一切,然后说:"Dar barta dulb tinta? Dar hoolb ka tapar?"

"这是什么语?"保罗问露易丝。

露易丝耸了耸肩,"奥吉布瓦语?"她这么猜是因为矿井不远处有个奥吉布瓦保留地。

"不是。"鲁本摇了摇头。

"Monta has palap ko。"那人继续说。

"我们听不懂你说的话,"露易丝对那位异客说,"你会说英语吗?"没有回应,于是露易丝用法语问他,"那法语呢?"还是沉默。

保罗问:"日本語ができますか?"露易丝觉得他问的是:"那你会说日语吗?"

那人双眼圆睁,打量了一圈周围的人,但没有任何回应。

鲁本站起来,朝那个男人伸出手去。他盯着鲁本的手看了会儿,然后一把握住。那人的手很大,手指像香肠那么粗,而且拇指出乎意料的长。他让鲁本拉他起身。之后,鲁本就把手搭在他宽阔的背上,帮他站好。这人最起码要比鲁本重三十公斤,而且重的都是肌肉。保罗来到了那人的另一侧,也用一根胳膊支撑那位陌生人。露易丝走在他们三人前面,把着通向控制室的门,因为那扇门在保罗进来后就自动关上了。

露易丝一进控制室,就穿上自己的安全靴和安全帽,保罗也是如此。安全帽上装着头灯以及保护听力的耳罩,有需要就能把它们放下来。他们也戴上了护目镜。鲁本依然戴着自己的安全帽。保罗又在金属柜上找到一顶,把它递给伤员,但对方还没来得及做出反应,医生就把帽子挡到一边,说:"我们还没给他的头部做过X光扫描,所以先不要让他的头骨接触任何外力。好了,我们先一起把他弄到地面上去,我下来的时候已经叫好救护车了。"

四人离开控制室,沿着走廊一直走到了观测站的出入口。露易丝难过地想到,观测站之前可是一直都保持着无菌的状态,但现在却再也没必要了。他们经过真空吸尘室,一个淋浴房模样的房间,工作人员进入观测站前在这里吸干净他们身上的灰尘和污物。然后他们经过一排真正的淋浴房;所有人在进入观测站前都必须冲一遍,但要从里面出去的时候倒不是必须的。这里有个急救站,露易丝看见鲁本瞥了眼写着"担架"的柜子,但那人走路的情况还可以,所以医生就示意大家继续往巷道①的方向走。

他们打开安全帽上的头灯,开始在长达一点二五千米的昏暗巷道内艰难跋涉。地面落满尘土,两侧粗糙的岩壁上打满了钢条,再覆以铁丝网。此处远离地表,整整两千米厚的地壳就压在他们头顶,岩壁如果未经加固,那早就碎得四分五裂了。

他们走在巷道里的时候还不时会遇上泥坑,那个男人也开始更多地用双腿去承担自己的重量。他显然正在从自己遭受的可怕经历中恢复过来。

保罗和蒙塔戈医生正在激烈地讨论这个人是怎么进入密闭的监测室里的。露易丝则满脑子都在想着那个坏掉的中微子观测器,还有她剩下的研究经费要如何处理。在巷道内的这段时间里,一直有风迎面吹拂着他们的脸。因为有巨型的风扇不断把地表的空气吹入地下。

他们终于来到了电梯处。鲁本之前让电梯停在了这里,也就是

---

① 指在地表与矿体之间钻凿出的各种通路,一般用来运矿、通风、排水以及行人。

六千八百英尺①深的地下——这座矿井建成时,加拿大的度量系统还没有转换成"米"。现在,这台电梯依然在这里等待着他们,对那些想上去或者下来的矿工们不闻不问。

他们走进电梯后,鲁本按了好几下电铃,通知地面的升降机操作员开动绞盘,把他们升上去。然后电梯颤抖着动了起来,轿厢里没有灯,所以鲁本、露易丝和保罗就把头灯关了,以免强光晃眼,这样,唯一的光源便是升降井的墙上每上升两百英尺就会经过的灯,电梯的前面是透光的。露易丝在这种古怪、单调的灯光下,看着那位陌生男人脸上棱角分明的五官以及深陷的双眼。

随着他们越升越高,露易丝也感觉自己的双耳内部隐隐作痛。他们很快就过了四千六百英尺这道线,这里也是露易丝最喜欢的地方。英科公司为了践行植树造林的计划,在萨德伯里中微子观测站周围种了不少树。这里的气温常年在二十摄氏度,还加装了灯,让这里成了一个美妙的温室。

露易丝的脑海里开始涌出各种疯狂的念头,她套用自己看过的《X档案》中的设定,试着为这一切找出合理的解释:活板门明明还拴着,这个男人是怎么进入球体的?但她把这些问题藏在心里。如果保罗和鲁本内心也经历着这些想法的斗争,那他们也肯定不好意思说出口。露易丝告诉自己,这一切背后肯定有个合理的解释。肯定会有。

---

① 1英尺约等于30厘米。

电梯上升到地面的漫长之旅还在继续,那个男人似乎在评估自己的状况。尽管通道里的风已经让他那身奇装异服干了大半,但还是有些潮湿。他试着拧干衬衫,几滴水落到了电梯里那块刷了黄漆的金属地板上。接着,他用自己的大手把前额的头发捋到一边,露出巨大外凸的眉骨,让露易丝不由得倒吸一口凉气,不过很快就被电梯上升时所发出的叮哐巨响盖住了,但他双眼上方凸着两条弯曲的眉骨,看着就像是压扁后的麦当劳商标。

电梯最后震了一下,停住了。保罗、露易丝、蒙塔戈医生以及那位陌生人走出来,穿过一小群等待下井的矿工,他们满脸困惑,而且还有点不耐烦了。四人走上坡道,进入一间更大的房间,工人们每天都会把自己的外套挂在这儿,再换上工作服。两名医护人员已经就位。"我是鲁本·蒙塔戈,驻扎矿井的医生。这人之前差点溺水,而且颅骨受创……"众人匆匆走出建筑,步入炎热夏日,路上,两名医护和医生还在讨论这个男人的病情。

保罗和露易丝跟在后面,看着医生、伤员和医护进入救护车,沿着碎石路驶向远方。

"现在怎么说?"保罗问。

露易丝皱起眉,"我得给马博士打个电话。"她说的邦尼·简·马是观测站的主管,不过这人的办公室却在渥太华的卡尔顿大学,离这大概五百公里。她很少来观测站,所以站内的日常工作都由露易丝和保罗这样的博士后和研究生负责。

"你打算和她说什么?"保罗问。

露易丝望着那辆载有神秘来客的救护车驶离的方向,缓缓地摇了摇头,用法语回答:"我不知道。"

第三章

一切起初非常平静。"晨康。"庞特·博迪特话音轻柔,弯起胳膊,托着下巴,望着站在洗手池边的阿迪克·胡德。

"嘿,瞌睡虫。"阿迪克转过身,把肌肉强壮的后背靠在挠痒柱上,左右扭动着,"晨康。"

庞特也对阿迪克报以微笑。他喜欢看着阿迪克四处走动,喜欢看他的胸肌发力时活动的样子。如果没有阿迪克的支持,庞特根本不知道自己要如何挨过失去女伴克拉斯特后的痛苦。现在虽然仍有孤独的时刻,但已经好了很多。合欢节刚结束,阿迪克那时去见自己的女伴和孩子们了。庞特的女儿们已经慢慢长大,他们最近也越来越难团聚。当然了,世上还有许多丧偶的年长女性,但她们经验充足,充满智慧,特别是那些拥有投票权的女人,她们才不会对庞特这样年轻的男人感兴趣,毕竟他才447月大。

不过,就算庞特的女儿没多少时间见他,他还是很享受与她们见面的时光，尽管——

光从哪里打来很重要，当太阳位于婕斯梅尔身后，而她又微微侧着脑袋时，她的身影简直和她母亲一模一样。这种景象总是让庞特屏息凝神，他对克拉斯特的思念简直难以言喻。

房间另一头的阿迪克正在给水池放水，他背对庞特，弯腰摆弄水龙头。庞德把头放在碟型枕上，静静看着他。

有人提醒过庞特，不要和阿迪克同居，而且庞特也相信，阿迪克的几位朋友可能也向他表达过相似的忧虑。这与研究所内的传闻无关；主要是两人如果工作和生活都在一起，不免有点尴尬。尽管萨尔达克是个大城市（这里生活着两万五千人，划分成了城中与城缘两个区域），但里面只有六名物理学家，其中三位还是女的。庞特和阿迪克都喜欢谈论他们的工作，围绕新理论展开争辩，两人都觉得，身边有这么个人，能够真正懂得自己说的话，实在是件幸事。

而且他们在其他方面也很般配。阿迪克早睡早起，白天跑步，喜欢接水泡澡。而庞特要等日上三竿才起床，总是负责准备晚餐。

龙头还在放水，庞特喜欢这种声音，这种沙沙的白噪声。他心满意足地吁了口气，爬下床，地上生长的苔藓挠得他脚底痒痒的。他走到窗前，抓住金属板上的把手，将百叶窗从磁吸式窗框上拉下来，再举手伸过头顶，把百叶窗放在白天的位置，固定在天花板的金属板上。

太阳从林间升起，光线刺痛了他的眼睛，然后他低下头，下巴靠近胸口,好用凸起的眉骨遮挡晃眼的光。离窗口大约三百步远的地方有条小溪,一只鹿正在溪边饮水。庞特有时也会打猎,但从不会在居民区做这事;所以这些鹿也知道,自己虽然身处居民区中,但也不用怕周围的人。就算和隔壁屋子还隔了点距离,庞特还是能看见房屋周围的地面上闪着太阳能板的反光。

"哈克。"庞特朝着空气喊出机侣的名字,这是他自己给它取的,"今天天气如何?"

"非常宜人,"机侣答道,"最高气温:十六度;最低气温:九度。"机侣用的是女声。庞特最近修改了机侣的程序,导入克拉斯特的远程档案,作为它语音学习的基础,但他现在才发现自己这么做挺蠢的。他之前以为听见她的声音会让自己觉得没那么孤单,但现在每次听到机侣用她的声音和自己对话,反倒会在心中产生一阵刺痛。

"今天不会下雨,"机侣继续播报,"风向是顺时针二十度,风速是每十分日一万八千步。"

庞特点点头,机侣的扫描器能轻易识别这种动作。

"洗澡水好了哦。"身后的阿迪克说。庞特转过身,就看到他滑入了那个嵌入地面的圆形浴池中。阿迪克打开循环器,水流开始围着他身体旋转。庞特也像他一样全身赤裸,走进浴池,滑入水中。阿迪克喜欢的水温比庞德高,所以两人最后商议,得出了一个折中的水温,也就是三十七度,与体温相同。

庞特用高巴斯刷和自己的双手替阿迪克搓洗够不着或者更喜

欢让庞特来洗的地方,然后再换阿迪克为庞特搓澡。

空气很潮湿,庞特深吸一口,让水汽浸润他的鼻腔。庞特养的红棕色大狗巴伯跑进房间,她不喜欢弄湿自己,所以在离浴池边几步远的地方停了下来。她显然是想讨东西吃。

庞特给了阿迪克一个眼神,像是在问"看看你能做啥呀?"然后从浴池里起身,水滴落在苔藓地毯上。"好姑娘,先等我穿好衣服。"

巴伯意识到自己的意图成功传到了对方那儿,就轻声跑出了浴室。庞特走到洗手池边,挑了根晾在那儿的擦身绳,然后抓住两头的把手,在后背滚来滚去;擦手臂和腿的时候则用嘴咬着绳子一头的把手辅助。末了,庞特望着洗手台上方形镜子中的自己,然后张开手指,把头发梳到两边。

房间一角有堆干净的衣服,庞德走过去,仔细挑选。他通常对衣服不怎么上心,但如果阿迪克和他今天成功了,可能会有位曝录者来见他们。他选了件炭灰色的衬衫,穿上后再扣好肩部的搭扣,把衣襟的大开口合上。他暗想:衬衫选得不错,这是克拉斯特送的礼物。

他又选了条裤子穿上,再把双脚各塞进裤腿末端一个袋子里,然后拿起一双皮质短靴,收紧脚背的鞋带,让鞋子贴合舒适。

阿迪克现在也从水池里出来了,庞特看了他一眼,然后又低头看着机侣的显示器。他们现在真的得出发了,环线巴士马上就到。

庞特走向房子的主屋,巴伯立刻蹦跳着跟在他身后。庞特伸手挠了挠她的脑袋，"好姑娘，别担心，我记着呢。"

他打开真空盒，拿出一根巨大的野牛肉骨，这是从昨天的晚餐里剩下来的，然后把它放在苔藓地毯上的玻璃上，这样清理起来容易些。巴伯随即大快朵颐起来。阿迪克和庞德在厨房里见面，开始准备早餐。他从真空箱里拿了两片麋鹿肉排，放进激光烤箱，里面充盈着蒸汽，好让肉重新恢复水分。庞特透过烤箱的窗口，看着红色的激光以复杂的路径来回移动，完美地烤着肉排的每个角落。阿迪克装了一碗松子，往马克杯里倒了两杯稀释后的枫糖浆，然后取出刚做熟的肉排。

庞特打开窥机，这块装在墙上的方形面板立刻亮了起来，屏幕被分为四个小框，一块是豪斯特的增强型机侣发出的信号，边上是塔奥克的，左下角的视频是高特的日常，右下角是露丝拉姆。庞特知道，阿迪克是豪斯特的粉丝，所以他让窥机把豪斯特的画面放大到全屏。庞特得承认，豪斯特总能找到一些有趣的事，今早他就去到了萨尔达克的郊外，那里刚发生了岩崩，活埋了五个人。不过，如果今天真的会有一名记者到访矿井，庞特还是希望来的人是露丝拉姆，因为他觉得，她总能问出最有见解的问题。

庞特和阿迪克都坐下来，戴上用餐手套。阿迪克从碗里舀了一些松子洒在肉排上，再用手掌把松子压进肉里。庞德微微一笑。阿迪克有很多他喜欢的嗜好，这是其中之一，而且他从来没见过其他人这样。

庞特拿起自己那块还在嘶嘶作响的肉排,咬了一大口。只有未经冷冻的肉,才会有这种浓郁的风味;这不禁让他想到,在真空储存技术发明前,人们是怎么活下去的?

片刻后,庞特看见环线巴士停在了屋外的空地上。他让窥机关闭屏幕,再把用餐手套丢进超声波清洗机,然后拍了拍巴伯的脑袋,和阿迪克一起出门。门没关,这样巴伯可以随意出入。他们上了环线巴士,向车上的另外七名乘客问好,然后向上班的地方进发,好像这只是个再普通不过的日子。

第四章

庞特·博迪特从小就生活在这个地方,他一直都知道这个镍矿的存在。但他从来没见过任何下过矿井的人,采矿全都由机器人完成。克拉斯特确诊白血病后,庞特和她开始与其他癌症患者见面,相互支持陪伴,共享信息。他们在一处科巴朗特机构里见面,这里晚上当然是没人的。

庞特起初以为自己应该能见到几个深入过矿井的人。毕竟他们深入岩层时,难免要暴露在超剂量的辐射环境里。

但他们这组人里谁都没下过矿井。于是他开始四处打听,发现这个镍矿不同寻常,在地下古老的花岗岩矿洞里,岩石的背景辐射值极低。

于是他的脑海里闪过一个念头。他是物理学家,现在正在和阿迪克·胡德一起制造量子计算机,但量子接收器对外界扰动极为敏感,他们真正面临的问题是:宇宙射线会导致量子去相干。

解决办法似乎就在他们脚下。如果量子接收器上方能有好几千臂长厚的岩石，那么宇宙射线的问题也解决了。除了中微子之外，没有其他任何东西可以到达那个深度，而中微子并不会影响到庞特和阿迪克想要做的实验。

德拉克·鲍斯特是萨尔达克市的行政长官，这个岗位是由银须长老会直接任命的。但当然了，这类管理岗都是这样的：想要担任该职务的人往往都不适合。

庞特把自己的计划书交给了鲍斯特，希望能够批准他在矿井深处建造量子计算设施的请求，鲍斯特也说服银须长老会同意了这项计划。毕竟，如果没有金属，技术文明就不复存在，但留下来的矿井对环境却未必有益。所以只要能利用矿井多做些好事总是受欢迎的。

于是计算设施顺利落成，但庞特和阿迪克还是遇上了量子去相干的问题，原因他们起初也没想到：这个深度的岩石会产生压电效应，释放电荷。不过阿迪克觉得自己现在已经把这个问题解决了，今天他们会再试一次，这回分解的数要比之前的都大。

环线巴士把庞特和阿迪克放在了矿场门口。今天是个美好的夏日，蓝天清澈透亮，与庞特的机侣保证的别无二致。庞特能闻到空气中花粉的味道，听见湖面鱼鹰哀伤的叫声。他从储藏室里拿出一套头部护具，把肩部的两根架子固定好，它们一同支起头顶的保护板；阿迪克也戴好了自己的护具。

矿场入口处的电梯是圆柱形的，两名物理学家走进电梯，庞特用脚启动了升降开关。

随即开始了漫长的下降之旅。

庞特和阿迪克离开电梯，踏上通往量子计算实验室的漫长巷道，毕竟实验室肯定要建在不含值钱矿石的地方。他们一言不发地走着，这对相识多年的老友一路默默无言，却又彼此相悦。

最后，他们终于来到了量子计算设施的所在地。这里共有四个房间。第一个正正方方的小房间是进餐用的，如果每次吃饭都要坐电梯去地面，那实在不值当。第二个房间是个旱厕，这下面没有下水道，因此排泄物每晚都要运到地面处理。第三间屋子是控制室，里面满是仪器和控制台。唯一的大房间就是第四间，里面放着巨型计算机，就算把庞特和阿迪克住的那幢房子里的所有房间加起来，都比不过这里。

一般来说，制造电脑的目标总是让体积越来越小，这样能使光速导致的延迟降到最低。但庞特和阿迪克的量子计算机矩阵以处于量子纠缠的质子作为寄存器，因此必须找个办法来区分某次信息传递究竟是量子纠缠导致了质子之间的相互作用，还是质子之间以正常光速通信的结果。最简单的方法是让每组寄存器之间保持一定距离，这样就能测出光往返两组寄存器所用的时间。因此，他们在这个房间里造了很多圆柱形的带磁容器，质子就被封装在这些容器里。

庞特和阿迪克脱下头部护具,进入控制室。阿迪克负责实操,将庞特的想法落实到软件和硬件层面。他在控制台前坐好,完成初始化量子计算机矩阵的固定流程。"我们要等多久?"庞特问。

"半个十分日吧。"阿迪克说,"我在稳定69号寄存器的时候还是有点麻烦。"

"你觉得这样能成功吗?"

"你问我?"阿迪克微笑着回答,"当然,我昨天、前天和大前天就已经给出答案了。"

"还是一如既往的乐观啊!"庞特感叹。

"嘿,"阿迪克说,"我们已经在坑底了,之后怎么都是往上嘛。"

庞特笑着穿过拱廊,去用餐室拿了一管水。他很希望今天的实验能成功。给银须长老会的汇报马上就要开始了,他和阿迪克得再解释一遍他们的工作能为社会带来什么好处。大家一般都会赞同科学家的提案,科学为人民生活带来的好处显而易见,但话说回来,如果汇报的是好消息就更好了。

庞特用牙扯开水管的塑料头,大口喝下凉爽的液体,然后又回到控制室,在桌前坐下,开始翻阅一摞淡绿色的方形塑料卡,回顾他们上次实验的笔记,时不时地喝两口水。他身后的阿迪克正在小房间的另一头摆弄控制器。房间的承重墙大多是玻璃,透过一扇大窗,就能看见巨大的计算室。它的房顶比其他房间更高,地板也更低。

他们的量子计算器已经取得了相当的成就。上个旬月，他们分解的数要用10^{73}个氢原子作为寄存器，这个数量比银河系所有恒星的氢原子之和还要多，换句话说，这个数要比填满整个房间所用的氢原子数高出整整六十个数量级。他们想要成功，唯一方法就是利用真正的量子计算效应，让现阶段数量有限的实体寄存器与其他状态下的寄存器实现叠加。

从某种意义上看，接下来的这次实验可不单单是数值上的递增：的确，这次分解的数字更大了。但根据迪甘达尔定理①，他们将要分解的这类极大数应该是质数。传统的计算机无法验证这一假设，但他们的量子计算机应该可以。

庞特又翻了几页打印出的资料，然后走到另一块控制台前，拔出几个控制钮，调整录制系统的部分参数，他希望把这次实验所产生的所有参数都记录下来，之后人们对结果就不会有疑问了。要是他们能——

"准备。"阿迪克说。

庞特觉得自己心跳开始加速，不论是为了他自己，还是为了阿迪克，他都很希望这次能够成功。他在自己职业生涯的早期相当幸运，在物理学术圈内颇有盛名。就算他在今天去世，也会被人长久铭记。不过庞特知道，阿迪克就没那么成功了，但他肯定配得上这样的荣誉。如果他们能证明或者推翻迪甘达尔定理该有多好，不管

---

① 此为作者虚构的一个定理。

结果如何，都会是重大发现。

实验开始前需要先操作两个控制台，它们在这个小房间的左右两侧。庞特还是站在其中一块面板前，那里挨着通向餐厅的拱门；阿迪克走向另一头的面板。所有的控制台本来都应该放在一起，但现在这样放反而省了差不多三十臂长的量子转导线，这种连接寄存器的线缆价格可不便宜。两块控制台都装在一面墙上。阿迪克站在他负责的面板前，拨出需要操作的控制钮。庞特此时也在自己的控制台前操作着。

"都好了吗?"阿迪克问。

庞特看着前方面板上的一组灯，它们是红的——鲜血的颜色，健康的颜色。"好了。"

阿迪克点了点头。"十拍，"他开始倒计时了，"九拍、八、七、六、五、四、三、二、一、零。"

庞特的面板上闪着好几盏灯，说明寄存器正在运作中。理论上，所有可能的因数在一拍的瞬间都已经试好了，然后感光胶片上会显示出一系列干涉图案，再用传统的计算机对干涉图案进行解码，如果迪甘达尔定理是错的，这个数字不是质数，那这串数字就会相当长[1]。

庞特离开控制台，找了个地方坐下。阿迪克则来回走着，看着窗外成排的寄存器罐，每个都是由玻璃和金属打造的圆柱体，里面

---

[1] 质数只有1和本身两个因数，如果某个很大的数不是质数，那就会分解出很多因数，所以这串数字就会很长。

封装着一定数量的氢原子。

终于，传统计算机发出了提示音，出结果了。

在庞特的控制台中央有个方形屏幕，黄底黑字显示出了结果，最后的答案是……

"这个烂骨头！"站在庞特身后的阿迪克一手搭着他的肩膀，看到结果，忍不住骂了一句。

因为屏幕上显示："69号寄存器出现错误，分解中止。"

"我们得把那台寄存器换了，它净给我们惹事。"

"不是寄存器的问题，"阿迪克说，"是稳定它的基座坏了，但想修好它，得花上好几个十分日。"

"那我们在见银须长老前不就什么成果都拿不出了吗？"庞特问，他不希望自己见到年长的族人后告诉他们，在上次议会的议程结束后，世人的知识库中什么都没增加。

"除非……"阿迪克的声音越来越轻。

"怎么？"

"69号寄存器的问题是它会在底座上震动，说明固定夹有点问题。如果我们能找个东西固定它……"

庞特扫了眼房间，没看到什么趁手的东西，"这样行不行，我到计算室里用身子顶着它，你明白吗？我用全身的重量压在上面，看看这样能不能减少震动。"

阿迪克皱起眉，"你得把它扶得很稳才行。这个设备是可以承受一定震动的,但……"

"我能做到,"庞特说,"但我在计算室里会加重量子退相干的问题吗?"

阿迪克摇了摇头,"不会,柱状寄存器外有层层保护;只有辐射量或者电磁噪声比人体更大的物体才能对内容物造成影响。"

"好了,那开始?"

阿迪克又皱起眉,"这种解决问题的方法也太糙了。"

"说不定有用呢。"

阿迪克点了点头,"我觉得值得一试。至少比空着手去见长老会要强。"

"那行!"庞特毅然决然地说,"我们开始!"阿迪克点了点头,庞特打开分隔计算室与其他三个房间的门,然后走下台阶,踏上铺着镜面大理石的地板,这些大理石在铺设完后还用激光平整了一遍。庞特走得小心翼翼,他之前穿过这个房间的时候还滑倒过。等他走到69号圆柱前,就把一只手放在它顶部光滑的弧面上,再搭上另一只手,然后全力按下去。"随时可以开始!"庞特喊道。

"十,"阿迪克也以喊声回应,"九、八、七。"

庞特努力稳住双手,他觉得手下的这根圆柱现在稳得很。

"六、五、四。"

庞特深吸一口气,试着保持平静。他把紧张深埋于心。

"三、二、一。"

准备见证奇迹吧,他想。

"零!"

阿迪克听见控制室和计算室之间的那块玻璃发出剧烈的震动。"庞特!"他边喊边冲到窗边,"庞——庞特?"

但却没有庞特的踪迹。

阿迪克抓住门把,拉开插销,然后——

呼——!

门被顶飞了,瞬间大开,阿迪克握着的门把也脱了手,控制室里瞬间涌出一股强大的气流,直冲计算室,差点让他一头栽在楼梯上。空气不断从控制室涌向计算室和前方的矿洞,好像——好像原来在那里的空气被人抽走了。阿迪克的耳膜一直在轰隆作响。

"庞特!"等气流平息后,他又喊了一次,尽管房间很大,但那些寄存器罐的间隔很宽,这些圆柱体又细,庞特根本不可能藏在它们后面。

到底发生了什么? 如果矿井中的某处岩壁崩塌了,后面又是一块低压区域,或许……

但整个矿井遍布地震传感器,如果真有什么动静,传感器就会触发机关,让计算室里充满警示用的怪味。

阿迪克匆忙跑过花岗岩地面。"庞特!"他不断喊着,"庞特?"

地面没有裂缝;他肯定没被地面吞噬。阿迪克望向房间的尽头,可以看见69号寄存器罐,庞特之前就压在它上面,但他显然不在那儿,但阿迪克还是飞快跑向那个寄存器,试图寻找他失踪的线索,然后——

烂骨头!

阿迪克脚底一滑,仰面摔倒在了大理石地板上。地板上到处都是水——许多水。这是哪来的?庞特之前是拿了一管水,但阿迪克可以肯定,他在下楼梯前就把水喝完了,而且这里的水远比一管水的量要多;地上积了一大摊,差不多有好几桶了。

地上的这些如果真的是水,看起来很干净,清澈度也好。阿迪克把沾水的手掌凑到自己面前闻了闻。没有气味。

试着舔了下。

也没味道。

结论很明显,这就是纯净水。

阿迪克心脏狂跳,大脑飞速运转,然后出去拿了些容器,把水收集起来,因为这是他拥有的唯一线索。

水是哪儿来的?

还有,庞特到底去哪儿了?

第五章

到底是——？

纯粹的黑暗。

还有——水！庞特·博迪特觉得双腿湿湿的,接着——

他正在下沉,水已经没到了他的腰部、胸口、下巴……

庞特胡乱蹬着双腿。

他双眼圆睁,但什么都看不见——什么都没有。

他一边踩水,一边挥臂扑腾,大口喘着气。

发生什么事了？他到底在哪儿？

上一秒,他还站在量子计算设备边上,下一秒就——

黑暗——无垠的黑暗,庞特觉得自己可能失明了。可能是爆炸的结果;在这种深度的地下,岩石崩裂总是特别危险,而且——

这可能是爆炸后涌出的地下水。他的双臂又扑腾了一会儿,然后绷直脚尖,试着触碰水底,但——

但什么都没碰到，什么都没有。下面还是水。他离水底可能只有一掌，也可能有好几千掌。他也想过潜入水底看个究竟，但自己身处黑暗，周身无所依，一丝光也没有，可能会迷失方向，如果不知道水面在哪个方向，那就没法及时回到水面了。

他在用脚试探水底的时候吞了一大口水。一点儿味道都没有；他以为地下河的水尝起来会有点咸，但它们似乎和融化的冰水一样纯净。

他继续大口呼吸空气，心跳个不停，然后——

他想先游到岸边，如果——

一阵低沉的声音裹挟着他。

又响了，听起来像什么动物苏醒了，或者……

就像什么东西在承受着巨压？

他的肺里终于蓄够了空气，可以让他喊出声来，"救命！"庞特大声呼救，"救命！"

传来了奇怪的回声，他似乎正在一个密闭的空间里。他会不会还在计算室？如果是，为什么阿迪克没有回应他的求救呢？

他不能再这样下去了。虽然他现在还没累瘫，但也快了。他得找个平台，爬上去歇一歇，或者在水里找个能帮他浮在水上的东西，然后——

那阵低沉的声音又响了起来，这次更响，持续得也更久。

庞特使出狗刨式。如果有光就好了——什么光都行。他好像游了一小段距离,然后——

我去!庞特一头撞上了个硬东西。他又改回了踩水式,四肢开始痛了,他伸出一只手,张开五指,手掌向前。他碰到了某个坚硬且温暖的东西,不管是什么,他能肯定这既不是金属,也不是玻璃。表面极其光滑,可能有点凹,然后——

那个声音又来了,是——

他心跳加速,自己双眼圆睁,但在这黑暗中却什么也看不到。

——是他面前的坚壁发出的。

他开始朝反方向游,噪声越来越响,简直震耳欲聋。

他在哪?他到底在哪?

音量还在上升。他越游越远——

嗷!痛!

他又撞上了一堵又坚硬又光滑的墙。这里肯定不是量子计算室,因为那里的墙面都覆着一层柔软的消音织物。

喔喔喔喔喔喔呜!

庞特周围的水突然开始流动、奔涌、咆哮,将他裹挟其中,好像身处一条湍急的河流。他深吸一口气,连带吸一些水,然后——

然后他感到有什么硬物砸到了脑袋一侧,然后,他在陷入这场疯狂的噩梦后第一次看到了光:那是眼里闪着的金星。

然后,又是黑暗,还有寂静,还有——

再无其他。

阿迪克·胡德在走回控制室的路上一直惊诧地摇着头，满脸疑惑。

庞特和他是多年老友，他们都是145代的人，初见时两人还是科学院的学生。但他从来都没发现，庞特还喜欢搞这种恶作剧。再说了，他想躲也没地方可以躲啊。如果在地面，消防安全规定每个房间都要有多个出入口才算合规，但在地下，这种要求根本不切实际。离开的唯一通道就是控制室。有些计算站还装有夹层以隐藏线缆，但这里的线缆是裸露在外的，地板又是古老的花岗岩，打磨得很光滑。

阿迪克之前一直在看控制台，没有往计算室的窗口看。但如果计算室里闪过强光，他肯定会注意到。那庞特有没有可能被——嗯……气化了？如果他成了气体，空气中肯定会有焦煳味或者臭氧味。但现在就是一点儿痕迹都没有。他就这么消失了。

阿迪克瘫在庞特的椅子上，惊讶得一句话都说不出来。

他不知道接下来要怎么办，自己一点儿思路都没有。他几拍后才回过神来。自己应该通知萨尔达克市的行政部门，庞特失踪了，让他们派人搜索。如果地面裂了一道缝，庞特不巧掉了进去，落入另一条巷道或者矿井的另一层……这种可能性也不是没有，但很低，要是真是这样，他可能已经受伤了。

阿迪克起身求援。

鲁本·蒙塔戈医生和两名随车医护带着那位受伤的男人穿过玻璃移门,进入萨德伯里区域医院的分部——圣约瑟夫医疗中心的急救站。

急诊室的工作人员是个五十来岁的锡克教徒,围着翠绿色的头巾。"怎么回事?"他问。

鲁本瞥了眼他的名牌,上面写着"医学博士N.辛格"。于是他说:"辛格医生,我是鲁本·蒙塔戈,克莱顿镍矿的驻场医生。这位先生差点淹死在重水罐里,而且您也看到了,他的头部受了外伤。"

"重水?"辛格问,"你们在哪里——"

"中微子观测站,"鲁本答道。

"啊,原来如此。"辛格转身喊来一辆轮椅,然后低头看着那个人,并在书写板夹上记笔记。"身体形态反常,"他说。"眶上脊凸起①。肌肉极为发达,肩膀极宽,四肢短小。还有——嘿! ——这是什么?"

鲁本摇了摇头,"我不知道,它看起来是植入皮下的什么东西。"

"很奇怪,"辛格看着那人的脸,"你感觉如何?"

"他不会说英语。"鲁本说。

"好吧,不过他的骨头会告诉我们答案。我们带他去放射科。"

---

① 原始人类的特征之一。

鲁本·蒙塔戈在急救室外来回踱步,偶尔有个自己认识的医生经过,就和对方说几句话。最后辛格终于告诉他,X光已经拍好了。鲁本希望他能忽视专业因素,邀他一同查看结果,好在辛格也真的示意他过来。

受伤的男人还留在X光摄影室里,大概是辛格想着可能还要再拍几张X光片。他坐在轮椅上,鲁本觉得他看起来甚至要比在医院里的小孩还要恐惧。放射科的技术人员把那人的X光片固定在光箱上,他们一共拍了两张:一张正面,一张侧面。随后,辛格和鲁本上前研究起来。

"你来看看这个?"鲁本轻声说。

"我的天,"辛格感叹道,"真是神奇!"

X光片里的颅骨偏长,比正常人的颅骨要长得多,后脑勺是一个圆形凸起,好似一枚发髻。一对眉骨很凸,前额较低,鼻腔很大,两侧奇怪的三角形凸起指向中间,面部下方的巨型颧骨清晰可见,同时也显示出了胡子盖住的部分:他根本就没有下巴。X光片还显示,他的最后一颗臼齿和下巴的其他部分之间有一道凹槽。

"我从没见过类似的情况。"鲁本说。

辛格睁大了他黑色的双眼。"我见过,"他说,"我见过的。"他转身看着坐在轮椅上的男人,他正在胡言乱语。辛格又检查了一下那些犹如灰色鬼影般的X光片。"这不可能啊,"这名锡克教徒说,"不可能。"

"怎么说?"

"不应该是……"

"到底怎么了? 我的天,辛格医生,你——"

辛格抬起手,"我不知道这是怎么回事,但……"

"嗯? 什么?"

"你接手的这位病人——"辛格以一种惊奇无比的语调说出了后半句,"——似乎是位尼安德特人。"

第六章

"沃恩教授,晚安。"

"晚安,达利娅,明天见。路上小心。"玛利亚·沃恩瞥了眼钟:现在是晚上八点五十五分。

那名年轻的研究生向她露出微笑,"我会注意的。"然后就离开了实验室。

玛利亚望着她离开,想起自己的身姿曾经和达利娅一样纤瘦,不由心怀惆怅。她如今三十八岁,膝下无子,与丈夫长期分居。

之后她又埋头苦读放射自显影①的胶片,把每个核苷酸都认真看一遍。她研究的DNA是菲尔德自然历史博物馆②的旅鸽标本:这

---

① 通过检测放射性标记物质在细胞内的定位,来观察某一特定生化反应过程的技术。

② 位于美国芝加哥的博物馆,创立于1906年,为了纪念博物馆的主要赞助者马歇尔·菲尔德而得名。

份样本被送到约克大学,就是为了看它是否能测序。他们之前试过几次,但DNA样本太残破了。不过玛利亚的实验室在重构其他机构所无法识别的DNA样本上取得过空前的成就。

但可惜的是,这次的基因序列实在太破碎,没法判断这个样本中有过哪些核苷酸。玛利亚揉揉鼻梁,她应该从旅鸽的标本里再多提取点DNA出来的,但今晚实在累了。她看了眼墙上的钟,已经九点二十五了。

这个时间倒也不算特别晚,在大学的夏天,许多晚课结束时都要九点了,所以这个点应该还有不少人在外闲逛。如果她工作到晚上十点后,一般都会叫校园步行护送服务,请人护送她上车。但现在还不算晚,叫这个服务看起来没什么必要。玛利亚脱下浅绿色的实验室制服,挂在门边的衣帽架上。时值八月,实验室里开着空调,但外面肯定还是很热。等待她的又是一个黏腻、难熬的夏夜。

玛利亚关上实验室的灯,其中一盏荧光灯在熄灭前闪了好几下。然后,她关上门,独自走到二楼走廊上,走过百事自动贩卖机(百事公司给了约克大学两百万美元,才成为校园里的独家软饮料供应商)。

走廊两侧排列着日常告示板,上面都是学院开学、教室安排、社团会议、办理廉价信用卡以及杂志订阅广告,还有学生和教职工发布的各类二手商品转卖信息,甚至还有个可怜的傻瓜发帖,希望有人能给他钱去买一台老式电子打字机。

玛利亚继续沿着走廊走，高跟鞋响亮地踩在瓷砖上。走廊里空无一人，虽然她经过男厕所时听见了小便池冲水的声音，但那是由计时器自动控制的。

通向楼梯间的门上开着窗，用的是安全玻璃，上面嵌着铁丝网。玛利亚推开门，走下四段水泥楼梯，每段都有半层楼高。到了底楼后，她离开楼梯间，又走了一小段楼梯，这段路也空无一人，只在尽头有个门卫在来回走着。她穿过走廊尽头，经过校报《圣剑报》的报箱，终于走入了双开门后温暖的夏夜。

月亮尚未升起。玛利亚走在人行道上，几位学生与她擦身而过，但她都不认识。周围时有飞虫，她伸手去拍，然后——

一只手捂住了她的嘴，随后，她就感到某种冰冷、尖锐的东西抵着她的喉咙。"别出声。"一个低沉、沙哑的声音说着就把她向后拖。

"求你了——"玛利亚哀求着。

"闭嘴。"那个男人继续拖着她向后走，刀也毫不客气地顶着她的脖子。玛利亚的心跳得很快。嘴上的手移开了，过了一会儿，她就感到那只手摸上了她的左胸，粗暴地揉捏着她，很疼。

他把玛利亚拉进一个狭窄的角落，两堵水泥墙组成直角，一株巨大的松树挡住了外界的大部分视线。他迫使玛利亚转身，把她的手臂抵在墙上，他的左手虽然在控制着她的手腕，但手里仍握着刀。现在她能看见那人的脸了。他戴着劫匪用的那种黑色套头帽，但显然是个白人,因为他那双蓝色眼睛周围露着一圈白色的皮肤。玛利亚试着用膝盖去顶他的腹股沟,但他腰向后一弓躲开了,她只能与对方进行眼神交流。

"别反抗。"那人说。她闻到了对方呼吸中的香烟味,感到他压在自己手腕上的掌心渗出了汗。他把手从墙边移开,猛地扯了一下玛利亚,再把她的双臂狠狠地往水泥墙上撞,刀离玛利亚的脸更近了。他的另一只手伸向裤裆,玛利亚听见了拉链拉开的声音,自己从喉咙里泛起一股酸水。

"我——我有艾滋。"玛利亚紧闭双眼,想把一切都拒绝在外。

那人笑了,声音冷酷且沙哑。"正好,我也有。"他说。玛利亚的心一沉,但他可能也在撒谎。他伤害过多少女性?在这样的绝望中,又有多少人试过去赌一把?

有只手在她的裤头处摸索,同时向下扯。玛利亚感到裤子拉链被扯开了,褪到了臀部下面。她感到了那人的骨盆,那根硬邦邦的东西正抵着自己的内裤来回磨蹭。她刚叫了一声,那人的手就立刻扼住了她的喉咙,然后用力,指甲嵌入血肉。"婊子,闭嘴。"

为什么没人经过?为什么周围没有人?天啊,为什么——

她感到自己受到了性侵犯。

玛利亚的泪水在眼角打转,这是暴力犯罪!那个男人一次次地把身体撞向她,深入侵犯她的身体,她的后腰也一次次地撞在水泥墙上,一次接着一次接着一次……他每动一下,野兽般的呻吟就越响一分。

最后，一切终于结束了。他从她体内拔出来。玛利亚知道，她此刻应该低头看，寻找任何可以指认罪犯的证据，就算看看他有没有割过包皮都行，任何可能帮她给这个畜生定罪的证据都可以。但她没法看那根东西，也没法看着他，她只能歪着头，望着黑暗的天空，刺痛双眼的泪水模糊了一切。

"你现在给我老实待着。"那人用刀的侧面拍了拍她的脸，"把嘴闭上，在这里等十五分钟。"然后她听见他拉上拉链，以及跑过草地时的脚步声。

玛利亚靠着墙慢慢下滑，坐在水泥人行道上，她的膝盖抵着下巴，爆发出了撕心裂肺的哭声，她恨自己这样。

过了一会儿，她把手伸向两腿之间，然后拿出来，看看自己有没有流血；还好没有，感谢上帝。

她等到自己的呼吸渐渐平复，等到翻腾的胃平静下来，等到觉得可以站起身来，等到觉得不会呕吐之后，才带着无比的痛苦慢慢起身。她能听见远处传来说话声，是女人的声音，两个女学生走过的时候边说边笑。她想喊住她们，但喉咙里却发不出声音。

她知道，室外可能有二十五摄氏度，但她却觉得很冷，这是她这辈子觉得最冷的一天。她揉搓双臂，想要暖和起来。

她用了多长时间才恢复过来？五分钟？五小时？谁知道呢。她应该找一台电话，拨打911，叫来多伦多的警察……或者校园里的保安，或者约克大学的强奸危机处理中心，她知道有这么个地方，自己在学校手册上读到过，但……

但她不想和任何人说这件事，也不想见到别人……不想……不想让别人看到她这个样子。

玛利亚穿上裤子，深吸一口气，离开了这里。她过了好一会儿才意识到自己并没有走向她的车，而是回到了法夸哈森生命科学学院大楼。

她进去之后，就一直死死抓着栏杆，走上四层半楼梯，害怕松手，害怕失去平衡。好在这段楼梯和之前那样空无一人，她在回到实验室的路上没有被人看到，荧光灯亮了起来。

她不担心怀孕。因为她一直在吃避孕药，就算和丈夫科莫结婚后也是如此，这在她看来不算什么罪，但在她母亲眼里肯定是。她在与丈夫分居后依然保持着这个习惯，虽然这么做并没有什么理由。但为了安全起见，她还是会找个医务室，测一下艾滋。

玛利亚已经决定不上报这件事。那些遭到强奸后没有上报的例子她读得也不少了，每次自己都会指责她们，觉得那些受害者们如果不上报，就是在背叛其他女性，就是在让恶魔逍遥法外，就是让他们有机会再去侵犯别人，就像现在，侵犯了她，但……

但如果你只是作壁上观而非案件的受害人，自然说得轻巧。

她知道那些指控男人犯下强奸罪的女性之后都经历了什么，自己在电视上见过无数案例。其他人都会想办法证明这都是女性的错,她们的目击证词不可靠,她们半推半就,她们没能把住道德底线。"欧·凯西夫人,既然您说自己是天主教徒,哦不好意思,自从您离开了丈夫科姆之后就不再用这个名字了,对吧?那我现在应该称您为沃恩女士,没错吧?那您能告诉法庭,自从您抛弃了丈夫之后,还有没有与其他男人睡过?"

她知道,法庭上很难寻觅到正义。她会被撕得四分五裂,再被人重构成一个自己都认不出的样子。

而且,最后可能什么都不会改变。恶魔仍会逍遥法外。

玛利亚深吸一口气。或许她在未来的某些时候会改变看法,但现在,唯一重要的事就是留存物证,而在这件事上,她,也就是玛利亚·沃恩教授,至少和那些带着强奸案取证盒的女警察一样熟练。

实验室的门上有块玻璃,于是她挪了挪位置,好让自己不会被从走廊里经过的别人看到。然后她脱下裤子,拉开拉链的声音再度令她心惊肉跳。她拿来一个玻璃标本盒,还有几根棉签,眨眨眼,把泪憋回去,开始收集体内的污秽。

结束后,她封好标本盒,用红笔在盒上写好日期,再标上"沃恩666①",这是她的名字和最适合代表那位恶魔的数字。然后她把自己的内裤封存在另一个不透明的标本盒中,写上相同的日期和代号,再把它们都放进存放生物标本的冰箱里,和旅鸽、木乃伊以及长毛猛犸象的基因样本摆在一起。

———————————

① "666"出自《启示录》,在西方通俗文化中"666"往往代表魔鬼撒旦。

第七章

"我在哪儿？"庞特知道自己的声音里满是惶恐，他试过控制情绪，但没有用。自己还坐在那个带铁环的椅子上，这倒也是件好事，因为他觉得自己现在可能还站不太稳。

"庞特，保持冷静，"植入他体内的机侣说道，"你的脉搏加快到了——"

"冷静？"庞特厉声说，似乎哈克提出了一个不可能的荒谬建议，"我到底在哪儿？"

"我不确定，"机侣说，"我收不到定位塔的信号，而且我和行星信息网的联系完全断了，也没收到任何远程档案库的通知。"

"你确定你没坏？"

"没有。"

"那——这里可能就不是地球了？ 不然你肯定能收到信号。"

"我肯定这里就是地球，"哈克说，"他们把你带上那辆白色车子时,你注意到天上的太阳了吗?"

"怎么说?"

"它的色温是5200K[1],在天穹中运行的对角为七百分之一度,这个数据与我们在地球轨道上观测太阳时得到的数据相同。另外我也认出了自己见到的大多数树木和植物。没错,这里显然就是地球表面。"

"但闻着却有一股恶臭! 空气很差!"

"我得承认,的确如此。"哈克说。

"我们有没有可能——有没有可能穿越了?"

"似乎不太可能,"机侣答道,"但如果今晚我能看到星座,就能知道我们是向前还是向后旅行了。如果我还能观察到其他星球和月相,应该还能算出准确的日期。"

"但我们要怎么才能回家? 我们要怎么——"

"庞特,我必须劝你先平静下来,你呼吸太急,马上就要缺氧了。先深呼吸。好。再慢慢呼出来。对。放松。再吸气——"

"这些是什么生物?"庞特朝那两位瘦弱的男人挥了挥手,一位长着棕色皮肤,头皮铮亮;另一位肤色稍浅,脑袋上还裹着布料。

"你让我猜? 我觉得是格里克辛人。"哈克说。

"格里克辛人!"庞特惊呼,声音很响,引得那两个奇怪的人都转身看着他。他放低声音,"格里克辛人? 天,拜托……"

---

[1] 虽然原文这里用的是degrees,但色温的计量单位是开尔文。

"你看那里的头骨图片。"哈克虽然通过一对耳蜗植入体与庞特说话，但它通过改变左右声道的平衡，能让庞特分辨出方向，就像有人指着一样。庞特摇摇晃晃地站起来，穿过房间，朝着远离那些奇怪生物的方向走去，来到一块发光的板前，样子和那些奇怪的生物在看的一样，上面还夹着几张颅骨透视图。

"绿肉！"庞特望着这些奇怪的颅骨叹道，"他们肯定是格里克辛人——你说呢？"

"我也这么觉得。其他灵长类动物的眉弓不会这么平，下颚也不会那么凸。"

"那就真的是格里克辛人！但他们已经灭绝了——好吧，他们灭绝多久了？"

"大概有四十万个月了。"哈克说。

"但如果我们真的往前穿越了那么久，这里就不可能是地球。"庞特说，"我的意思是，眼前的这个文明在我们的考古记录中没有任何痕迹。至少我们知道，格里克辛人会把石头凿成粗糙的石斧，没错吧？"

"的确。"

庞特努力让声音保持平静，不再歇斯底里，"那又回到这个问题上来了：我们在哪儿？"

鲁本·蒙塔戈惊讶地张着嘴，看着辛格医生，"你说'他似乎是个尼安德特人'是什么意思?"

"颅骨的特征绝对是诊断性的证据,"辛格说,"相信我,我有颅骨学学位。"

"但是辛格医生,这不可能啊,尼安德特人几百万年前就灭绝了。"

"其实只有两万七千年左右,"辛格说,"前提是你相信最近的一些发现。如果这些发现的结论最后站不住脚,那他们的灭绝时间也不过被推到了三万五千年前。"

"那他们现在又怎么……"

"这我就不知道了。"辛格朝夹着X光片的光箱摆了摆手,"但这些片子上能见到的特征是错不了的。现代智人可能会有其中一两个特点,但要说有人能拥有全部的特征? 不可能。"

"都有哪些特征?"鲁本问。

"最明显的就是眉脊,"辛格说,"注意,他和其他灵长类动物的眉脊还是有区别的:那就是双弓,而且后面有一道沟。他的面部前突,用医学术语说,就是双颌前突,你看他外凸的下颌! 而且他没有下巴,你再看下颌支与臼齿之间的间隙——"他指着最后一枚臼齿之后的空隙,"看到鼻腔里那些三角形的凸起了吗? 我们从来没在其他哺乳动物身上发现过这个特征,更不用说其他灵长类了。"他指着图上颅骨后部的区域,"看到这个脑后的圆形凸起了吗? 这叫枕外隆突:这些都是尼安德特人的显著标志。"

"你在逗我吧。"鲁本说。

"我在这事上可从不乱开玩笑。"

鲁本扭头看着陌生人,他已经从轮椅上站了起来,面带惊诧地望着房间另一头的几张X光片。鲁本又看了看他面前的那张。他和辛格在放射科医生拍照的时候都离开了房间,所以还有这样一种可能:有人不知出于什么原因,把结果换成了另一张不明来历的X光片,虽然——

虽然这些都是真的X光片,而且拍摄对象都是颗活生生的脑袋,不是化石,因为里面的鼻腔软骨和肌肉轮廓清晰可见。当然了,下颌的有些地方看着还是很怪,有的地方在X光片上显出的阴影要浅得多,好像是由某种密度更低的物质构成的。另外,这些地方显得很光滑,没有褶皱,看来这种材料很均匀。

"这是假的,"鲁本指着下颌那块异常的地方说,"我是说,他是假扮的;他整过容,为的就是让自己看起来像尼安德特人。"

辛格斜眼看了看X光片,"下颌是有修复的痕迹,你说得没错——但只有这里有异常,颅骨上的其他特征似乎都是天生的。"

鲁本瞥了眼那个受伤的人,他还在看其他头骨的X光片,同时自言自语。医生试着去想象那位陌生人皮肤下的头骨,它看起来会和辛格展示给他的一样吗?

"他有好几颗假牙,"辛格还在研究那张X光片,"但都装在整形

过的下颌上，而其他牙齿似乎都正常，但看齿根像是得了牛牙症①
——这是尼安德特人的另一个特征。"

鲁本又转身看回Ｘ光片，漫不经心地说："他没有牙髓腔。"

"这就对了。"辛格说。他花了点时间检查了一下Ｘ光片，"无论
如何，他都没有头部外伤导致的硬膜下血肿②，颅骨也没有损伤。这
样的话，也没理由把他留在医院里了。"

鲁本看着那个陌生人。他到底是谁？那人嘟哝着一堆奇怪的
话，还动过许多整形手术。他可不可能是某个诡异的邪教组织成
员？这可能就是他闯入这个中微子观测站的原因？这的确有点道
理，但——

但辛格说得对，除了下颌上的整形手术，从Ｘ光片上看，头骨的
其他部分很自然。鲁本·蒙塔戈缓慢、谨慎地穿过房间，就像——鲁
本过了一会儿才意识到自己在做什么：他接近那个陌生人的动作就
像在接近一头野生动物，而非接近另一个人。而目前看来，对方的
行为举止却一直十分礼貌。

那人显然听见了鲁本靠近的声音，于是把注意力从吸引自己
的Ｘ光片上移开，看着医生。

鲁本盯着那人，之前他就意识到，对方的脸有点奇怪。一双眼
睛上的眉骨凸出，惹人注目。他的头发从中间向两侧分开，一丝不

---

① 牛牙症是一种牙形态发育异常，其表现为牙体偏大，牙根偏小。曾被人
认为是早期人类的牙齿特征。

② 头部外伤是慢性硬膜下血肿最常见的致病原因之一。

苟,但看着也不像是打理的结果,而像是自然形成的。还有鼻子:他的鼻子真够大的,但根本不是鹰钩鼻。说实话,这个鼻子和鲁本之前见过的所有鼻子都不一样——它根本没有鼻梁。

鲁本缓慢抬起右手,轻柔地张开五指,确保这个动作透露出犹豫而非威胁。"你介意吗?"他说,慢慢把手伸向了那人的脸。

对方或许不理解这几个字的意思,但这个动作的意图却很明显。于是他将头微微向前倾,欢迎着鲁本的触碰。鲁本的手指拂过眉脊,摸过额头,沿着头骨从前划到后,感受着后脑勺的(辛格怎么称呼它?)枕外隆突,那东西摸着就像是皮肤下面的一个圆形硬块。不用再怀疑了,他们在 X 光片里看见的头骨就是他的。

"鲁本,"蒙塔戈医生指着自己胸口,"鲁——本。"然后他掌心向上,伸向那位陌生人。

"庞特。"那个陌生人的声音低沉而有力。

当然,这个陌生人或许会把"鲁本"当成鲁本·蒙塔戈这类人的学名,而"庞特"在那个陌生人的语言里,可能就是指尼安德特人。

辛格向前加入他们。"瑙尼哈尔,"他说,揭示了他名牌上"N"所代表的含义,"我的名是瑙尼哈尔。"

"庞特。"那个陌生人又重复了一遍。鲁本想,这个词的确可能还有其他含义,但最有可能的还是代表着那人的名字。

鲁本对辛格点了点头,"感谢帮助,"然后他转向庞特,示意他跟上,"来吧。"

那人走向轮椅。

"不,"鲁本说,"不用,你没事了。"

他又做了遍手势让对方跟上,那人照做了,走着跟了上来。辛格取下X光片,放进一个巨大的信封里,和他们一起离开放射室,走向急诊室入口。

磨砂玻璃门挡在前面,辛格刚踏上橡胶垫,门就向两侧滑开,然后——

相机闪光灯不断在他们面前炸开。

"这就是炸坏中微子观测站的人吗?"一个男人问道。

"英科公司准备以什么罪名起诉他?"一个女人问道。

"他受伤了吗?"另一个男人问。

鲁本花了好一会儿才反应过来到底发生了什么。他认出了其中两个人,其中一人是加拿大广播公司的当地记者,另一位则是《萨德伯里星报》矿业版的记者,其他十来个围在这儿的人他就不认识了,但他们都伸着自己的话筒,上面是"加拿大环球电视台""加拿大电视台"和"新闻世界"的标志,还有人递来了当地广播电台的邀请函。鲁本看了眼辛格,叹了口气,看来接下来的一轮盘问是躲不掉了。

"嫌疑人叫什么名字?"另一位记者喊道。

"他有前科吗?"

记者对着庞特疯狂按下快门,后者则根本没费心遮挡自己的脸。这时候,两名身穿深蓝色警服的加拿大皇家骑警队警官从外面进来,"这就是那位恐怖分子?"

"恐怖分子?"鲁本说,"目前没有相关证据。"

"你就是矿井的驻场医生吧?"有个警官问。

鲁本点点头,"我是鲁本·蒙塔戈。但我不相信这位先生是恐怖分子。"

"但他炸了中微子观测站!"有个记者喊。

"没错,观测站是受损了,而且他当时也在场,但我不觉得他是有意为之。因为他差点淹死在那儿。"鲁本据理力争。

"不管你们怎么说,"警察这么说,鲁本对他的印象就立刻变差了,"他都得跟我们走一趟。"

鲁本看看庞特,又看看那些记者,最后又望向辛格,压低声音对他说:"你知道吗,这事如果就这么发展下去,让当局把庞特带走,那就再也没人能见到他了。"

辛格缓缓点了点头,"很有可能。"

鲁本咬着下嘴唇,想了会儿,然后深吸一口气,大声宣布:"我不知道他从哪里来,"他说着就伸手搂住庞特宽阔的肩膀,"而且我也不确定他是怎么进到那里去的,但他名叫庞特,而且——"

鲁本停住不说了,辛格看着他。鲁本知道这样就差不多可以了,没错,大家知道了他的名字,他已经不必再多说什么。如果事情到此为止,那么没人会觉得他是个疯子。但如果他继续说下去——

如果他继续说下去，那全世界都要炸锅了。

"他的名字怎么写?"一名记者喊道。

鲁本闭上眼，从内心寻求力量。"我只知道怎么读，"他说，"他叫庞特，可能是庞大的庞，特别的特，不管是谁先把这两个字写下来，我都能保证，你们是全世界最先写出他名字的人。"他又停顿了一会儿，看了眼辛格，从他那里寻得一些鼓励，然后继续说下去，"我们开始怀疑，站在这里的先生并非智人。我猜，古人类学家们对这个人种的学名还存在争论，但现在看来，这位先生应该属于尼安德特人，或者人属尼安德特人。但不管标准说法是哪个，他肯定是一位尼安德特人。"

"是什么?"一名记者问。

有人讥笑着哼了一声。

另一位，也就是那名《萨德伯里星报》的矿业版的记者抿着嘴，鲁本知道，这名记者的本科学位是地质学学位，所以肯定学过一两门古人类学的课程。他满脸怀疑地问:"你怎么得出的结论?"

"我看过他头骨的X光片，辛格医生对他表现出的人种特征尤为确信。"

"那尼安德特人为什么要破坏中微子观测站?"有个记者问。

鲁本耸耸肩，承认这个问题问得颇有水平，"我们不知道。"

"这肯定是骗局，"矿业记者说，"肯定是。"

"如果是真的，那被骗的可不止我一个，也包括辛格医生。"

"辛格医生，"另一记者说，"这位……站在这里的人是……穴居人吗？"

"不好意思，我只能和参与治疗的医生讨论病人的情况。"

鲁本望着辛格，急切地说："辛格医生，帮个忙……"

"不行，"辛格很坚决，"规定就是规定……"

鲁本低头看着地面，想了会儿，然后哀求地望向庞特。"你来决定吧。"他说。

庞特肯定听不懂他说的话，但显然抓住了当前局势的关键，鲁本突然想到，庞特如果执意要逃，其实很容易成功。他个子虽然不高，但身材比这里的所有警察都要魁梧。但庞特的眼神很快就朝辛格的方向望去，鲁本循着尼安德特人的视线看去，才明白他其实在看辛格医生手里的那封牛皮纸信封。

庞特大步走向辛格，鲁本看见其中一名警察正在把手伸向腰间的枪套——他显然以为庞特要袭击辛格医生。但庞特却突然在辛格面前停下，伸出手，掌心向上。这个姿势的含义明显超越了文化的界限。

辛格似乎犹豫了片刻，然后递上信封。房间里没有看X光片的光箱，现在也已入夜，但房间里有个大窗户，楼下停车场的光线正好从窗外照进来。庞特移步到窗边，他或许知道，如果自己走向通往屋外的玻璃门，警察就会上前控制住他。之后，他举起其中一张X光片，那是张颅骨的侧面照。他把这张光片按在玻璃上，好让大家都能看到。便携式摄像机立刻对准它，快门声此起彼伏。庞特示意辛格上前。辛格照做了，鲁本跟在他身后。庞特点了点X光片，然后指了指辛格。他重复了两到三遍，左手的手指又开合了几次，这个全球通用的手势显然只有一个意思，那就是"请讲"。

辛格医生清清嗓子，环顾大厅里的众人，再动了动肩膀，"呃，看来我的病人允许我在公开场合讨论他的X光片了。"他从白大褂胸前的口袋里掏出一支笔当作教鞭，"各位，看见头骨后侧的这处圆形凸起了吗？古人类学家称之为'枕骨隆突'……"

第八章

玛利亚·沃恩缓缓驱车驶向位于十公里外的列治文山的公寓。她住在天文台街,离大卫·邓拉普天文台不远。很久之前,这里一度是全世界最大的光学望远镜的所在地。如今由于多伦多市内光污染的缘故,它已经成了比教具稍强点的水平。

她之所以买了这里的公寓,部分是因为这里的安保情况好。她驶上车道,岗亭的门卫向她挥手示意,但玛利亚现在还做不到和他,或者任何人对视。路上只有她一个人,她驶过修剪过的草坪,还有高大的松树,转弯,最后驶入地下车库。她的车位离电梯还有好长一段路,但之前不管她多晚到家,都不会觉得不安全。天花板上的污水管和水管间挂着许多摄像头,探出头的消防喷头就像星鼻鼹鼠的鼻子。她走向电梯的每一步都有监控,只是在今晚,这个地狱般的夜晚,她不希望别人看到她。

自己走路的姿势会不会被人看出端倪?那步频呢?还有自己

低头的样子,抓着夹克前襟的手,尽管衣服上有扣子,但却无法为她提供足够的安全感和宽慰。

宽慰。不,这种感觉不会再有了。

玛利亚进入地下二层的电梯大厅,推开面前的两扇门,这里只能上行,她按下唯一的按钮,然后等着三部电梯中的一部下来。等待的时候,她一般都会看物业或者其他住户张贴的各种告示。但今晚,她只是死死地盯着地面,盯着斑驳磨损的地砖。合上的电梯门上方没有显示轿厢所在楼层的屏幕,不过再上两楼,也就是一楼大堂里就有。在电梯门"隆隆"地打开前,"上行"按钮的灯就会暗掉,但她连这个也不能看。她真的很想回家,但她开始时瞥了眼那个向上的箭头,就怎么也没法再多看一眼了……

最远处的门终于嘎吱着打开了,她走进电梯,按下了第十四层的按钮——其实是第十三层,只是十三这个数字不太吉利,开发商就略去了。楼层按键上方有一块玻璃牌,上面有句激光雕刻的告示:"业主委员会祝您今天愉快。"

电梯开始上升。停住后,电梯门震动着向一侧打开,玛利亚跨进走廊。在业主委员会的要求下,走廊的地毯最近刚换过,看着就像是一锅奶油番茄浓汤。她走到自己的房间门口,在钱包里找钥匙,找到了,拿出来,然后——

然后她盯着钥匙链,泪水盈满了双眼,视线变得模糊,心又狂跳起来。

她有个小小的钥匙链,上头挂着十多年前那位信奉实用主义的婆婆送给她的礼物——一枚黄色塑料制成的防狼哨。

她一直没机会用——但真正要用的时候又太迟了。唉,她本可以在遇袭后吹哨,只是当时……

……但强奸是暴力犯罪,而她则刚刚逃过一劫。刀就挨着她的咽喉,抵着她的脸颊,还好她没被割伤,没有毁容。但如果她吹响警报,他可能会折回来,可能会杀了她。

她听见一阵轻柔的嗡嗡声,又一部电梯到了。某位邻居几秒后就会步入走廊。玛利亚胡乱地把钥匙插进锁眼,防狼哨晃荡个不停,她迅速进入漆黑的公寓。

她打开开关,灯亮了,然后她转身关上门,转动门把手,把门锁上。

玛利亚脱了鞋,穿过墙面被刷成粉色的客厅,她注意到答录机上闪着红光,但无所谓了。她走进卧室,脱掉这身肯定会被丢掉、肯定不会再穿的衣服,她知道这些衣服不管洗多少次都不可能变干净。然后她走进套房的浴室,但没开灯;唯一的光源是床头柜的那盏蒂芙尼台灯。她艰难地走进浴室,在半明半暗中一遍遍地搓洗自己的身体,直到皮肤红肿粗糙,然后她取出一件厚法兰绒睡衣,那本是她留着在最冷的冬夜穿的,差不多能包住她的全身。她穿上睡衣,她爬上床,她抱紧自己,一直在颤抖,一直在哭,终于,最后,过了很久,辗转了几个小时,才慢慢睡着,但睡眠却时断时续,间杂着追赶、扭打以及被刀划伤的梦。

鲁本·蒙塔戈从没见过自己的大老板，也就是英科公司的总裁，所以当他发现自己居然有他的电话号码，不由得相当惊讶。于是鲁本带着惊惶的心情，拨出了电话。

鲁本对自己的公司还是挺自豪的。英科公司的前身和其他许多加拿大公司一样，也是一家美国企业的分公司。1916年，它刚在加拿大成立时，只是美国新泽西州的一家采矿企业，也就是国际镍业公司的分部。但在十二年后，也就是1928年，这家加拿大分公司通过股权交换，反倒成了集团的母公司。

英科公司作业的主要矿区就是萨德伯里的陨石坑及其周边区域。十八亿年前，一枚直径1~3公里的小行星以每秒十五公里的速度冲向地面，落到了这里。

英科公司的收益随着全球对镍的需求多少而浮动，毕竟公司的镍矿产量约占全球总需求的三分之一。但无论如何，英科公司的确在努力成为一个良好的企业公民。加利福尼亚大学的赫伯特·陈教授在1984年指出，英科公司的科瑞顿矿场深度极深，且辐射值较低，还方便从加拿大坎度重水铀反应堆获得巨量的重水，所有这些让萨德伯里成了修建全世界最先进的中微子探测器的理想场地。于是英科公司主动筹建观测站，费用全免，但为了建造监测室所需额外向下挖掘十层楼的深度，以及修建1.2公里长的巷道的开支则要另外收取。

尽管萨德伯里中微子观测站是五所加拿大大学、两所美国大学、牛津大学，还有美国的洛斯阿拉莫斯、劳伦斯伯克利以及布鲁克海文这三所国家实验室的集体项目。但如果想以私闯禁地为由起诉这个尼安德特人，也就是庞特，则要由这块地区的所有者——也就是英科公司出面了。

英科公司的董事长接起了电话。"您好，"鲁本说，"抱歉给您家里打电话，我是鲁本·蒙塔戈，矿场的驻场医——"

"我知道你是谁。"颇有教养且嗓音低沉的男声说。

鲁本的脸唰地红了，但他还是继续说："先生，我希望您给皇家骑警打个电话，告诉他们：英科公司不打算起诉出现在萨德伯里中微子观测站里的男子。"

"继续。"

"我已经说服医院，让他们暂时不要让该男子出院。根据《材料安全数据表》，摄入大剂量重水可能会有生命危险，因为这会导致细胞壁一侧的渗透压急剧升高。虽然该男子摄入的量还不足以对他的健康造成任何实质性的损伤，但我们目前用了这个借口，才让他继续留在医院里，不然他现在就要吃牢饭了。"

"吃牢饭。"董事长重复了一遍，似乎被逗乐了。

这下鲁本更慌了，"不管怎么样，如上所述，我觉得他不应该入狱。"

"告诉我为什么。"董事长说。

鲁本阐述了前因后果。

英科公司的董事长行事果断。"我会打电话的。"他说。

庞特躺在——怎么说呢,他觉得这是一张床,但它并没有下凹,而是与地面齐平,一个粗陋的金属架撑着它,枕头则是个没有固定形状的袋子,他不确定里面填充的是什么,但肯定不像家里那样塞的是干松子。

那个光头男人已经离开了房间,庞特留意到,他深色的头皮上已经长出了一层发茬,所以他肯定是故意弄成这样而不是天生的。庞特十指交叉,垫在脑后,给自己的头部提供更坚实的支撑。这样对他的机侣哈克来说不算无礼,它的扫描器能够感知周围几步范围内的所有物体,只有在观察扫描范围之外的东西时才需要用到指向性镜头。

"现在肯定是晚上了。"庞特对着空气说道。

"没错。"哈克说。庞特把头枕在胳膊上时,能够感到耳蜗内的植入体在轻微震动。

"但天还没完全黑,房间里有扇窗,他们好像用人造光源把外面照亮了。"

"为什么?"哈克问。

庞特坐起来,从床沿垂下脚,然后才能站起来,这么做实在很奇怪。他匆忙走向窗边,外面太亮,看不见星星,但……

"在那儿。"庞特把手腕对准窗外,好让哈克看到。

"没错,那就是地球的卫星,"哈克说,"现在是新月,从月相上看,今天的确切日期是148/103/24。"

庞特摇摇头,坐回到那张高出地面的怪床上。他坐在床脚,背后没东西可以靠,所以不舒服。然后他摸了摸头上的绷带,这还是那个头上缠着绷带的男人帮他包的。庞特想,那人头上之所以缠着这么多绷带,肯定也受了严重的外伤。"我的头受伤了。"庞特对着空气说。

"对,不过你看过他们为你拍的深视图了,伤得不重。"

"但我也差点淹死了。"

"这倒是真的。"

"所以……我的大脑有没有可能受伤了,比如得了缺氧症,这一切……"

"所以你觉得这些都是自己的幻觉?"哈克问。

"不然呢?"庞特站起来,挥动右臂,把身边这个奇怪的房间全都囊括在内,"你要怎么解释这一切?"

哈克沉默了一会儿,"如果你产生了幻觉,那就算我和你说你没有这种症状,你也会觉得,这是幻觉的一部分。所以我也没必要让你摆脱这种想法。你觉得呢?"

庞特躺回到床上,紧盯着天花板,上面既没有计时器,也没有艺术品。

　　"你真的得再多睡会儿，"哈克说，"到明早事情就可能有头绪了。"

　　庞特微微地点点头。"来点白噪声吧。"他说。哈克照办了，耳蜗内的植入体响起柔和舒缓的嘶嘶声，就算这样，庞特还是过了很久才入睡。

第九章

第二天

8月3日,星期六

148/103/25

这间屋子阿迪克·胡德是再也待不住了。里面的所有东西都会让他想起可怜的庞特:庞特最爱的椅子、他使用的数据板、他挑的雕塑——一切都与他相关。于是阿迪克从后门出来,坐在屋后的木质平台上,闷闷不乐地盯着乡间的景色。巴伯从屋子里出来,看了一会儿阿迪克;巴伯是庞特的狗,庞特还没和阿迪克住在一起的时候就已经养她了。阿迪克会继续养着她,只有这样,屋子里才不会显得太寂寥。巴伯又跑回屋内,阿迪克知道她会跑向前门,看看庞特是不是快到家了。自从阿迪克昨天回家后,她就屋前屋后地来回跑着,不停地看前后门。因为之前阿迪克下班都是和庞特一起回家,可怜的巴伯满脸疑惑,而且显然很难过。

阿迪克也很难过。今早多数时候,他都在断断续续地啜泣着。不算号啕大哭,也没有喊出声来,只是默默流泪,有时甚至都没意识到,直到一大滴泪水落在自己手臂上或者手上时才反应过来。

救援队在矿井里仔细搜查过,但没发现庞特的踪迹。他们用便携设备扫描他的机侣,也无法检测到它发来的信号。救援队与搜救犬走过一条又一条巷道,试着捕捉他的气味,因为此时的庞特很可能倒在视线外的某处地方,而且失去了意识。

但什么都没有发现。庞特就这样彻底地消失了,什么痕迹都没留下。

阿迪克在椅子上换了个重心。这把椅子是松木板做的,椅背向外舒展,扶手也又宽又平,就算是把矿泉水管放上去也很容易平衡。这把椅子肯定是有用的,而它的制造者(阿迪克忘了她的名字,但已经被刻在椅背上了)肯定也觉得自己有益于社会。人们需要家具,阿迪克自己就有一张桌子和两个柜子,全都出自同一个木匠之手。

但现在庞特失踪了,阿迪克又能有什么贡献呢?这对搭档里,庞特更加聪明,阿迪克早已认识到了这点,而且坦然接受了。但如今庞特——他最亲、最爱的庞特不在了,自己又要如何为这个世界做贡献?

在阿迪克看来,量子计算机的项目已经搁浅了。没了庞特,一切都难以为继。大洋彼岸的沃索伊有个女性科研人员组成的团队,这个大洲的西海岸有个男性研究员组成的队伍,他们都会向这个方向继续研究,阿迪克希望他们好运,尽管他会充满兴趣地阅读那些研究报告,但心中有一部分总会觉得遗憾:可惜这不是庞特和他一起创造的突破。

白杨和桦树在屋后的露台上方形成了树荫的华盖,爬满苔藓的树根周围白色的延龄草盛放着。花栗鼠从他身边窜过,阿迪克听见远处有只啄木鸟正在敲打树干。他深吸一口气,呼吸着花粉、腐叶与泥土的味道。

他听到了什么东西移动的声音;一般来说,白天很少会有大型动物在家附近晃荡,而且——

突然,巴伯猛地窜出房子的后门,她也发现有东西靠近了。阿迪克翕动鼻翼,来的是个人,是个男的。

难道是……

巴伯发出了一声呜咽。他看到那个人了。

不是庞特。当然不是。

阿迪克的心一阵疼痛。巴伯也回到屋内,跑回前门,继续静坐。

那人正在往平台走来。"日康。"阿迪克和他打招呼,自己从来没见过他;他身形健壮,一头红发,穿着皱巴巴的修身藏青色衬衣和灰色的裤子。

"你是不是叫阿迪克·胡德？是否住在萨尔达克市郊？"

"前面一个问题的答案：是。后面问题的答案还不明显吗？"

那人举起左臂，手腕内侧朝着阿迪克；他显然想给阿迪克的机侣传输一些数据。

阿迪克点点头，拔出机侣上的控制钮，嵌在手腕上的机侣屏幕开始闪烁，说明它正在接收数据。阿迪克希望那是封介绍信：或许是来此拜访的远亲，或者是某个寻找工作机会的商人，正在传输他的凭证。如果自己不感兴趣，那阿迪克也可以随手把信息给删了。

"阿迪克·胡德，我奉命通知你，达卡拉·波尔贝以未成年人婕斯梅尔·凯特和梅嘎梅格·贝克的监护人的名义指控你涉嫌谋杀她们的父亲——庞特·博迪特。"

"什么？"阿迪克说，抬起头，"你在开玩笑吧。"

"不，我是认真的。"

"但达卡拉是——克拉斯特的女伴，她认识我很久了。"

"不管怎样，"那人说，"请展示您的手腕，这样我才能确保相应的文档被顺利传输至您这里。"

阿迪克心头一震，但还是照做了。对方瞥了眼显示屏，上面写着"波尔贝对胡德的指控，移交完成"，然后他又望向阿迪克，说道："都斯拉姆-巴萨德拉姆（这是个很老的谚语，字面意思是'先易后难'），我们会以此判断您是否要因为这项犯罪而面临全体审理委员会的指控。"

"犯罪指控纯属无稽之谈!"阿迪克愤怒地朝对方吼道,"庞特失踪了。他可能死了,如果真是这样,那也是个意外!"

那个男人没有理他,"你可以请任何人为你辩护。'都斯拉姆–巴萨德拉姆'会在明天上午开始。"

"明天?"阿迪克感到自己握紧了拳头,"简直莫名其妙!"

"迟到的正义就不再是正义。"那人丢下了这句话,离开了。

第十章

玛利亚需要咖啡。她从单人床上翻身下床,走向厨房,打开咖啡机,然后走进客厅,按下答录机的播放键,一台虽然旧但是坚实可靠的银黑色松下答录机开始倒带然后播放,还发出了巨大响声。

"您有四条新留言。"一个冰冷的男声不带感情地说道,然后开始播放留言。

"嘿,老姐,我是克里斯汀,你过得咋样?我要和你聊聊自己遇到的那个男生——我是在工作中认识他的。哎呀,我知道,我知道,你老是和我唠叨,让我不要搞办公室恋情,但说真的,他人很可爱,长得又帅,人又有趣。姐,我发誓,他真的就是我的理想型!"

理想型,玛利亚想,我的天,又是个理想型。

机械的男声又响了起来:"来电时间:周五晚九点零四分。"在萨克拉门托,那会儿差不多刚过晚上六点,克里斯汀肯定下班刚到家就给她打电话了。

"嗨,玛利亚,我是罗丝。我们很久没见了,有空一起吃个午饭吧,怎么样?约克大学不是开了家叫作'蓝莓山庄'的餐厅吗,我们去那儿吃呗?我先到你那儿和你汇合,然后再一起去。我家附近的那家'蓝莓山庄'关了。好了,我猜你现在不在家,不管你在干什么,我都希望你能开心。记得回个电话哦。"

机器的声音说:"来电时间,周五晚九点三十三分。"

我的天,玛利亚想,我的天……这个时间正好就是……就是那件事……

她闭上双眼。

机器开始播放下一条留言,"是沃恩教授吗?"说话的人有点牙买加口音,"你好,这是基因学家玛利亚·沃恩教授的号码么?不好意思,时间是不是太……我自己也烦别人在那么晚的时候打扰我;但我之前给约克大学打过电话,希望你还在学校,但只导向了你的语音邮箱。然后我让查号员帮我列出了所有居住在列文治山而且户主名叫玛利亚·沃恩的号码,地址是我从网上的一篇文章里查到的。"玛利亚那台"热情"的答录机只是说了句"我是玛利亚",来电者就大受鼓舞,继续滔滔不绝,"好了,我天,希望电话没断,好了,说正事,我叫鲁本·蒙塔戈,是个医学博士,也是英科镍业公司下属萨德伯里矿场的驻场医生。我不知道您最近有没有关心新闻,但我们发现了……"他停下了,玛利亚还在想为什么,他就支支吾吾地说出了背后的原因,"嗯……如果您还没看到报道,那我就直接告诉你吧。

我们认为我们发现了一个尼安德特人的样本，而且保存的状况……呃……极好。"

玛利亚听了直摇头。北美绝对不可能有尼安德特人的化石。这家伙肯定把什么古老的加拿大原住民样本当成了……

"总之，我在网上搜索'尼安德特人'和'DNA'这两个关键词时，总是能够看到您的名字。您能否——"

"哔——"他的电话超过了最长录音时间。

"来电时间，周五晚10点20分。"机器的声音说。

但蒙塔戈医生又打来了："靠，这玩意儿真烦，是这样的，我想说的是，我真的非常希望您能来鉴定一下我们发现的人种。如果您愿意，随时可以给我打电话，白天或晚上都行，我的手机号是……"

她没时间。今天不行，最近都不行。毕竟尼安德特人也不是她唯一感兴趣的东西；如果那是根保存完好的古代原住民骨头，而且DNA样本也没受损，那还值得一提，而且——

等等，萨德伯里，这地方在安大略湖以北。他们该不会真的发现……

那就太棒了。又一个冰人[1]，冻得死死的，可能是从矿场深处挖出来的。

但，谢天谢地，她现在不想考虑这些事，她现在什么都不愿想。

玛利亚回到厨房，往马克杯里倒满刚做好的咖啡，然后拿起一

---

[1] 这里应该指1991年在奥－意边境发现的冰人奥兹。

杯半升装的可可奶，往咖啡里倒了点。她从来没见过其他人这么喝，而且餐厅里也没有，索性就放弃了。然后她回到客厅，打开那台自己不怎么看的十四英寸①电视。平时晚上下班回到家，她更喜欢蜷着身子看约翰·格雷斯汉姆的小说，偶尔也会读一读禾林出的言情故事。

她用遥控器把电视调到"有线脉动二十四小时"，这是个全天不间断播出的新闻频道，左半边屏幕播新闻，右半边屏幕播放天气以及财经资讯，底部滚动着《国家报》的头条新闻，上面一般都是当天的重要新闻，她想看看今天的最高温度是多少，有没有可能下雨，带走一些空气中烦人的湿气——

"萨德伯里中微子观测站昨日遭到破坏。"那位不怎么讨人喜欢的女主持说道。玛利亚一直都不记得她叫什么，不过她那头黑发上总有一撮挑染的白发，看着很不协调。"目前还没有更多的细节，但埋藏于地下两公里深的设备似乎在昨天下午三点半遭到了严重破坏。没有人受伤，但价值七百三十万美元的实验室现在彻底关闭了。而那台去年因为解决了所谓的太阳中微子的问题、成功探寻了宇宙的秘密而上了全球各大报纸头条的探测器也坏了。它在1998年投入运营时可谓声势浩大，著名科学家史蒂芬·霍金也到访过此地。"在那个女主持人介绍的同时，画面也切换成了一段坐在轮椅上的霍金乘着矿井电梯向下的画面。

---

① 十四英寸约为三十五点五厘米。

"说到神秘现象,萨德伯里医院声称他们在矿场内发现了一名活着的尼安德特人。现在我们将信号切给唐·怀特。唐,在吗?"

一名加拿大本地记者做了个简报,玛利亚看着,彻底被惊呆了。屏幕上的人的确长着眉脊,而且——

有人举着X光片,把它抵在窗上,虽然画面一闪而过,但那个头骨,天……

形状看着的确就是尼安德特人的样子,但……

怎么回事?怎么可能?老天有眼,这家伙肯定不是野人,但发型很狂野。玛利亚经常看"有线脉动二十四小时",知道他们在播放新闻时会用些当下热映影片的预告来把事情搞得更夸张。他们这样做也不是一次两次了,但……

但玛利亚订阅了智人的邮件群组,许多来往邮件都是闲聊,要是安大略这里准备拍一部关于尼安德特人的电影,那她不可能完全没听说。

萨德伯里……她从来都没去过萨德伯里,而且——

而且……天啊,没错!这能让她暂时摆脱那段地狱般的记忆,这样还是有好处的。她进入答录机的号码显示,按下向后查看的按键,最先出现的是一个区号为705的号码。她按下拨号键,坐回自己的孔雀椅①上,这是把椅背很高的柳条座椅,同时也是她的最爱。

---

① 原文是 Morticia seat,源自电影《亚当斯一家》的女主角 Morticia Addams 所坐的一把椅子。

三声铃响过后,她熟悉的那个声音接起了电话,"这里是蒙塔戈。"

"蒙塔戈医生,我是玛利亚·沃恩。"

"沃恩教授!多谢你回电,我们有……"

"蒙塔戈医生,你不知道我现在的状态,我……我现在……现在乱得很,如果你在开玩笑或者——"

"教授,我没在开玩笑,但我们现在还不想让庞特去别的地方。您能来一趟萨德伯里吗?"

"你们能肯定自己的发现是真的吗?"

"我们不确定,就是想要您告诉我们。我们也试着联系了加州大学洛杉矶分校的诺曼·蒂埃里教授,但现在还没到早上八点钟,所以——"

我的天,这事可不能让蒂埃里掺一脚。如果这是真的,但——得了吧,这怎么可能是真的?——这绝对绝对是个轰动性的新闻。

"你们为什么要我亲自跑一趟?"玛利亚问。

"我想让您直接采集DNA样本,也希望世人能够相信样本的真实性以及来源的权威性。"

"这要花上——我的天,我说不准,但从我家开到萨德伯里大概要四个小时。"

"这你就不用担心了,"蒙塔戈说,"我们的公司有架喷气式飞机,昨晚就等在多伦多的皮尔逊机场了,就是担心你会回电。你叫辆车去机场,我们中午前就能把你送到目的地。别担心,你的全部费用英科公司都会报销的。"

玛利亚环顾自己的房间,里面放着白色的书架,柳条编织的家具,还有她收藏的皇家道尔顿的瓷人摆件,以及画框中雷诺阿的画作。她也可以让车中途在约克大学停一下,带上对应的引物①,但……

不。她不想再回去了。至少现在不行,今天也不行——或许等到九月开学前都不行,但她之后就要回去上课了。

但她肯定会用到引物的。现在是白天,她可以把车停在DD号位,从另一个完全不同的方向进入法夸哈森生命科学学院的大楼,只要不靠近那里就行……

那个地方……

她闭上双眼,"我得去约克大学拿点东西,但……对,没事,我会去的。"

---

① 指在核苷酸聚合作用开始时,起刺激合成作用的大分子,往往具有特定核苷酸序列。

第十一章

离合欢日还有二十四天,这个为期四天的节日非常美妙,阿迪克·胡德每月都在期盼着它的到来。虽然有合欢日之外异性不能见面的规定,但阿迪克急着想和在"都斯拉姆-巴萨德拉姆"为自己说话的辩护人谈谈,所以肯定不能等到那天才见。他是可以和对方通话,但仅靠文字而不靠身体语言与信息素会错失许多东西。这趟沟通的过程肯定极其微妙,肯定值得他亲自前往城中。

阿迪克让他的机侣叫来旅行块与司机,这片社区里有三千多辆车,等一辆车来接他应该不用太久。

他的机侣提醒他:"今天是末候日,你忘了?"

烂骨头!他怎么把这事给忘了。那自己的努力就白瞎了。在末候日去城中,这事他只经历过两次。他之前对自己认识的那些没有此类经历的男性开玩笑说,自己可是拼了命才从里面挤出来的。

不过进城前先在浴池里泡个澡可能是个明智之举,这样可以减少他分泌的费洛蒙①。于是他去了。

泡完后,他用绳子擦干身子,换上深褐色的衬衫以及浅褐色的裤子。衣服刚穿好,旅行块就停在了屋外。还在四处寻觅庞特的巴伯跑到屋外,想看看是谁来了。但阿迪克走得慢多了。

这辆旅行块还是最新款,有着几近全透明的车体,底部有两个气垫马达,四角各有一个座位,司机占了一角。阿迪克上了车,坐进司机边铺着厚靠垫的座位里。

"你要去城中吗?"司机是143代的人,他那头中分的发缝很宽,一直延伸到脑后。

"对。"

"你知道今天是末候日吗?"

"知道。"

司机笑了起来,"那好,但我可不会在周围等你的。"

"我知道,"阿迪克说,"出发吧。"

司机点头,然后操作控制板出发了。旅行块的隔音性能很好,阿迪克几乎听不见风扇的声音。他在椅子上坐好,两个旅行块擦身而过,里面都坐着男性乘客。阿迪克想,司机们可能还挺有成就感的;他自己就从没操作过旅行块,有可能更喜欢这个工作一些……

"你的工作是?"司机语调轻快,主动开启了话题。

阿迪克望着外面飞驰而过的景色,"我是个物理学家。"

---

① 费洛蒙,也叫信息素,是一种由个体分泌出来且具有挥发性的化学物质,可在同物种间透过嗅觉传递信息。

"就在这儿？"司机透着难以置信的感觉。

"我们在这儿的矿井里有个实验室。"

"噢，没错，"司机答道，"我听说过。里面肯定有那种高级电脑，对吧？"

一只黑雁从车顶飞过，白色的面颊与黑色的脑袋和脖颈对比强烈。阿迪克的视线一直跟随着它，"对。"

"项目进展顺利吗？"

阿迪克突然觉得，遭受指控会改变人对事物的看法。平时他会随口说一句："挺好的。"而不是把所有不幸的事都讲出来。但现在，甚至可能连这个司机也会被传到法庭作证，他可能会说："法官先生，我载过学者胡德，我问他，他在计算中心的工作如何，他的回答是'挺好的。'庞特·博迪特死了，他却根本不自责。"

阿迪克深吸一口气，然后仔细措辞，"昨天出了一场事故。我的搭档死了。"

"天啊，节哀顺变。"

车开到这里，窗外的景色已然一片荒凉，只有古老的花岗岩与低矮的灌木。"我也很难过。"阿迪克说。

车内又归于沉寂。他不可能被判谋杀，如果找不到庞特尸体，也没有证明庞特死亡的证据，法官肯定会判他无罪，再说了，他也是这桩闹剧的牺牲品。

但是——

如果他的谋杀罪名成立，那——

那会怎么样？自己的财产肯定会被没收，全都归到庞特的女伴和孩子的名下，但是……但，不不，克拉斯特现在已经去世二十个月了。

但除此之外，还有什么？

肯定……肯定不会做那件事吧。

但是杀人犯又能配上什么其他刑罚呢？这听起来似乎很不人道，但从第一代开始，只要有必要，就一定会给杀人犯执行这种处罚。

可他现在只是杞人忧天。庞特的死显然让达卡拉·波尔贝悲伤得难以自持，因为庞特曾经是达卡拉女伴的前男伴，而他和达卡拉都与克拉斯特有过一段情，克拉斯特的死对达卡拉的打击肯定与对庞特的打击无异。现在她也失去了庞特！阿迪克可以料到，她方才遭受了双重打击，精神状态肯定不稳定。一两天后，达卡拉肯定能恢复神智，撤销指控，向他道歉。

阿迪克则会欣然接受道歉，毕竟他也做不了什么。

但如果她没撤销呢？如果阿迪克必须陪她演完这场闹剧，直到与全体审判委员会对峙，那又怎么办？为什么他要面对……

司机的话打破了阿迪克的沉思，"我们快到城中了。你有详细地址吗？"

"市中心北侧，弥尔本广场。"

阿迪克看见司机的头上下动了动，点头说明自己知道了。

他们的确在接近市中心：前方的旷野已被成排的白杨和桦树占据，改造过的树木和灰色的砖石搭建出一幢幢建筑。时近正午，早晨的云已经消散。

他们继续向前，阿迪克在路边见到了全世界最漂亮的生物，又出现了一个，接着又出现了好几个。

人群中有两位女性的目光被旅行块吸引住了，她们还对着阿迪克指指点点。男性在合欢日之外的时间进入城中倒是没那么罕见，但在每月最后几天的末候日进来，还是很引人注目的。

车慢慢深入城中，阿迪克也试着不去注意那些女性的目光。

不，他想，他们不可能觉得他有罪。不可能！

但是，如果他们真的……

旅行块继续行驶，阿迪克在椅子上焦躁不安。他能感到自己的阴囊正在变紧，里面的东西好像要缩回身体里，免受外界的伤害。

第十二章

玛利亚·沃恩已经从多伦多出发,这让鲁本·蒙塔戈倍感欣慰。他有点希望她能证明庞特不是尼安德特人,而是某种正常但古老的人类变种。这样能给眼前的情况多点理性。鲁本这夜睡得断断续续,醒来后还是觉得,庞特应该就是个疯子,他把自己改造成了尼安德特人的样子,他不可能真的是尼安德特人,这样想的话,整件事就会更合理一点。或许庞特真的就和鲁本最开始想的那样,是某个诡异邪教的教徒。如果他从出生后就逐渐戴上一个又一个紧锁头颅的头盔,而且这些头盔的内部又被刻意制成了尼安德特人头颅的样子,那他的颅骨也会跟着这么长。之后再等时机对下颚做个手术,好让自己的下巴部分看起来与史前人类无异……

就是这样,完全有可能,鲁本想。

现在没必要直接去萨德伯里机场,沃恩教授要好几个小时后才来。于是鲁本前往圣约瑟夫健康中心,想看看庞特在干吗。

他踏进病房的瞬间就注意到庞特深陷的眼窝下挂着两个半圆形的黑眼圈。鲁本庆幸自己不会因为疲惫而产生黑眼圈。他还在金士顿(是牙买加的金士顿而不是安大略省的,不过他在后面那个地方也短暂地住过一阵)的时候经常熬夜看漫画,但父母从来都没发现过。

鲁本觉得辛格医生应该给庞特开点镇静剂,就算他真的是尼安德特人,那些对普通人有效的药物对他来说肯定也会有效。但如果换自己来开处方,可能也会因为太过谨小慎微而犯错。

不管怎样,庞特正坐在床上,吃着一份护士刚刚送过来的、迟到的早餐。餐盘刚送来的时候,他盯着那盘食物看了好久,像是少了点什么。最后他终于用白色亚麻餐巾包裹住自己的右手吃东西,每次只拿一条培根,只有在吃炒蛋的时候用餐具,用的是勺子而不是叉子。

庞特拿起吐司闻了闻,又放了回去。他也不喜欢小盒子里装的家乐氏玉米片,但那东西的包装盒经过一系列复杂的步骤后能变成一个碗,他对这个倒是很感兴趣。庞特先试探性地尝了点塑料杯里的橙汁,然后将它一饮而尽,但对咖啡和250毫升装的半脱脂奶兴致缺缺。

鲁本走进厕所,想给庞特倒杯水,眼前的景象却让他骤然止步。

庞特肯定是从别处来的。肯定是!如果一个人忘记冲厕所倒还可以理解,但……

但他不但没冲水,还用一根印着"为了您的健康,已消毒"的细长垫圈而不是厕纸擦屁股。任何来自发达世界的人都不会犯这样的错误,而庞特显然属于某个科技高度发达的文化圈,左手腕里精巧的植入体就已经说明问题了。

好吧,了解这个男人最好的方法就是和他沟通。他显然不会,或者不愿说英语,但正如鲁本的奶奶所说,凡事都有解决办法。

"庞特。"鲁本用昨晚刚学的词和他打招呼。

对方听到后沉默了很久很久,然后才歪着脑袋,点了点头,但不像是对鲁本,而是在对着其他人。"鲁本。"那人说。

鲁本微笑着,"没错。我的名字是鲁本。"他吐字缓慢,"你的名字是庞特。"

"庞特,ka。"庞特说。

鲁本指着庞特左手手腕的植入体。"那是什么?"他说。

庞特举起手。"Pasalab,"他说,然后他放慢语速,逐个音节重复了一遍,像是在进行一堂语言课,"Pas-a-lab。"

这时,鲁本才意识到自己犯了个错:英语里没有对应的词可以让他描述那个东西。噢,或许也有,大概是"植入体"? 但这么说似乎太笼统了。他决定换个方法。他举起一根手指。"一。"他说。

"Kolb。"庞特说。

然后他比了个V,这也是表示和平的手势,"二。"

"Dak。"庞特说。

他又竖起食指、中指和无名指,比了个童子军用的敬礼手势,"三。"

"Narb。"

这次是四根手指,"四。"

"Dost。"

他又举起手,五指分开,"五。"

"Aim。"

鲁本继续这样下去,每次都用左手加上一根手指,到十为止。然后他不再按顺序展示数字,想看庞特对特定数字的说法是不是每次都相同,还是说单纯随着他询问次数的增加而增加。在鲁本看来,他连记住这些奇怪的单词都困难,不过庞特一个都没弄错,说明这不是什么骗人的东西:他说的似乎真的是门语言。

接下来,鲁本开始指着自己身体的各个部位。他先用食指指着自己的光头说:"头。"

庞特也指着自己的头说:"kadun。"

接着,鲁本指着自己的左眼,"眼睛。"

这时,庞特做了件惊人的事。他举起右手,掌心向外,似乎在邀请鲁本握住它,接着就开始用自己的语言飞快地说着什么,还不时微微颔首,像是在用隐形电话与他人交谈。

"丢脸丢大了!"哈克通过庞特耳蜗内的植入体抱怨道。

"哦？我们又不像你那样能够下载信息，你又不是不知道。"庞特反驳道。

"太可惜了，"哈克火力全开，"但庞特，说真的，我们过来后，你要是能认真去听对方的交谈，还有和你说话的内容，也不至于像现在这样。你才学了一些简单的名词。而我已经掌握了116个单词，要是给我上下文，我还有信心再多猜对另外240个单词的意思。"

"是吗？"庞特有点恼火了，"你觉得你学语言比我强呗？行，你行你上啊。"

"恕我直言，黑猩猩学语言的能力都比你强。"

"行啊！"庞特怒道，拔出了机侣控制器，让机侣通过扬声器对外说话，"那你来！"

"来就来。"哈克通过耳蜗植入体说，然后把信号换到了外部扬声器上。

"你好，"突然出现的女声把鲁本吓了一跳，"嘿！在这。"

鲁本低头看去，这个声音是从庞特左腕上的奇怪植入体传来的。"你对着手说话就行。"植入体说。

"唔，"鲁本一时不知道该说什么，然后说，"你好。"

"你好，鲁本。"女声回答，"我叫哈克。"

"哈克，"鲁本重复了一遍，轻轻摇了摇头，"你在哪儿？"

"我在这儿。"

"不，我是问，你人在哪儿？我的理解是，这玩意儿应该是某种手机之类的设备,也就是说,我的意思是,你不应该在医院里用,因为它们会干扰生命监测仪器的正常使用。我们能之后再打——"

哔!

鲁本打住话头。刚才那个声音是植入体发出的。

"语言学习中,"哈克说,"请继续。"

"学习?但……"

"请继续。"哈克重复道。

"呃,好,行吧。没事。"

庞特突然点了点头,像是听见了鲁本没有听见的指令。然后他指着房间的门。

"你问那个?噢,那是一扇门。"鲁本说。

"词汇过多。"哈克说。

鲁本点了点头,"门,"然后又重复道,"门。"

庞特从床上起身,然后向门走去。他把一只大手放在门把上,把门打开。

"唔,"鲁本说,然后他反应过来,"噢!开。开。"

庞特又关上门。

"关。"

接着,庞特不断重复开门和关门的动作。

鲁本皱起眉,然后领会了他的意思:"正在开。你正在开门,或者正在关门。一个是正在开,一个是正在关。正在开,正在关。"

庞特走向窗边,挥舞双手,将窗囊括其中。

"窗。"鲁本说。

他又拍拍玻璃。

"玻璃。"鲁本补充道。

当庞特伸手把窗从下往上打开,露出纱窗,那个女人的声音又响了起来:"我正在开窗。"

"对!"鲁本说,"正在开窗!没错。"

庞特又把窗拉上。"我正在关窗。"女声说。

"没错!"鲁本说,"没错,完全正确!"

第十三章

阿迪克·胡德已经忘了末候日是什么样的。他能闻到她们,闻到所有女人的气味。她们还未行经,但快了。她们初潮的时候应该恰逢新月,这也标志着上个末候日的结束,以及当月的结束与下月的开始。她们很快就要行经了:他能闻到空气中费洛蒙的味道。

当然了,也不是所有女人都这样。比如说,148代的女孩们还没到青春期,144代的女人大多数已经绝经了,还有更早的几代人也是如此。如果她们处在孕期或者哺乳期,那月经也会停。149代的女孩们还要很久才会性成熟,而148代的姑娘们已经断奶很久了。当然了,也有少部分人不育,这往往不是她们的错。但其他女性都住在城中,能闻到其他人的费洛蒙,所以她们月经周期也会同步:结果就是,大家会在接近的时间同时行经。

阿迪克很清楚,体内荷尔蒙水平的变化会让许多女性在月底变得暴躁易怒,也明白为什么他的雄性祖先早在计算代数之前,就已经选择在这段时间向山里进发。

司机把阿迪克送到他想去的目的地附近,那是一栋简洁的方形建筑,建筑材料半是砖石,半是精心栽培的树木,房顶上装着太阳能板。阿迪克用嘴深吸一口气,平复心情,之所以不用鼻子,一方面是因为自己有鼻炎,同时也可以避免感知到空气中的费洛蒙。他徐徐吐息,走上一条小径,穿过在屋前的地面上精心排布的岩石、花卉、草坪与灌木。当他靠近屋门,发现门已经开了道缝。于是他喊了一声,"你好! 有人吗?"

片刻后,婕斯梅尔·凯特现身了。她个子很高,身体柔美灵活,刚过完第225月的生日,这也是尼安德特人成年的岁数。阿迪克能在她的脸上见到庞特和克拉斯特的影子。幸运的婕斯梅尔继承了庞特的眼睛和克拉斯特的面颊,要是反过来可就糟了。

"你,你,你——"婕斯梅尔结结巴巴地说。她努力组织好语句,再次说道:"你怎么在这里?"

"婕斯梅尔,日康呀,"阿迪克说,"好久不见。"

"你居然还敢到这儿来,脖子真的是不怕折,而且今天还是末候日。"

"你的爸爸不是我杀的,"阿迪克说,"真的不是我。"

"他失踪了,没错吧? 如果他还活着,那人呢?"

"如果他死了,那尸体又在哪儿?"阿迪克问。

"我不知道,达卡拉说你把尸体丢到其他地方去了。"

"达卡拉在吗？"

"不在，她去技能交流会了。"

"我能进来吗？"

婕斯梅尔低头瞥了眼手腕上的机侣植入体，好像在确认它是否在正常运行。"大——大概可以。"她说。

"谢谢。"阿迪克说。然后她退了一步，让阿迪克进入屋内。凉爽的室内能够避开炎热的夏日，实在令人向往。家政机器人在后屋打扫，用它昆虫般的手臂举起杂七杂八的东西，再用小型吸尘器吸去灰尘。

"你妹妹呢？"

"梅嘎梅格吗？"婕斯梅尔特意强调了一遍，像是对阿迪克忘记她的名字这一事实表示嫌弃，"梅嘎梅格在和她的朋友玩棍语戏。"

阿迪克拿不准他要不要表现出自己其实和梅嘎梅格很熟，毕竟庞特经常谈起她们姐妹俩。如果这就是单纯的社交拜访，那他可能也就算了。但这次拜访远没有那么简单，远远没有。"梅嘎梅格，"阿迪克重复道，"嗯，梅嘎梅格·贝克，是个148代的姑娘，对吧？从她的岁数看个子是矮了些，但精力充沛。我相信，她长大后应该想做一名外科医生。"

婕斯梅尔没说话。

"还有你，婕斯梅尔·凯特，"阿迪克慢慢切入谈话的重点，"你想成为历史学家，正在朝这个方向努力，现在的兴趣爱好是伊维索首代前的历史,但也喜欢这个大陆上30代～40代的历史,而且——"

"好了。"婕斯梅尔打断了他。

"你的爸爸经常提起你,言语里总是带着骄傲与爱。"

婕斯梅尔稍稍抬起眉,眼里显然充满了惊讶和喜悦。

"他不是我杀的,"阿迪克重申道,"相信我,我对他的思念无以言表。这——"他不说话了;他差点想说:庞特去世后的第一个合欢日还没到,婕斯梅尔尚未真正面对他的离别。其实,如果她在过去三天,也就是止欢日结束后几天内见到她父亲,事情才叫反常呢。但阿迪克得面对庞特不在的现实,他们的家里从此空了一块,每天早上醒来后枕边再也没有他的陪伴。但话说回来,争论谁更悲痛根本没有意义;阿迪克意识到,不管自己有多爱庞特,庞特和婕斯梅尔才是真正的血亲。

或许婕斯梅尔也在想这件事。"我也想他。我已经在想他了。我——"她望向别处,"我和他在合欢日的时候没有在一起太久。有个男孩,你懂吗,他……"

阿迪克点了点头。他吃不准做一个女孩的父亲应该是什么感觉。他在147代没有留下孩子,哦不对,那一代他和露特在一起,但她不知怎么的没怀上孩子,所以他们也一直忍受着别人的冷嘲热讽,说什么物理学家和化学家在一起居然没搞明白生物。阿迪克在148代的孩子名叫戴伯,这个小男孩现在还和他母亲住一起,每个月和父亲团聚的那段时间里,简直想时刻粘着他。

但阿迪克也听说过不少对庞特的,呃,也不算是抱怨吧。他明白,这些事其实也没别的选择。不过阿迪克清楚,婕斯梅尔和庞特在合欢日后聚少离多,庞特自己也挺难过的。现在婕斯梅尔逐渐意识到,父亲再也不可能来见她了。那些她希望与父亲相处的瞬间,如今再也没机会弥补,再也没机会改变。她不能再投入父亲的怀抱,不能再听见他的夸赞,不能再听到逗她的笑话,就连听见他询问自己的近况也成了一种奢望。

阿迪克环顾房间,找了把椅子坐。这把椅子是木质的,家中后院平台上的椅子也是出自这位木工之手,她也是克拉斯特的相识。

婕斯梅尔坐在房间的另一侧,她身后的清理机器人开始朝房子的另一处进发。

"你知道我被判有罪的后果吗?"阿迪克问。

婕斯梅尔闭上双眼,或许是想抢先一步,想让自己不要望向手腕。"知道,"她轻声说,但随后开口反驳,就像在自我保护,"这有影响吗?你已经繁衍过后代了,已经有了两个孩子。"

"不,你错了"阿迪克说,"我只有一个,第148代。"

"哦。"婕斯梅尔声音很轻,大概是因为自己对爸爸的搭档的了解还没有阿迪克对自己搭档的女儿了解多,所以显得有些尴尬。

"还有,另外,不仅是我,还有我的儿子戴伯、姐姐科隆,所有遗传了我半数基因的人之后都会不育。"

当然了,现在已经和以前的蛮荒时代大不相同,这是基因测试的时代。一般来说,如果科隆或者戴伯能够证明自己没有继承阿迪克的变异基因,那就能免于阉割。有些罪行的源头大家都清楚,但却很难把谋杀归到几个简单的源头上。谋杀是个十恶不赦的罪行,就算只有些微的遗传可能性也宁错勿漏。

"我很抱歉,但是……"婕斯梅尔说。

"没有'但是',"阿迪克说,"我是清白的。"

"法官会证明的。"

嗬,阿迪克想,真是童言无忌。如果这事和他无关,那听她这么说倒也挺可爱的。"就算我承认了,这件事也极其反常,"阿迪克说,"但我根本没理由杀害我爱的人。"

"达卡拉说,我爸爸在学术上压你一头,让你觉得很难堪。"

阿迪克觉得自己的背变得僵硬了,"我不这么觉得。"

"我觉得,"婕斯梅尔说,"人要面对现实。我爸爸比你聪明得多,而你不愿始终成为天才的陪衬。"

"我们竭力奉献社会。"阿迪克搬出了《文明法典》。

"的确是这样,但你想让自己的成就占据主导地位,可你们合作验证的都是我爸爸的想法。"

"我没理由为此谋杀他。"阿迪克厉声说。

"不是吗?爸爸失踪了,在他失踪时,你是唯一的目击者。"

"没错,他是失踪了。他失踪了,而且——"阿迪克感到泪水正在眼角打转,那是悲伤的泪,也是沮丧的泪,"我很想他。我可以昂首向世人宣告:那件事我没做过,也不可能做过。"

婕斯梅尔看着阿迪克。她鼻翼翕张,嗅着他的味道、他的费洛蒙。"我为什么要相信你?"她双手抱胸,质问他。

阿迪克皱着眉。他明确表达了自己内心的痛苦,也试过为自己辩解,但这个女孩从庞特那里继承的可不仅仅是那双眼睛,还有庞特的思维方式。那是一种热切对待问题且抱有分析精神的思维,重视逻辑与理性。

"行,"阿迪克说,"那你这么考虑:如果我杀了你爸爸,那就会被判入狱。我失去的不仅是继续创造学术成果的能力,也会失去我的地位与财富,无法继续自己的研究;如果我被判为凶手但还想在这个社会中立足,银须长老会肯定会要求我做出对这个社会更直接也更实际的贡献。"

"最好能这样。"婕斯梅尔说。

"呃,但如果我是无辜的呢?假如你爸爸只是失踪了,没有人犯罪……如果他只是迷了路……那他就需要帮助,他需要我的帮助,我是唯一可能……可能救出他的人。如果我不在了,那你的爸爸就再也回不来了。"他直视着她那双金色的眼睛,"你还不明白吗?相信我才是明智之举;如果我说谎了,如果我真的谋杀了庞特——就算你用尽办法来惩罚我,他也回不来了。但如果我说的是真的,庞特并没有被杀,那唯一的希望就是让我继续寻找他。"

"他们已经找过矿区了。"婕斯梅尔冷冰冰地说。

"没错,矿区是——但,"他敢把接下来的话告诉她吗?他的脑海中响起这些话时就觉得够神经的,如果此刻再说出口,那她肯定会觉得自己疯了,"我们正在调查平行宇宙,"阿迪克说,"这种可能性是存在的,虽然很低,但我不愿意就这么放弃,不愿意就这么放弃这位对你我来说都很重要的人。他很有可能掉进了其他宇宙里。"他望着她,恳求道:"你肯定多少知道些你爸爸做的工作,就算你和他相处的时间很少,"他感到这句话深深地伤害了她,"但他肯定多少和你说过一些他做的工作和研究的理论。"

婕斯梅尔点头道:"对,他是说过。"

"很好,那这样的话,就可能——只是说可能——还有机会。但我需要先对付这场恶心的'都斯拉姆-巴萨德拉姆';我要回到工作岗位上才能做到。"

婕斯梅尔沉默许久。阿迪克从自己长期与她父亲沟通的经验来看,现在让她这样安静地思考一会儿要比不断给她压力更有效,但他就是忍不住,"婕斯梅尔,拜托。求你了。这是唯一的机会,我们现在还能赌一把。如果我无罪,那庞特就有机会回来;如果我有罪,那庞特肯定就永远离开我们了。"

婕斯梅尔又沉吟片刻,时间比上次更长,然后问他:"你想让我怎么帮你?"

阿迪克眨了眨眼,"我,呃,我觉得自己的想法已经很明显了。我想让你在'都斯拉姆-巴萨德拉姆'上为我辩护。"

"我?但我是指控你谋杀的人之一啊!"婕斯梅尔喊道。

阿迪克抬起左腕,"我把所有收到的文件都仔细看过了。我的指控者是你母亲的女伴达卡拉·波尔贝,她代替你母亲的两个孩子,也就是你和梅噶梅格·贝克提出指控的。"

"没错。"

"但她不能代替你。你现在225个月了,已经成年。没错,你是没有投票权,当然我也没有,但你已经可以对自己的行为负责了。梅噶梅格的监护人是她,但你的不是。"

婕斯梅尔皱起眉,"我——我从没想过这点。我已经习惯让达卡拉照顾我和妹妹了……"

"你现在是法律意义上的独立人,也是能够说服法官,告诉他我不是谋害庞特的凶手的最佳人选。"

婕斯梅尔闭上双眼,深吸一口气,缓缓呼出。"好吧,"她最后说道,"好吧,如果爸爸还活着,不论希望多么渺茫,只要还有一丝机会,我都会努力争取。我不会放弃的。"她又点了点头,"那就这样,我会为你出庭辩护。"

第十四章

在克莱顿矿区会议室的墙上，挂着一幅矿井通道与巷道的路线图，木质长桌的一头摆着一大块镍矿石作为装饰，房间一头挂着加拿大国旗，另一头是扇巨大的窗户，从这里可以俯瞰停车场，还能看到远处的旷野。

桌子的一头坐着邦尼·简·马，她是个白人，长着棕发，丈夫是中加混血，所以她有了个中国姓。她是萨德伯里中微子观测站的主管，刚从渥太华飞来这里。

桌子的另一头坐着高挑漂亮的女博士后露易丝·贝努特。事发时她就在观测站的控制室里。另一边坐着斯各特·内勒，他是观测站亚克力球体生产厂家的工程师。他身边坐着阿尔伯特·斯万诺斯维，英科公司的顶级岩体力学专家。

"各位，"邦尼·简说，"我先和大家汇报一下进展：为了防止重水造成进一步污染,我们正在抽出观测站球体中残存的重水。加拿大原子能有限公司准备分离重水与常规水。另外,我们理论上应该能够重新组装球体,并把回收后的重水重新灌回去,然后重启观测站。"说罢,她环顾屋内的众人,"但我还是想知道事故的确切起因。"

内勒是个又秃又胖的白人,他说:"我认为重水球破裂的原因是内部压力过高。"

"一个男的进入球体内真有可能会造成这种情况吗?"邦尼·简问。

内勒摇摇头,"球体内有一千一百吨重水,如果多了一个人,就算他重一百公斤,也就是差不多十分之一吨,相较于整体的重量,也不过是增加了一万一千分之一。亚克力可以轻易承受这种变化。"

"那他肯定用了某种爆炸物。"斯万诺斯维说,他是加拿大原住民,奥吉巴瓦人,约莫五十岁,留着一头长长的黑发。

内勒摇摇头,"我们分析了罐内的重水,里面没有爆炸物残留,而且,浸湿后还能爆炸的炸药其实也没几种。"

"大家再想想?"邦尼·简问,"有没有可能,我猜,比如因为岩浆迸发或者别的原因导致了重水爆沸?"

斯万诺斯维摇了摇头,"观测站以及整个矿井的温度是个很复杂的系统,在我们的严密监视下并未发现异常。重水球所在的洞穴温度稳定,始终保持在一百〇五华氏度,也就是四十一摄氏度左右。是比较热,但离让水沸腾还差得远。而且别忘了,矿井大约在地下 1.25 英里，气压约是一千三百毫巴[①]，比海平面的大气压高30%。气压越高，那么沸点也会越高，在地下也是如此。"

"那我们反过来看，"邦尼·简追问，"如果是重水结冰呢？"

"这么说吧，重水结冰后体积的确会膨胀，这点和普通的水一样，"内勒说，然后他皱起眉，"这样是会撑爆球体，但重水的冰点是3.82摄氏度，这么深的地下根本不可能出现这个温度。"

露易丝·贝努特也加入了讨论："如果还有其他物质进入球体内呢？要加入多少东西才会撑爆球体？"

内勒想了会儿，"说不准；而且手里也没有这样的说明。不过我们还是知道原子能公司准备借给我们多少重水。"他顿了顿，继续道："大概……我不知道，大概增加10%就行？也就是大约一百立方米的量。"

"这是多少？"露易丝环顾会议室，"这个房间的边长差不多六米对吗？"

"二十英尺？"内勒问，"我猜是吧。"

"天花板有十英尺高，也就是三米，"露易丝继续说，"所以你刚才说的体积就和这个会议室一样大。"

"我觉得差不多。"

"不对啊，露易丝，你们在下面只发现了一个男人。"邦尼·简说。

---

① 毫巴为气压单位旧称，1毫巴等于1百帕。

露易丝点头承认,然后她抬起月牙般的弯眉,"有没有可能是空气? 如果往球体内充入一百立方米的空气呢?"

内勒点点头,"我想过这个问题。我猜可能是一股气体不知通过什么方式进入了重水球内,但我完全想不出来它是怎么进去的。我们采集的重水样本中的确有充气的痕迹,但……"

"什么?"露易丝追问。

"呃,水里的确有充气的痕迹,成分是氮和氧,加上一些二氧化碳、辉长岩粉以及花粉。换句话说,就是寻常矿井中的空气。"

"那就不可能是观测站里的空气了。"邦尼·简得出结论。

"没错,"内勒说,"站内的空气全都经过过滤,不会有岩石粉尘和其他杂质。"

"但整个矿场内与监测室联通的就只有观测站了。"露易丝说。

内勒和斯万诺斯维都点了点头。

"好了,我们理一理。"邦尼·简说,手指在面前搭成"人"字形,"按照我们的估计,球体内增加的体积大约是10%,可能的原因是,球体内被充入了一百立方米未经过滤的空气,而且整个过程必须瞬间完成,否则重水会压缩这些空气的体积,没错吧? 不管怎样,我们目前还不知道这些空气是从哪儿来的,但肯定不是观测站,也不知道它是怎么被转移进球体内的,对吧?"

"这是体积问题。"斯万诺斯维说。

"而且我们也不知道他是怎么进入球体的。"邦尼·简补充道。

"没错，"露易丝说，"联通装着重水的球体与装着超纯水的水槽的门闩就算爆炸发生后，还是拴得紧紧地。"

"好吧，"邦尼·简说，"那我们知不知道这家伙，呃，那些人把他叫作尼安德特人，他是怎么进入矿场的？"

斯万诺斯维是参会众人中唯一一个英科公司的员工。他张开双臂，"矿井的安保人员检查过监控摄像头的录像带，以及事故发生四十八小时前的来访记录。我们的安保队长卡普利尼发誓，要是他查到有谁浑水摸鱼，把那人偷偷放进来，或者把那人藏在了什么地方，他肯定就完了。"

"如果大家都没撒谎呢？"露易丝说。

"贝努特小姐，那不可能，"斯万诺斯维说，"没人能绕过监控进入观测站。"

"如果坐电梯下去的确不行，但如果是用另一种方式下去的呢？"露易丝问。

"你是说他顺着垂直的通风孔向下爬了整整两公里？"斯万诺斯维生气了，"能这样做的人得有多大的胆量？而且就算他这样也逃不过监控。"

"我就是这个意思，"露易丝说，"他显然没有一路下到矿井里。正如马教授所说，他们叫他尼安德特人，但这个尼安德特人的手腕里植入了高科技设备，我亲眼见过。"

"所以呢？"邦尼·简问。

"靠!"露易丝喊道,"你们现在肯定也是这么想的。我的意思是,他既没坐电梯,也没进入通风井,也就是说,他,还有一整个房间里的所有空气,都是凭空出现在球体里的。"

内勒用口哨吹出了老版《星际迷航》的主题曲。

大家都笑了。

"好了!"邦尼·简说,"这事是挺疯狂的,可能也容易让人得出疯狂的结论,但我们还是脚踏实地为妙。"

斯万诺斯维也会吹口哨,于是他吹了段《阴阳魔界》的主题曲。

"停!"邦尼·简生气了。

第十五章

英科公司这架里尔喷气式飞机里唯一的乘客就是玛利亚·沃恩，正在从多伦多飞往萨德伯里；她在登机时就注意到，那架飞机侧边漆成了墨绿色，机首写着"酸洗镍"。

玛利亚利用短暂的飞行时间过了一遍笔记本电脑上的研究笔记，自己几年前在《科学》期刊发表过的研究尼安德特人DNA的论文。她一边读，一边拨弄脖子上的金链子，上头挂着一个朴素的小十字架。

1994年，玛利亚从育空地区永久冻土层中发现的一头熊身上提取出了遗传物质，这头熊已经沉睡了三万多年，玛利亚由此声名鹊起。所以两年后，负责莱茵河流域考古发掘工作的莱茵古迹保护局联系到她，想让她试试看能否从那块史上最出名的化石——也就是尼安德特人的骨骼化石中提取出什么DNA物质。她之前对该计划存疑，因为那只是份风干样本，并非冰冻保存，而且距今已有十万年的历史(具体时间还存在争议),比那头熊还要久上三倍多。尽管如此,她还是难以抵挡这个挑战的诱惑。于是1996年6月,她飞往波恩①,直奔标本所在的莱茵州立博物馆。

尼安德特人头骨最出名的部分,也就是包含了眉脊和颅顶的那块骨头正在公开展览,其他部分则被保存在一个钢制的盒子里,盒子外又套了层钢制的柜子,而柜子又放在个房间大小的钢制保险库内。德国方面安排的骨骼标本保管师叫汉斯,负责带玛利亚前往保险库。他身上穿着塑料防护服,戴着医用面罩,一切措施都是为了防止骨骼标本沾染到现代人的DNA。没错,化石最早的挖掘者肯定污染了这些骨骼,但过了一个半世纪,标本表面的DNA未经保护,肯定已经分解殆尽。

玛利亚只能取一块非常小的骨头;都灵的牧师对待他们的裹尸布肯定也是如此小心翼翼。但这对她和汉斯来说都很困难,好似在亵渎一个伟大的艺术品。当汉斯用一把金器锯从保存最完好的右肱上锯下一块半圆形的骨头时,玛利亚发现自己正在抹泪。样本大约一厘米宽,重量只有三克,采自右肱骨,那标本中保存最完好的骨头之一。

幸运的是,这块骨头外包着一层坚硬的碳酸钙,这应该给里面包含的原始DNA信息提供了一点保护。玛利亚带着标本回到了她在多伦多的实验室,从那上面钻下了一小块骨片。

---

① 德国北莱茵-威斯特法伦南部莱茵河畔的一个城市,贝多芬的出生地。

她付出了整整五个月的艰苦劳动,才从尼安德特人线粒体DNA中的控制区域里提取了三百七十九个核苷酸片段,然后再用聚合链反应复制出了几百万份拷贝,并仔细排序,接着再检查了一千六百位现代人类所提供的线粒体DNA片段,这一千多个人中包含了加拿大原住民、波利尼西亚人、澳大利亚人、非洲人、亚洲人和欧洲人。玛利亚从这一千六百人的样本中分别提取了三百七十九个核苷酸,发现至少有三百七十一个核苷酸与尼安德特人的三百七十九个核苷酸片段相同:换句话说,最大的偏差不过是八个核苷酸而已。

但尼安德特人的DNA与现代人种的DNA标本相比,平均只有三百五十二个核苷酸相同;不同的居然有二十七个之多。玛利亚得出结论:她所属的智人与尼安德特人肯定在55万年~69万年前就出现了分化,所以两者的DNA才会差那么多。与此相反,所有现代人在15万年~20万年前,可能都有同一个祖先。尼安德特人和现代人大约在50万年前分道扬镳;另外,与人属关系最近的"亲戚"是黑猩猩与倭黑猩猩,人属和它们大约是在500万年~800万年前分离的。尽管如此,玛利亚还是觉得,这段时间足以让尼安德特人成为和人类完全不同的人属尼安德特种,而不是智人种尼安德特亚种。

也有人持相反意见。密歇根大学的米尔福德·沃普夫相信,尼安德特人的基因已经与现代欧洲人完全相融;所以他觉得任何与之相悖的实验结果都是基因序列异常或者研究人员的错误解读。

但也有许多古人类学家赞同玛利亚的分析,不过包括玛利亚在内的所有人都表示,如果还能发现更多的尼安德特人DNA样本,那肯定还需要再做进一步研究……

而现在,可能,只是说可能,已经发现了更多的DNA样本。玛利亚想,这个尼安德特人不可能是真的,但万一呢……

玛利亚合上电脑,望向舷窗外,安大略省北部在她身下展开,加拿大地盾的岩石随处可见,白杨和桦树点缀于地面。飞机开始下降。

鲁本·蒙塔戈完全不知道玛利亚·沃恩的长相,但既然英科公司的喷气式飞机里只有一位乘客,那就很容易认出她了。她穿着一身白衣,年近四十,蜜色的头发露出深色的发根。她可能比标准体重重了十磅①左右,而等她走近后,鲁本能看出来,她昨晚肯定没怎么睡。

"沃恩教授,"鲁本向她伸出手,"我是鲁本·蒙塔戈,克莱顿矿井的驻场医生,非常感谢你能前来。"然后他将自己前往萨德伯里机场路上接到的那位年轻女性介绍给玛利亚认识:"她是吉莉安·莉奇,英科公司新闻媒体方面的负责人,她会照顾你的。"

鲁本发现,玛利亚发现有个年轻漂亮的女生一起陪她,便显得异常高兴,于是他想:这位教授可能是个同性恋。然后他伸手去拿

①10磅约为4.5千克。

玛利亚提着的行李箱，"我来帮你吧。"

玛利亚把箱子递给他，但在走过机场跑道的时候，却是与吉莉安并肩走在后面，而不是和鲁本走在一排。鲁本和吉莉安都戴着墨镜；而玛利亚则在刺眼的阳光里眯着眼，显然是忘带了。

他们走到鲁本那辆酒红色的福特探险者前，吉莉安礼貌地准备往后座钻，但玛利亚发话了："我想坐后座，因为我想——呃——活动活动身子。"

这个奇怪的说法让三人间的空气瞬间凝固，然后鲁本见到吉莉安微微耸了耸肩，坐上副驾驶位。

他们直奔巴黎街的圣约瑟夫医疗中心，那地方离雪花状的北方科学博物馆不远。路上，鲁本向玛利亚简要介绍了一下观测站出现的事故，以及他们发现的那个怪人。

他们驶入医院的停车场时，鲁本见到了三辆当地电视台的面包车。医院的安保人员肯定会努力让记者远离庞特，但记者们肯定也会时刻紧跟新闻的动向。

他们来到3-G的房门口，发现庞特背对他们站着，正在望着窗外，朝外挥手。鲁本意识到，电视台的摄影机一定正对着庞特站的窗口。他不由暗想：好一个配合采访的名人，媒体肯定会爱死他的。

鲁本礼貌地咳了两声，庞特转过身来。他站在窗前，身处逆光，样貌难以分辨。但他向前走来，玛利亚首次仔细打量尼安德特人时，不由露出错愕的表情，鲁本对此很是得意。玛利亚说过，自己只在电视上瞄到过庞特的样子,但她似乎还没准备好在现实中与他相见。

玛利亚回过神后不由得感叹:"卡尔顿·库恩要倒霉喽!"

"什么?"鲁本厉声问。

玛利亚起初有些摸不着头脑,然后慌张起来,"噢,我,不对。卡尔顿·库恩是美国考古学家。他之前说过,如果让尼安德特人穿上布克兄弟的西装,他们与现代人擦身而过也不会引起什么注意。"

鲁本点点头。"啊,对了,"他说,"玛利亚·沃恩教授,来和庞特认识一下吧。"

"你好。"庞特的植入装置用女声说道。

鲁本看到玛利亚惊讶地瞪着眼,于是边点头边解释:"没错,说话的是他手腕上的那个东西。"

"那是什么? 一块会说话的手表?"

"不止呢。"

玛利亚凑近了看,"这些是数字吗? 我认不出来是什么,而且……它们变化的间隔好像不到一秒?"

"你的观察力很出色,"鲁本说,"没错,是这样,这上面一共有十种不同的文字,但我之前都没见过。我计算了变化的间隔,发现要每隔0.86秒才变化一次,如果再多算算,这其实就是每天的十万分之一。换句话说,这是一种基于地球时间的十进制计时法。而且你也能看出来,这个设备非常复杂。而且这块屏幕也不是液晶屏。我不知道是什么，但不管你从哪个角度看，也不管周围的光线是强是弱，都能看清上面的字。"

"我叫哈克，"那个怪人左腕的植入装置说道，"是庞特的机侣。"

"啊，"玛利亚站直了身子，"唔，幸会幸会。"

庞特用低沉的声音说了一串玛利亚听不懂的话，然后哈克说："庞特说他也很高兴认识你。"

"我们在上午上了堂外语课，"鲁本现在看向了玛利亚，"现在你也看到了，效果很明显。"

"的确如此。"玛利亚很惊讶。

"哈克，庞特，"鲁本介绍道，"她是吉莉安。"

"你好。"哈克说，庞特也点头示意。

"你好。"吉莉安答道。鲁本觉得，她正在努力保持镇定。

"哈克是……我觉得我们可以叫它'电脑'。她是一台可以交流的便携式电脑。"鲁本微笑着，"比我们的掌上电脑高到不知哪里去了。"

"那……有人拥有类似的设备吗?"吉莉安问。

"就我目前所知，没有，"鲁本说，"但是她，也就是哈克，记忆力简直完美。新的单词只要和她说过一次，她就能牢牢记住。"

"那这个男人，也就是庞特。他真的不说英语吗?"玛利亚问。

"不说。"鲁本答道。

"难以置信，"玛利亚感叹，"难以置信!"

庞特的植入装置"哔"地响了一声。

"难以置信,"鲁本重复道,然后转向庞特,"就是觉得某件事很难相信"——又是"哔"的一声——"不是真的。"他又转向玛利亚,"我们通过一些简单的数字相互确认了'正确'与'错误'的概念,但如您所见,我们还有很多路要走。举个例子,哈克有着完美的记忆力,所以让她来学英语显然会比让我们学他们的语言更容易,但她和庞特都不能发出'li'的音,而且——"

"真的吗?"玛利亚问,鲁本点了点头,想着:她看起来好像很认真。

"你叫玛,"哈克证明了这点,"她叫吉安。"

"这简直——简直太神奇了。"玛利亚说。

"这个吗?"鲁本问,"为什么?"

玛利亚深吸一口气,"这些年来,出现了许多关于尼安德特人是否能够说话的争论,如果他们可以说话,那他们能发出的声域又有多宽。"

"然后呢?"

"有些语言学家觉得他们发不出'li'这个音,这是因为他们的嘴要比我们的长很多。"

"所以他就是尼安德特人了!"鲁本宣布道。

玛利亚又深吸了一口气,然后缓缓吐出,"我来不就是为了解答这个问题的吗?"她放下随身小包,然后把它打开,拿出一双乳胶手套，"啪"地撑开，再打开装满棉签的塑料罐，拿了一根出来。

"我需要你让他张嘴。"玛利亚说。

鲁本点了点头，"这事简单。"然后他转向庞特，"庞特，张嘴。"

庞特过了一秒才做出反应。鲁本知道，哈克能将他们的话翻译给庞特听，而其他人则听不到。庞特让自己那双金色而且相连的眉毛移到眉脊上方，做了个相当惊讶的表情，像是因为听了要求而感到诧异，但还是照做了。

鲁本也很惊讶。他在高中的时候有个朋友，能将自己的拳头全部塞进嘴里，但庞特的嘴向后张得更大，他除了塞进拳头外，再把前臂的三分之一塞进去都没问题。

玛利亚试探性地向前走了几步，把棉签伸进庞特嘴里，在他深深的，长长的口腔里来回擦拭。她注意到吉莉安面露困惑，便向她解释道："口腔里的细胞很容易擦拭下来，用这种方法采取DNA是最容易的。"然后她抽出棉签，立刻将它放入一个无菌的容器内，密封，然后贴上标签，"好了，我要的就是这些。"

鲁本向吉莉安与玛利亚微笑道："不错，那我们什么时候才能知道确切的结果？"

"这个嘛，我得先回到多伦多去，然后——"

"当然行，随便你，"鲁本说，"但我之前给劳伦森大学化学与生化系的朋友打过电话了，劳伦森大学虽然是个小学校，却有个专门为加拿大皇家骑警和安大略省警察局做DNA司法鉴定的实验室，你能在那里完成鉴定工作。"

"英科公司肯定也会安排你住在华美达酒店。"吉莉安补充道。

玛利亚显然没料到会这样，"我……"但随后，她好像改变了主意。"行，"她说，"当然可以。"

第十六章

　　婕斯梅尔现在已经愿意为阿迪克辩护，他接下来要做的应该就是带她去城缘，看看所谓的犯罪现场究竟是什么样。但阿迪克却请婕斯梅尔等一个十分日，他在城中还有件事要办。

　　庞特之前的女伴就是克拉斯特。阿迪克对她印象不错，她去世时，自己也非常伤心难过。阿迪克自己也有个女伴，幸运的是，她还活得好好的。阿迪克认识露特·芙拉多的时间和庞特一样久。他们有个儿子，名叫戴伯，生于148代。他们两人尽管相识已久，但阿迪克去露特所在的化学实验室的机会却是少之又少；合欢日毕竟是个节日，谁都不想工作。好在他的机侣知道去实验室的路，于是为他带路。

　　露特的实验室是用石头做的，虽然化学实验室的爆炸概率都很小，但为了安全起见，整个实验室用的，都是能够承受爆炸的冲击与防止火灾的材料。

实验室大楼的前门开着，阿迪克走了进去。

"日康。"有个女人说。阿迪克忍不住想，她在月里的这个时候见到男人，居然能把心中的惊讶隐藏得不错。

"日康，"阿迪克回答，"我找露特·芙拉多。"

"沿着大堂走到底就是。"

阿迪克对她微笑示意，向走廊走去。他刚把头探进露特的实验室，就大声打起了招呼："日康！"。

露特转过来，可爱的脸上露出了大大的微笑，"阿迪克！"他们两人之间的距离迅速缩短，露特上前抱住他，"我真没想到！"

阿迪克不记得自己在上个末候日有没有见过露特了。不过她现在看起来神志清醒，而且行事理智，婕斯梅尔也是如此。或许末候日等情况就是男人胡乱想出来的……

"你好啊，大美女，"阿迪克又用力抱了她，"很高兴见到你。"

但露特对自己的男人很了解。"出了什么事吧，"她松开怀抱问他，"怎么了？"

阿迪克望了望她身后，确保周围没有别人，然后他抓着露特的手，带她穿过房间，在一张印着元素周期表、边上还放了几把椅子的桌前停了下来；实验室里，唯一会动的东西就是两台纺锤形的机器人，一台在往烧杯里倒入某种液体，另一台正在装配一套由橡胶管和玻璃容器构成的结构。阿迪克坐了下来，露特坐在他身边。

"他们指控我谋杀了庞特。"他说。

露特听到后不由睁大了双眼，"庞特死了？"

"我不知道，他昨天下午就失踪了。"

"昨晚我去了剥皮派对，但没听说这件事。"露特说。

他把故事原原本本说了一遍。她对此表示同情，而且对阿迪克的清白毫不怀疑。阿迪克毫不怀疑露特对他的信任。

"你想让我为你出庭作证吗？"露特问他。

阿迪克望向别处，"我来找你就是为了这个。我已经拜托了婕斯梅尔。"

露特点点头，"你找了庞特的女儿。也对，这样应该能说服某位法官，我应该想到这点的。"

"我就是这么想的，但愿你不要介意。"

她微笑着说："没有没有，怎么会呢？ 如果有什么我能够帮到你的……"

"的确是有一件事，"阿迪克从屁股兜里掏出一只样本瓶，"这是从庞特消失的地方收集的液体样本，当时地上足足有好几桶水。你能不能帮我检测一下？"

露特拿过瓶子，举起来对着光打量了一番，"当然可以，"她说，"如果还有什么要我帮忙的就尽管说。"

庞特的女儿陪着阿迪克回到城缘，然后直接前往镍矿，因为阿迪克想让婕斯梅尔看看她父亲消失的地方。但他们走到矿井升降机的入口时,婕斯梅尔看起来犹豫了。

"怎么了?"阿迪克问。

"我,呃,我有幽闭恐惧症。"

阿迪克摇摇头,迷惑不解,"不可能啊,你还小的时候,庞特就和我说过,你喜欢藏在多巴拉克里。另外,上个旬月他不是还带你去洞穴探险了吗?"

"嗯,这个嘛……"婕斯梅尔犹豫地拖着长音。

阿迪克点了点头,"我知道了,你不相信我,对吧?"

"只是……好吧,最后一个和你下井的人是我的父亲,但他永远都回不来了。"

阿迪克叹了口气,但他明白对方担忧的原因。总得有市民向阿迪克提出指控,不然法律程序就无法进行。如果他现在能够除掉婕斯梅尔、梅嘎梅格和波尔贝的话,或许就没人能提供指控了……

"我们可以再找个人陪我们一起下去。"阿迪克提议。

婕斯梅尔考虑片刻,她自己肯定也在想,一切事情在这样的时间里都会带有新的含义。没错,她可以请人陪同,请个她知根知底、完全信任的人,但如果这件事要上最高法院,那么对方可能也会遭到传唤。"审判长,您说得没错,我知道婕斯梅尔在替阿迪克说话,但就连她也害怕和他单独进入矿井。而且,考虑到他对她的父亲做过的那些事,这也没什么好责备的。"

她终于还是挤出了一抹浅笑,这多少让阿迪克想起了庞特的笑容。"不用了,"她说,"不用,当然没事,我觉得自己只是有点紧张,"她又笑了起来,这次看起来更加阳光,"毕竟每个月的这个时候都会这样。"

但他们走近电梯井时,一个身形相当魁梧的男人出现在他们身后。"学者胡德,站住别动。"他说。

阿迪克可以肯定,自己从来没见过这个男人。"嗯?"

"你打算去地下的实验室?"

"没错。你是谁?"

"加斯克道尔·达特,"那人说,"我负责强制执行。"

"强制执行? 执行什么?"

"确保履行你的司法检查。我不能让你去地下。"

"司法检查? 什么意思?"婕斯梅尔问。

达特说:"意思是,如果远程档案库发现学者胡德的机侣所发出的信号出现在案发现场附近,就会有一名活生生的、有着呼吸的人类时刻监视他的行为,这种情况会持续十个十分日,每月二十九天,直到他被证明无罪为止。"

"你们居然还有这种权力。"阿迪克倍感惊诧。

"噢,没错,"达特说,"达卡拉·波尔贝向你提出指控的时候,法官就下令对你实施监控了。"

"为什么?"阿迪克强压怒火。

"波尔贝不是给你传了一份文件吗,里面有解释。"达特问,"如果你没收到，可能是她忘了。不管怎么样，司法检查的目的是确保你不会逃避司法管辖，或者销毁可能有用的证据和其他各种行为。"

"但这些事我根本没想过，"阿迪克说，"你为什么就不能让我去实验室呢？"

达特看着阿迪克，似乎不能相信他能问出这样的问题。"你还问为什么？因为我们在下面无法监测机侣的信号，司法检查就无法履行。"

"没骨髓的家伙。"阿迪克轻声嘟哝了一句。

婕斯梅尔双手抱胸，"我是婕斯梅尔·凯特，而且……"

"我知道你是谁。"执法者说。

"那你肯定也知道庞特·博迪特是我父亲。"

执法者点了点头。

"这个人打算救他，你必须让他去井下的实验室。"

达特惊诧地摇了摇头，"但他是杀害你父亲的嫌疑人啊。"

"他也可能不是凶手，"婕斯梅尔说，"而我的父亲也可能还活着。要想确定这一切，唯一的方法就是重做当时的实验。"

"我对量子计算机一窍不通。"达特说。

"是人都看得出来，还用得着你说。"阿迪克说。

"你这家伙嘴真碎，"达特上下打量着阿迪克，"随你怎么说，我接到的命令很简单，就是让你留在萨尔达克，而且不能去实验室。刚才犯罪档案库给我打了电话，说你正在前往实验室，所以我就来了。"

"我必须去下面。"阿迪克说。

"不好意思,"达特说,他那双粗壮的手臂交叉在宽阔的胸前,"我们不仅没法监控你,还可能让你销毁证据。"

婕斯梅尔的确继承了她父亲灵活的头脑,"但他们没禁止我去下面的实验室吧?我可没受到司法监控。"

达特想了会儿,"我觉得没有。"

"好吧,"婕斯梅尔转向阿迪克,"和我说说,你打算怎么把我父亲弄回来。"

阿迪克摇摇头,"没你想的那么简单,实验室里的设备很复杂,另外,它是我和庞特亲手搭建的,半数控制键甚至都没打标签。"

婕斯梅尔显然受到了打击,然后望向那个魁梧的壮汉,"那如果你陪我们一起下去呢?这样你就能看到阿迪克在做什么。"

"去井下?"达特说,"你想让我去一个不能检测到机侣信号的地方,而且陪同的人之前更是犯下过谋杀罪?别惹毛我。"

"你必须让他下去。"婕斯梅尔说。

但达特摇了摇头,"不,我就是要阻止他下去。"

阿迪克昂起下巴,"试试?"

"你有种再说一遍?"

"我说,那就试试看?你想怎么阻止我下去?"

"我会采取一切手段。"达特的语调没有丝毫变化。

"那行。"阿迪克说,他一动不动地站了会儿,像是在想自己是不是真的要这么做,"那行。"他重复了一遍,故意向电梯门走去。

"别动。"达特说,但语气并不强硬。

"动又怎么样?"阿迪克说的时候根本没回头看他,努力装出无所畏惧的样子,但他的声音却露出了破绽,没能带来预期的效果。"还敢把我的头打开花?"他话虽这么说,但已经绷紧了颈部的肌肉,准备挨上一拳。

"倒不用那么麻烦,"达特说,"镇静剂飞镖就能让你睡过去。"

阿迪克停下脚步,转身看他,"噢?"他从来没和法律作过对,认识的人里也没有犯过罪的。他觉得司法人员应该可以在不伤害别人的前提下阻止他人行事。

但婕斯梅尔挡在了达特手里的飞镖发射器和阿迪克之间,说道:"那你就得先射中我。他必须要下去。"

"随你,但我要警告你,醒来后头疼的感觉可不好受。"

"求你了!"婕斯梅尔说,"他是去救我父亲的,你还不明白这当中的关系吗?"

达特的声音里终于出现了些许温暖,"你的愿望不过是一缕虚妄的轻烟。我知道,接受这一切对你来说很困难,但你必须面对现实。"他挥舞着手里的飞镖发射器,示意他们离开矿井,"对不起,但你的父亲已经死了。"

第十七章

　　玛利亚在约克大学实验室里的设备能让她从很久之前的标本里提取出残破的DNA,虽然劳伦森大学的基因检测室没有这种特殊的设备,但这次也用不到。她只需要从庞特的嘴里采集些上皮细胞,直接检测细胞中的线粒体DNA就行,这事随便找家基因检测机构都能做。

　　玛利亚引入两段引物,它们其实就是两小段线粒体DNA,与自己几年前在德国发现的尼安德特人化石上提取的DNA片段相吻合。然后她又加入了DNA聚合酶,引发聚合酶链式反应,让它不断自我复制,数量隔段时间就会翻一倍,这样就能放大她感兴趣的那块DNA片段。很快,她就会有数百万份碱基对可供分析研究。

　　劳伦森大学果然如鲁本·蒙塔戈所言,经手了不少法医工作,因此里面有着可以粘贴在玻璃上的胶带。基因学家也会用到这些,这是为了确保样本瓶里的样本在自己视线外的时候不会被外界污染。

玛利亚把正在进行PCR①扩增的容器密封好，在胶带上做好记号。

然后她用实验室的网络接口访问了自己在约克大学的工作邮箱，发现她昨天收到的邮件比过去一个月的还多。多数都是世界各地研究尼安德特人的专家发给她的，他们不知道从哪里捕捉到了风声，知道她现在正在萨德伯里。这些邮件来自华盛顿大学、密歇根大学、加州大学伯克利分校、加州大学洛杉矶分校、布朗大学、纽约州立大学石溪分校、斯坦福大学、剑桥大学、英国自然历史博物馆、法国第四纪史前史与地质研究所，还有她在莱茵州立博物馆的老朋友，以及一些其他机构。他们在向她要样本的同时还在和她开玩笑，好像在说，这事绝对不可能。

这些消息她全都选择视而不见，但的确觉得，自己有必要给约克大学的研究生发一封邮件。

达丽拉：

我要为自己的突然离开道歉，但我知道你能妥善解决问题。你肯定在各大媒体上看到了相关新闻，我只能说，没错，他有可能是尼安德特人。我正在进行DNA检测，希望得到准确的答案。

我不知道自己什么时候能回来，至少也会在这里待上几天。但我想告诉你……其实是警告你……周五晚上我离开实验室的时候，觉得有个男人在试图跟踪我。你要小心……如果你准备工作到

① 即前文所提到的"聚合酶链式反应"。

深夜,最好结束后让你男朋友来接你,或者打电话叫校园步行护送服务陪你回去。

保重。

玛·沃

玛利亚又读了几遍,然后点了"发送"。

然后她就坐了会儿,久久地望着屏幕。

妈的!

妈的! 妈的! 妈的!

她没法忘掉这件事——它时不时地浮现在自己脑海里。她觉得自己今天醒着的时候,有半数时间在回想那段可怕的经历——我的天,这真的只是昨天发生的事吗? 对她来说,犯人兽行的记忆依然如同手术刀般锋利,但为什么她觉得这些事已经过了很久?

等她回到多伦多,可能会把这件事告诉母亲,但——

但她的母亲是个虔诚的天主教徒,如果和她谈论这场强奸案,那就难免涉及一些不快的话题。虽然她不反对堕胎,但肯定担心自己有没有怀孕。教皇约翰·保罗二世[1]曾经布告,希望波斯尼亚被强奸的女性生下孩子[2]。她会和母亲说,让她不用担心,因为她一直在

---

[1] 也译作圣若望·保禄二世。

[2] 1993年,他在给萨拉热窝大主教的信件中提及此观点,认为可以将暴行转换为爱(……"help them transform an act of violence into an act of love and welcome")。

吃避孕药，但这应该也好不到哪儿去。她的父母只能接受安全期避孕，玛利亚不由觉得，自己只有三个而不是十几个兄弟姐妹实在是个奇迹。

当然，她也可以和自己的兄妹们说，但……但……但却没法和男的说——任何男的都不行。这样就排除了比尔和约翰，只剩下一个姐姐克里斯汀，但她搬到萨克拉门托①去了，另外不知为何，玛利亚总觉得她不想和自己在电话里说这事。

但她还是得找个人倾诉，而且是面对面地说。

那只能是这里的人。

实验室的桌上有一份劳伦森大学的校历，玛利亚在上面找到了校园地图，记住了她想去的地方，然后起身沿着走廊走上楼梯，穿过科学一号楼，往教学楼走去，再走入被劳伦森大学的学生称作"保龄球道"的地方，那是位于一楼的长走廊，连通教学楼和大厅。她行走在走廊里，午后的阳光透过窗户，落在 Tims 咖啡的甜甜圈柜台和几个给学生办活动的摊贩上。最后，她终于在走廊远处的尽头左转，经过联络办公室，再走上楼梯，经过校园内的书店后，又走过了一小段走廊。

她肯定不会去约克大学的强奸危机中心。那里的咨询师们大多是志愿者，按道理说，他们肯定会保守秘密，但大学中有位老师遇袭这件事在茶余饭后可能还是挺有诱惑力的。而且她进出中心的

_____

① 美国加利福尼亚州首府。

时候也可能会被别人看见。

劳伦森大学虽然小,可还是有个强奸危机中心。但每所大学都需要这样的中心本就是件令人扼腕的事实,她甚至听说在澳罗尔·罗伯茨大学也有一个。但这里没人认识她,自己也没被电视台采访过,不过等庞特的DNA检测结果出来后,她至少也会被采访一回。所以对她来说,若是还想保密,最好尽早去。

门开着。玛利亚步入狭小的接待区。"你好,"那位桌后年轻的黑人姑娘和她打招呼,然后起身朝她走去,"快进来,快进来。"玛利亚完全理解她为何所展现出这般热情与关怀,因为有许多女性可能终于走到了门口,最后却还是因为对自身的遭遇难以启齿而匆匆逃走了。

而且这位接待员可能还能分辨出玛利亚是否是强奸案的受害者,因为这事并不是刚刚发生的。玛利亚的衣服并不凌乱,妆发看起来也很得体。并且中心肯定还会有受害者之外的访客:比如来中心工作的志愿者、研究员以及维护保养复印机的人员。

"您被人伤害了吗?"那个女人问。

伤害。没错,这个说法很好,比起那个赤裸裸的词,伤害这个说法更容易接受。

玛利亚点点头。

"我有几个问题想确认一下,"那个女人说,她长着一双棕色的大眼睛,鼻子上有颗小小的鼻钉,"是今天发生的吗?"

玛利亚摇了摇头。

有那么一会儿,那个女人脸上露出奇怪的表情,玛利亚觉得,说是失望并不确切,但那件事如果是最近发生的,肯定会更有意思,如果强奸取证套件能用来收集证据,如果……

"是昨天,"玛利亚第一次开口提这件事,"昨晚。"

"那个人——你认识吗?"

"不认识。"玛利亚说……但她停住了。其实她不确定这个问题的答案。那个禽兽戴着面罩,所以谁都有可能:她教过的学生、大学教师、后勤部门的员工、浮木走廊的小混混。谁都有可能。"我不知道,他戴着面罩。"

"我知道他伤害过你,"那个年轻女人挽着玛利亚的手,将她领进屋内,"那他有没有弄伤你? 你要不要去看看医生?"女人握着她的一只手,"我们有位出色的女医生,可以让她帮你看看。"

玛利亚又摇摇头。"没,他有一把——"她突然破音了,把自己也吓了一跳,然后继续试着把话说完,"他有一把刀,但没用它。"

"禽兽。"女人说。

玛利亚点头表示同意。

她们走到了更靠内的房间,墙面是柔和的粉色,摆着两把椅子,但没有沙发。就算在这里,这间女性的避难所里,沙发可能也显得不合时宜了点。女人示意玛利亚坐在安乐椅上,自己也在她对面的椅子上就座,但温柔地把玛利亚的左手握在手心。

"你愿意告诉我你的名字吗?"女人问。

玛利亚本来想告诉她一个假名,但或许因为自己不愿意向这位热心帮助她的姑娘撒谎;或许她本来也能告诉姑娘自己的中间名——尼克莱。这样不算欺骗,而且也隐藏了自己的真实身份。可等她开口时,还是说出了真名:"玛利亚,玛利亚·沃恩。"

"玛利亚,你可以叫我叫凯莎。"

玛利亚看着她。"你多大了?"她问。

"十九岁。"凯莎回答。

她好年轻。"那你……你是不是也……"

凯莎抿紧嘴唇,点了点头。

"什么时候?"

"三年前。"

玛利亚觉得自己双眼圆睁。她那时才16岁啊;那样的话,天啊,她的第一次性经历很可能是强奸。

"我很难过。"玛利亚说。

凯莎歪着脑袋,接受了她的安慰,"我不会对你说'玛利亚,有一天你会走出这件事带给你的阴影'这种话,但你能学会与它共存。我们会帮你的。"

玛利亚闭上双眼,深吸一口气,然后缓缓呼出。她能感到凯莎正在温柔地握着她的手,将力量传递给她。玛利亚终于再次开口,"我恨他!"她睁开眼,凯莎的表情充满关切与支持。"而且……"玛利亚缓慢地低语道:"我恨自己没有反抗。"

凯莎点了点头,向她伸出另一只手,将玛利亚的右手也温柔地放入掌心。

第十八章

阿迪克和婕斯梅尔从矿井出来后就回家了,回到那个和庞特同居的家。他发声示意,点亮家中所有的灯条,婕斯梅尔饶有兴致地环顾四周。

婕斯梅尔还是第一次来访自己父亲的居所。因为合欢日一般是男人去城中,而不是女人去城缘。

婕斯梅尔四处查看,发现了庞特收藏的雕塑,她被这些雕塑迷住了,但又觉得有些忧伤。她知道庞特喜欢啮齿动物的石雕,还养成了一个习惯,那就是每当月食的时候就给他自己雕一个这样的小雕像。婕斯梅尔知道,庞特最喜欢来自啮齿动物栖息地之外的石头雕成的雕像。瓦德拉克石板边摆着一尊雕像,从它所在的位置看,它就是庞特最骄傲和最珍爱的那个。这尊海狸雕像的大小是真实大小的一半,这是种栖息在当地的动物,材料是从伊维索伊中部进口的孔雀石。

当她在周围转悠时,阿迪克的机侣突然发出一记响声。"日康,"他对机侣说,"亲爱的,什么? 太好了! 绝对是个好消息! 别着急,等下……"然后他转向婕斯梅尔,"你肯定想知道。这是我的女伴露特。她分析了我在量子计算实验室里发现的液体,它是你父亲消失后留下的痕迹。"阿迪克拔出机侣上的一个控制钮,启动了扬声器。

"婕斯梅尔·凯特,庞特的女儿就在我身边,"阿迪克说,"你继续。"

"婕斯梅尔,日康。"露特说。

"你也是。"婕斯梅尔说。

"好了,接下来说的应该会吓你们一大跳。你知道你带来的是什么液体吗?"

"不是水吗?"阿迪克问。

"对了一半,其实那是重水。"

婕斯梅尔扬起眉毛。

"真的?"阿迪克问。

"真的,"露特说,"是纯净的重水。自然界中当然有重水分子存在,比如在雨水中大约千分之一的水分子就是重水,但想要这么高的纯度——怎么说,我不知道是怎么做到的。重水比普通水重十分之一,我猜可能你能发明某种技术把它从水里分离出来,但为了获得你所发现的这些重水,要处理的水量相当惊人。我不知道哪个科研机构可以做到,而且我也想不出这么做是为了什么。"

阿迪克看着婕斯梅尔，然后又对着自己的手腕说道："不可能是自然产生的吗？岩石缝中有没有可能渗出重水？"

"绝对不可能。"露特说，"样本只受到了极少的污染。最后我才搞明白：污染源是清理实验室地面的清洁剂！应该是拖地时残留在地板的清洁剂溶解进了重水里，除此之外，它是绝对纯净的。如果是地下水，里面会溶有矿物质，但它没有，所以肯定是人造的。我不知道生产者是谁，也不确定是怎么造的，但这绝对不会是自然界中存在的物质。"

"有意思，"阿迪克说，"里面没有庞特的DNA吗？"

"没有，只有少量你的DNA，肯定是你在擦水的时候从皮肤上脱落的，但没有别人的。此外，没有血浆或者任何可能从庞特身上剥落的遗留物。"

"太好了，多谢！"

"亲爱的，日康。"露特说。

"日康。"阿迪克重复道，然后拉出控制钮，结束了通话。

"什么是重水？"婕斯梅尔问他。

阿迪克向她解释了一番，然后说："这肯定是破局的关键。"

"关于重水的来源，你说的是真话吗？"

"当然，那是我从庞特消失后的计算室地面上收集来的。"

"它不会有毒吧？"

"重水吗？我想不出它为什么会有毒。"

"那它有什么用?"

"我也不知道。"

"我只是猜测,但——我父亲的身体有没有可能以某种方式转变成了重水?"

"我很怀疑。重水里没有构成他身体的元素,他没有被分解,也没有被瞬间燃烧干净,他只是消失了而已。"

然后阿迪克摇了摇头,"或许在明天的'都斯拉姆-巴萨德拉姆'上,我们可以向审判长解释我们要进入实验室的原因。但进去前,不管庞特遭遇了什么,我都希望他能安然无事。"

鲁本·蒙塔戈把玛利亚·沃恩安顿在劳伦森大学的基因实验室后,在塔可贝尔匆匆吃了顿墨西哥快餐,然后返回圣约瑟夫医疗中心。他在大堂里见到了露易丝·贝努特,就是观测站里那位漂亮的法裔加拿大博士后,她正和一位看似是医院安保部门的人员争执。

"但我救了他的命!鲁本听见露易丝大喊,"他肯定想见见我!"

于是鲁本走到那位年轻的女人身边。"你好,"他说,"怎么了?"

那个女人转过可爱的脸,瞪着褐色的双眼,感激地望着他,"噢,蒙塔戈医生,谢天谢地,你来了。我来这里是为了看看我的朋友现在怎么样了,但他们不让我上楼。"

"我是鲁本·蒙塔戈,"鲁本对这位长着红发、满身肌肉的保安说，"我是庞特先生的……"这么说也没错呀？"全科医生，你可以和辛格医生核实信息。"

"我知道你是谁，"保安说，"没错，你在准许名单上。"

"我和这位年轻女士是一起的，就是她在萨德伯里的中微子观测站里救了庞特的命。"

"那太好了，"保安说，"抱歉，刚才给你添麻烦了，但我们这几天碰到的记者还有对这事好奇的人太多了，他们整天都想钻空子溜进去，所以——"

这时候，缠着深棕色头巾的瑞尼哈尔·辛格医生正好经过。"辛格医生！"鲁本叫住他。

"你好，"辛格医生上前和鲁本握手，"来躲电话的吧？我最近被电话轰炸得晕头转向。"

鲁本微笑道："我也是。看起来好像所有人都想认识一下我们的庞特先生。"

"他身体恢复得不错，我很高兴，"辛格说，"但说真的，我想让他出院。因为迈克·哈里斯[①]的政策，医院床位总是不够。"

鲁本同情地点了点头。这个小气的安大略省前省长一声令下，全省的许多医院关门的关门，合并的合并。

"另外，"辛格继续说，"我这么说可能不太好，但如果他能出院的话，我可能就会免受媒体的骚扰了。"

---

① 加拿大安大略省第22任省长，他在1995年削减了政府的医疗支出。

"我们该把他带到哪里去?"鲁本问。

"我不知道,"辛格说,"但要是他身体健康,那肯定就不该待在医院。"

"好吧,那我们离开的时候就把他带走。有哪条路可以偷偷把他带走但又不会惊动媒体?"

"事情重点是让媒体知道他已经走了。"

"好的,好的,但我们得在他们意识到这点前先把他送到一个安全的地方去。"

"我懂了,"辛格说,"那就从地下停车库带他出去。先把车停在那儿,坐职工电梯去地下二层,再从那边走廊的出口出去。只要庞特在你的车里低下头,就没人会发现他出去。"

"好极了。"鲁本说。

"今天就带他走,拜托了。"辛格说。

鲁本点点头,"我会的。"

"多谢。"辛格说。

鲁本和露易丝走上楼。

"你好啊,庞特。"鲁本走进病房和他打招呼。庞特坐在床上,穿着自己被发现时穿的那套衣服。

鲁本开始以为庞特在看电视,但随后他注意到对方正举着左臂,把哈克的玻璃摄像头对着电视。所以更有可能是机侣在听更多的语言材料,希望能从上下文中学到更多单词。

"鲁本,你好啊。"哈克说,大概是在代替庞特发言。庞特转身望向露易丝。鲁本注意到,他的行为和一般的男性表现出的不太一样:在与这样漂亮的年轻女性邂逅时,他的脸上并没有露出任何喜悦的微笑。

"露易丝,来见见庞特。"鲁本说。

露易丝向前一步,"庞特,你好!我是露易丝·贝努特。"

"是露易丝把你从水里救出来的。"鲁本说。

庞特脸上的笑容的确开朗了些;鲁本不由在想,可能所有人对他来说都长一个样。"露——"哈克说。庞特耸耸肩,表示抱歉。

"他发不出你名字里'易斯'这个音。"鲁本说。

露易丝微笑道:"没事,你可以叫我露,我的许多朋友都是这样叫的。"

"露,"庞特用自己低沉的嗓音重复道,"我——你——我……"

鲁本看着露易丝,"我们还在增加他的词汇量,可能还没学到社交礼仪,不过我肯定他是在感谢你救了他的命。"

"应该的,"露易丝说,"看到你没事了,我很高兴。"

鲁本点点头,说道:"没事了,庞特,你,离开,这里。"

庞特抬起一侧那相连的眉毛。"好!"哈克又替他说话了,"去哪里? 要去哪里?"

鲁本挠了挠自己刚剃过的脑袋,"好问题。"

"远,"哈克说,"远。"

"你想去远点的地方?"鲁本问,"为什么?"

"这个——这个……"哈克的声音轻了下去,但庞特举起手,掩住了自己的大鼻子,尼安德特人做这个动作或许就等于我们捏着鼻子。

"味道吗?"鲁本问,然后点点头,转向露易丝,"他鼻子那么大,嗅觉灵敏也不奇怪。我自己也很讨厌医院的味道,而且在医院里也待得够久了。"

露易丝看着庞特,但却是在问鲁本:"你还是不知道他是从哪儿来的?"

"对。"

"我想是平行世界。"露易丝直白地给出结论。

"什么?"鲁本说,"拜托!"

露易丝耸了耸肩,"不然呢?"

"好问题,但……"

"假如他是从平行世界来的,那么那个世界里可能没有内燃机或者任何会污染空气的设备。如果你真长了个对气味很敏感的鼻子,那就永远不会选择那些气味难闻的技术。"

"有可能,但这也不能说明他是从另一个宇宙来的啊。"

"不管怎样,他可能想去一个远离文明的地方,一个空气清新点的地方。"露易丝拨开眼前长长的棕发。

"这个嘛,我可以向英科公司请个假,"鲁本说,"成为公司的驻地医生,好处就是可以自己给自己开病假许可。我真的很想再研究他一阵子。"

"他们还在抽观测站里的重水,这段时间里我也没什么事做。"露易丝说。

鲁本觉得自己的心在怦怦跳。我的天,自己怎么还对爱情充满憧憬!露易丝之所以考虑和他们一起行动,完全是因为她对庞特有着科学家的兴趣。但能和她多相处一会儿实在再好不过,她的口音真的太性感了。

"我不知道政府会不会再次试着把他带走。"鲁本说。

"他到这里才过了一天,"露易丝说,"我打赌,首都根本没人把这件事当回事,对他们来说,这大概就是《国家询问报》上会出现的疯狂事。每次有人声称自己发现 UFO 的时候,联邦探员和军方也不是都会派人去现场,我肯定,他们甚至不觉得这事是真的。"

这里的味道真的很难闻,庞特想,他看着露和鲁本,发现他们两人截然不同:那个男人有着深色皮肤,脑袋上一根头发都没有,而女人的皮肤比庞特的还白,浓密的棕发披在瘦窄的双肩上。

庞特还是又害怕,又困惑,哈克一旦检测到他的生理指标产生变化,变得焦躁不安,就会通过耳蜗内的植入体不断说一些安抚他的话。要是没有哈克的帮助,庞特觉得自己肯定早就疯了。

这么点时间里居然发生了那么多事!就在昨天,他还在躺在自己家的床上,和阿迪克一起醒来,喂了他的狗,然后去上班……

但现在他居然在这儿,但这又是哪里?哈克说得对,这里肯定是地球。但庞特宁可相信这是宇宙遥远尽头处的另一个宜居行星,但他在这里的体重似乎和家里一样,而且空气也是可以呼吸的——话虽如此,呼吸和吃亲爱的阿迪克做的饭菜一样,只能说是勉强为之。空气里的味道很难闻,有水果的味道,化学品的味道,还有难闻到他根本没法辨别的东西。但他承认,空气的确起到了勉强维持生命的作用,而他们给他吃的食物从化学成分上来看,自己的消化系统(大多数!)也是能对付的。

所以:这就是地球。肯定不是以前的地球。在他所处的时代,地球上的很多地方都没怎么被探索过,尤其是赤道地区。但正如哈克指出的,这里的植被与萨尔达克的相似,意味着自己不在另一个大洲或者南半球。尽管这里气候温暖,但他见到的大多都是落叶植物,所以这里也不可能是赤道。

那这就是未来了?也不是。就算人类因为某些未知的原因消失了,也不可能是崛起后的格里克辛人占领这个地方,他们早就灭绝了,复活他们就和复活恐龙那样,完全不可能。

如果这里不但是地球,而且还是庞特生活的地方,那天上成群的旅鸽呢?他来这里之后一只都没见到。庞特想,它们可能是被这里的恶心气味赶走了。

但,不对。

不是那样。

这里既不是未来,也不是过去,这里就是现在。这是个平行世界,尽管格里克辛人天生愚笨,但他们在这个世界里并没有灭绝,真是神奇。

"庞特。"鲁本说。

庞特抬起头,隐约带着失落的表情,好像经历了一场美梦的破裂。"嗯?"他问。

"庞特,我们要带你去别的地方,但具体是哪儿我还没确定。不过首先,我们要带你离开这里。你,唔……可以和我住一起。"

庞特歪着头,无疑是在听哈克的翻译。他听的时候有一两次露出困惑的神色,应该是哈克不知道如何处理鲁本说到的一些词。

但庞特最后还是说:"好。我们离开这里。"

鲁本示意让庞特先走。

"打开门。"庞特打开病房的门时自言自语,难掩言语中的喜悦。"穿过门。"他说完就做出了相应的动作,再等着露易丝和鲁本出来。"关上门。"说罢,他关上了身后的门,然后露出了灿烂的微笑,左右嘴角的距离差不多有一英尺,"庞特出来了!"

第十九章

按照辛格医生的指点，鲁本·蒙塔戈、露易丝·贝努瓦和庞特安全地找到了鲁本的车，那是他刚从职工的地下车库里开出来的。鲁本有一辆酒红色的SUV，因为常年在英科公司矿区的碎石路上行驶，漆面已经斑驳。庞特进入后排，直接躺在后座上，打开当天的《萨德伯里星报》盖住脸。露易丝是步行来医院的，但她接受了鲁本的邀约，与庞特一起去他家吃饭，所以现在和鲁本一起坐在前排。他也说，自己今晚晚些时候还会送她回家。

车里一路都在轻声放着CJMX电台，现在播出的歌是洁芮·哈利维尔[①]唱的《It's Raining Men》。"现在你说说看，"鲁本望向露易丝，"为什么你相信庞特是从平行宇宙来的？"

露易丝抿紧双唇，沉吟半晌。鲁本看着她，心想：天啊，她真可

---

① 英国辣妹组合的成员之一，后于1998年单飞。该单曲收录于《Scream If You Wanna Go Faster》，登顶过英国单曲榜冠军。

爱。过了会儿她问："你对物理懂得多吗？"

"我吗？就是高中水平。哦，我在史蒂芬·霍金来萨德伯里的时候还买了本《时间简史》，但没看几页。"

然后鲁本驱车右拐，露易丝说："好吧，那我问你，如果你把一个光子射向有两个垂直缝隙的障碍物，并在它背面放一张可以显示干涉图案的感光纸，你觉得会发生什么情况？"

"不知道。"鲁本老实回答。

"是这样，有种说法是，光子会变成一道能量波，当它遇上了有缝隙的障碍物，那么每道缝隙都会创造出一个新的波向前，这样你就有了经典的干涉图案，波峰和波谷可以互相加强或者互相抵消。"

她的话并没有让鲁本在脑海里勾勒出清晰的画面，"好吧。"

"正如我所说，这只是其中一种解释。另一种解释就是，宇宙真的发生了分裂，短暂地成了两个宇宙。其中一个宇宙中的光子依然以粒子的形式存在，穿过了左侧的缝隙，而另一个光子则穿过了右侧的缝隙。光子在这个或者那个宇宙中穿过哪条缝隙看起来并无区别，所以这两个宇宙又坍缩成了一个，而出现的干涉波纹就是二者合体后的结果。"

鲁本点了点头，但只是因为这个解释似乎最合理。

"所以，"露易丝说，"我们有物理实验作为基础，能够暂时相信平行宇宙的存在，就算你只向两条缝隙发射了一个光子，这样的干扰图案还是会出现。但如果两个宇宙没有坍缩成为一个呢？如果光子分开后继续独立存在的话,会怎么办?"

"怎么办?"鲁本试着跟上她的思路。

"这个嘛,假如宇宙被一分为二,具体时间嘛,谁知道呢,比方说是一万年前吧,那时候有两种人类同时存在:其一是我们的祖先,也就是克罗马农人(鲁本注意到,露易丝说这个词的时候和说法语的人一样,不发 g 的音);另一个则是庞特的祖先,古尼安德特人。我不知道他们共存了多久,但——"

"从十万年前一直到大约两万七千年前。"鲁本说。

露易丝露出惊诧的表情,显然没想到鲁本居然记得住这些零碎的知识点。

鲁本见状耸了耸肩,"我们从多伦多请了一位基因学家,她叫玛利亚·沃恩。她和我说的。"

"原来如此,行吧,在那段时间中的某个时间点或许发生了某次时空分裂,我们的祖先成了地球上的统治者;而在另一个平行宇宙中,尼安德特人则占据了主导地位,创造了属于他们自己的文明和语言。"

鲁本听得一头雾水,"但……但这两个宇宙怎么就有交集了?"

露易丝摇了摇头,"这我就不知道了。"

他们驶出萨德伯里,驶在一条通往莱弗利小镇的乡间小路上,虽然听着像"来福利",但它其实就在矿井边上,位置并不好。

"庞特,"鲁本说,"准备起来吧,我们不会堵车了。"

庞特没有反应。

鲁本意识到这话可能太复杂了,于是换了个说法,"庞特,起来。"

他听见报纸发出窸窸窣窣的声音,看见庞特的大脑袋出现在后视镜里。"起来。"他重复了一遍。

"今晚,你会住我家,理解了吗?"鲁本说。

庞特过了会儿才有反应,或许是因为翻译需要时间,然后他说:"是的。"

现在换哈克说话了,"庞特必须吃食物。"

"没问题,"鲁本说,"会有的,我们马上就吃晚饭了。"

他们继续往鲁本的家里驶去,到的时间比预定的晚了二十分钟。这是一座现代化的二层小楼,坐落在莱弗利郊外占地好几英亩①的空地上。庞特,露易丝和鲁本朝门口走去,当鲁本打开自家的房门,庞特就被眼前屋内的样子迷住了,等众人进屋,鲁本就从屋内插上门栓,还挂上了防盗链。

庞特露出微笑。"帅。"他高兴地说。

鲁本起初还以为他在称赞自己的屋内装饰,但随后意识到他应该说的是"爽"。显然是因为鲁本的房间里开着空调,这让他觉得很开心。

"好了。"鲁本微笑着对露易丝和庞特说,"欢迎光临寒舍,各位

---

① 1英亩大约等于0.4公顷。

随意就好。"

露易丝环顾四周,"你没结婚吗?"她问。

鲁本盘算了一下问题背后的含义。首先,最佳解释就是她在试探自己是否单身。但第二种解释更可信:她突然意识到自己和一个陌生男子共同来到郊外,并且还要与他和一位尼安德特人同处一室。不过鲁本意识到,还有第三种解释。他打量了一下自己杂乱无章的客厅,杂志散落得到处都是,咖啡桌上还有个碟子,里面摆着没吃完的比萨饼皮,这些无不表示:眼前这位男士绝对是光棍,没有哪个女的能够忍受这样杂乱无章的居住环境。

鲁本辩驳道:"不是,我之前结过婚,但现在……"

露易丝点头说道:"你的品位还不错。"她看着屋内的家具,是一种加勒比海和加拿大相混杂的风格,用上了大量深色的木头。

"这都是我妻子设计的,"鲁本说,"我们俩分开之后就没怎么动过。"

"啊,这样的话,要我帮你准备晚餐吗?"露易丝提议。

"不用麻烦了,我记得自己刚刚在烤架上烤了些牛排,准备在后院做烧烤。"

"我是素食主义者。"露易丝说。

"呃,那我可以给你烤点蔬菜吃,来点土豆怎么样?"

"那太好了。"露易丝说。

"那好,那你就陪庞特吧。"鲁本说,然后走去浴室洗手。

鲁本在屋后的木台上忙前忙后,能看到露易丝和庞特的对话越来越活跃。大概是因为哈克随着对话的推进,不断在学新的单词。等牛排最后烤好的时候,鲁本敲了敲玻璃,引起露易丝和庞特的注意,然后挥手让他们出来用餐。

过了会儿,他们出来后,露易丝就激动地对他说:"蒙塔戈医生,庞特其实是物理学家!"

"真的?"鲁本问。

"真的!确实就是那样。我还没掌握全部的细节,但他肯定是个物理学家,而且我觉得他是研究量子物理的。"

"怎么看出来的?"

"他说自己思考万物运作的方式,我当时猜测他是个工程师,于是就问,他是不是指那些大件的东西,他说,不,不,是小东西,小到看不见的东西。然后我动手画了一些图表,都是些基础物理的东西,然后他认出来了,说这就是他研究的方向。"

鲁本不由得对庞特刮目相看。他低矮的前额和突出的眉脊让他看起来——怎么说——有点笨拙,但他居然是个物理学家!是科学家!"好吧好吧。"鲁本说,他示意两人坐在一张遮阳伞下的圆桌边,再把烤好后用铝箔纸包着的牛排和蔬菜放在盘中,端到桌上。

庞特露出自己标志性的大大的微笑。这次的东西正好对他胃口!但他之后又环顾四周,鲁本今早也见过他这样,看着像是丢了什么东西。

鲁本用刀从牛排上切了一块,送到嘴里。

庞特笨拙地模仿着鲁本的动作,但切下的那块肉要大得多。

庞特咀嚼完毕,发出了一些声音,应该是他们用的语言。随后就是一个鲁本从来没听过的男声。"好吃,"它说,"食物好吃。"这声音似乎是从庞特的植入体里传来的。

鲁本惊讶地扬起眉毛,露易丝解释道:"我和他越说越困惑,想弄清他手臂里的植入体为什么会自己说话,还有那个植入体到底是什么。现在它的做法是:用男声为庞特翻译新词,用女声表达自己想说的话。"

"这样更方便些。"哈克用他们熟悉的女声说道。

"没错,"鲁本说,"当然。"

露易丝用修长的手指小心打开包在烤蔬菜外面的铝箔,"假以时日,我们说不定还能有新发现。"

接下来的时间里,鲁本和露易丝与庞特和哈克交谈,不过这时蚊子开始活动了,鲁本点起一支香茅蜡烛驱蚊,然后回到客厅,庞特坐在一张大安乐椅上,露易丝盘腿坐在长沙发的一头,鲁本坐在另一头。

他们又聊了三个小时,缓慢拼凑起已经发生的事。等故事的全貌逐渐浮现,鲁本往后一倒,彻底被震住了。

第二十章

第三天

八月四日,周日

148/103/26

新闻搜索

关键词:尼安德特人

加拿大萨德伯里今晨新闻速报:向"尼安德特来访者"求婚的人和向他发出死亡威胁的人的比例是二比一,前者占优。二十八位女性已经委托报社向他求婚;而萨德伯里警方和加拿大皇家骑警表示,他们已经录得十三起针对他的死亡威胁⋯⋯

《今日美国》的民调显示:

● 54%的人相信所谓的尼安德特人是假的。

- 26%的人相信他真的是尼安德特人，但来自地球的某处。

- 11%的人相信他来自外星。

- 9%的人相信他来自平行宇宙。

警方今天在矿井升降机的入口处拆除了一枚炸弹，该升降机通向萨德伯里天文观测站所在的洞穴，亦即所谓的尼安德特人最先出现的地方……

在路易斯安那州的巴吞鲁日市内，一个教派将出现在加拿大的尼安德特人称为"基督再临"。尊敬的胡利·戈德维尔神父表示，"耶稣看起来当然像个古代人，人类世界不过六千年的历史，基督大约在这段历史三分之一的时候降临人间。因为营养条件改善，我们的相貌发生了变化，而他却没有变。"尼安德特人现居于加拿大安大略省萨德伯里市的一处采矿小镇中，该教派打算组织众人前去朝圣。

蒙塔戈医生与玛利亚约在劳伦森大学的实验室见面。次日早晨，他们做好了伪装工作，好让自己在路上不被人认出来。是时候分析庞特的DNA来解答这个最重要的问题了。

给三百七十九个核苷酸排序可是个细致活。玛利亚躬身坐在一张乳白色的塑料工作台前，台下的荧光灯照亮了桌面。她把一张放射自显影胶片放在桌上，用记号笔在那组存疑的核苷酸序列上写下字母:G–G–C这三个字母代表甘氨酸,T–A–T代表酪氨酸,A–T–A在线粒体DNA中出现,它与细胞核DNA不同,负责编码蛋氨酸,而A–A–A这三个字母则代表赖氨酸……

她终于完成了:来自庞特基因座控制区特定区域的三百七十九个碱基已经辨认完毕。玛利亚的笔记本电脑上有个分析DNA的小程序,她把自己写在胶片上的信息输入进去,再让鲁本输入了一次,以保证输入时没有出错。

电脑立刻报出玛利亚和鲁本输入的内容之间有三处差异,这个小程序还真的挺智能的。不过问题不大,有一处是玛利亚不小心漏了个T,导致后面的字母也发生了位移,另两处错误是鲁本输入时没打对的缘故。当他们确认所有三百七十九个字母全部输入正确后,玛利亚就让程序比对庞特和莱茵州立博物馆的尼安德特人标本的DNA序列。

"怎么样?"鲁本问,"结论如何?"

玛利亚倒在椅背上,结论让她震惊不已,"我从庞特那里采集到的DNA和从尼安德特人化石里复原的DNA相比,有七处不同。"然后她举起一只手,"当然,我们不排除个体的差异性,而且随着时间推移,也会存在基因漂变,但……"

"什么?"鲁本问。

玛利亚耸耸肩,"没错,他就是尼安德特人。"

"哇!"鲁本惊叹道,然后望向庞特,好像是第一次看见他一样,

"哇！一个活着的尼安德特人！"

庞特用自己的语言嘟哝了几句，他的机侣用男人的声音翻译道："我们种族的人离开了吗？"

"离开这里吗？"玛利亚问，"没错，你的种族已经在这个世界灭绝了——两万七千年。"

庞特低头陷入沉思。

玛利亚也在沉思。在庞特出现之前，现存生物中与人类亲缘关系最近的是黑猩猩属的两种动物：黑猩猩与倭黑猩猩。它们的DNA与人类极为近似，相似率大约有98.5%。虽然玛利亚还远未完成对庞特DNA的研究，但她猜测，她所属的智人和庞特基因的相似度应该有99.5%。

但就是这0.5%的差异，让两者显得千差万别。如果他是典型的尼安德特人，那他的脑容量可能会比普通人要大，而且他的肌肉是玛利亚见过最发达的，手臂几乎和多数男性的大腿一样粗，而且眼睛是难以置信的金棕色，玛利亚在想，他同类的虹膜颜色会不会也各不相同？

而且庞特毛发相当旺盛，只是由于颜色较浅，所以看起来并没有那么浓密。庞特的前臂长满了汗毛，于是她推测他的后背和前胸也一样毛茸茸的。他还留着胡子，头发浓密，从中间分成两道。

玛利亚突然想到，自己之前在什么地方见过这样的发型。是倭黑猩猩，这些身体灵活的猿猴有些时候也被称作侏儒黑猩猩，它们全都留着这样的发型。真有意思！她在想，庞特的同伴们是不是都留着这样的发型，还是说这是他自己打理后的结果？

庞特又用自己的语言说话了，他的声音很低，似乎真的是在自言自语，但机侣还是将他说的话翻译成了英语："我的种族灭绝了。"

玛利亚用最温柔的语调安抚他："是的，我很抱歉。"

庞特的双唇又吐出来几个音节，他的机侣说道："我……没有别人……我……全都……"他摇了摇头，然后又说了一遍。机侣换成女声，自己说道："我的词汇储备不够，不能翻译庞特的话。"

玛利亚缓慢而又悲伤地点了点头，然后柔声说："你寻找的词，是'孤独'。"

阿迪克·胡德的"都斯拉姆-巴萨德拉姆"就在城中外缘的银须议会大楼里举行，住在城缘的男性不用深入女性的地盘就能旁听，而女性也不用离开自己的居住地。阿迪克不确定在末候日举行初审会对他的胜诉情况会有什么影响，但审判长是位名叫考摩尔·萨德的女性，看起来像是142代的人，如果是这样，那她早就过了更年期。

指控阿迪克谋杀的达卡拉·波尔贝正在方形大厅内滔滔不绝，风扇从北向南吹，审判长萨德就坐在南边，满是皱纹的脸上透露着智慧，不露神色地观察着诉讼的进程。风扇吹起的气流有两个作用：首先，原告和被告坐在北边，这样风就能把被告的费洛蒙吹向她,这当中蕴含的信息往往会和被告的辩词一样多;其次,这样还能隐藏她的费洛蒙,不让原告和被告察觉,以免他们知道自己对辩词的感受。

阿迪克和克拉斯特见过许多次,和她关系一直很好,但她的男伴曾经是庞特。虽然波尔贝也曾和克拉斯特作过伴,但克拉斯特的热情或幽默她似乎一点儿也没有。

波尔贝穿着一套深橘色的衣裤,按照惯例,原告就应该是穿橘色的,而阿迪克作为被告,衣服是蓝色的。大厅里还坐了几百位旁听者,男女各半,分坐两侧,看来谋杀案的“都斯拉姆-巴萨德拉姆”还是值得一看的。婕斯梅尔·凯特和她的妹妹梅噶梅格·贝克也在这里。阿迪克的女伴露特也来了,她到了之后,给了阿迪克一个大大的拥抱。坐在露特边上的是阿迪克的儿子戴伯,他和梅噶梅格的年纪一样大。

当然,全萨尔达克的曝录者们几乎都来了,现在还有什么比旁听这场审判更有意思的事呢? 阿迪克虽然身处逆境,但能亲眼见到豪斯特,他还是很高兴,自己之前用窥机看了很多他的生活记录。他也认出了庞特之前最喜欢的露拉斯姆、高特、塔奥克、拉佩斯,还有其他几位。曝录者很好认,他们都穿着银色的衣服,这是在告诉周围的人:他们身上植入体所发出的信号能被众人接收到。

阿迪克坐在圆凳上,周围留了很大一圈空间,可以让波尔贝边说话边绕着他走,她这样做的时候充满戏剧性:“请学者胡德告诉大家,你们的实验成功了吗? 您是否得到了自己想要的数字?"

阿迪克摇了摇头,"没有。"

"也就是说,在地下做实验并没有什么帮助,"波尔贝步步紧逼,"那么,是谁提议要在地下进行试验的?"她说这些话的声音要比一般的女性更低沉,如同滚雷。

"是庞特和我共同决定的。"

"没错,我知道,但谁先提议的? 是您,还是学者博迪特?"

"我不确定。"

"是您提议的,对吧?"

阿迪克耸了耸肩,"可能之前提了一嘴。"

波尔贝现在站在他面前,阿迪克把视线从她身上移开,以示拒绝。"学者胡德,现在请您详细告诉大家,您为何要选在那里。"

"我没说是我选的。我只是说,有可能是我选的。"

"那行。那您现在告诉大家,为什么选了那里作为工作地点?"

阿迪克皱起眉,斟酌自己应该透露多少细节更合适,然后终于说道:"地球无时无刻不在经受宇宙射线的轰炸。"

"请解释一下。"

"宇宙射线就是外太空的离子辐射,由质子、氦以及其他原子核组成的高能粒子流。当他们进入我们的大气层再与其他原子核相撞,就会产生次级辐射,主要是 π 介子、μ 介子、电子和 δ 射线。"

"这些有害吗?"

"算不上什么实质性的伤害,至少宇宙射线产生的少量辐射是无害的。但它们会干扰精密仪器,因此我们想把设备放在可以屏蔽辐射的地方,而德博拉镍矿正好就在附近。"

"你们是否可以用另一处设施?"

"我觉得按道理这是可以的,但德博拉矿井之所以独特,不单是因为它是全世界最深的矿井。除了深度之外,里面的岩石所散发的辐射极低,其他矿井中的铀和别的放射性物质会释放带电粒子,可能会损坏我们的仪器。"

"所以你们在地下是不是遮挡得很严实?"

"是的,不过我想只有中微子例外。"阿迪克捕捉到了审判长萨德脸上露出的表情,"这是一种极小的粒子,可以穿过固体,没什么能挡住它们。"

"您在地下是不是也屏蔽了别的东西?"波尔贝问。

"我不懂你在说什么。"

"你们和地表相隔一千臂展,不受任何辐射的影响,甚至连穿越遥远距离的宇宙射线所携带的粒子都被屏蔽了。"

"没错。"

"没有任何辐射,可以从你们工作的地方到达地表,这么说没错吧?"

"你是什么意思?"

"我的意思是,"波尔贝说,"您与学者博迪特的机侣所发送的信号不能从那里传送到地面。"

"没错,的确如此。但昨天有位执法人员提醒我后,我才意识到了这个问题。"

"您真的没想过?"波尔贝的语调中透着怀疑,"这座议会大厦边上就是远程信息档案数据库。您的机侣会记录下你这一生中所做的一切和每个瞬间,然后将其传输到库中,但在您远离地面的那段时间除外。"

"我对这方面不是太懂,"阿迪克有些违心地说,"我真的不是很了解机侣数据传输的事。"

"得了吧,学者胡德,您刚才还在和我们侃侃而谈π介子和μ介子的事,难道还指望我们能相信您不懂简单的无线信号发射原理?"

"我可没说我不懂这些,"阿迪克争辩道,"我只是说,自己从来没想过你提出的这个问题。"

波尔贝又绕到了他身后,"您就从来没想过,自己在那么深的地方,一切的所作所为生平第一次不会被记录下来?"

"听着,"阿迪克趁着波尔贝没挡在自己面前的时候,直接对着审判长说,"我上次查看自己档案这回事,已经是不知道几个月前的事了。我当然知道自己的行为一般是会被记录在案的,但我也不会每天都想这件事。"

"但是,"波尔贝说,"您每天的生活,您所享受到的平和与安全,全都是因为行为记录的存在才得以实现的。"她望向审判长,"您之所以知道自己走夜路的时候，成为抢劫、谋杀或者'拉萨克拉特'①的受害者概率几近于零，就是因为只要人们犯了罪，就绝无脱逃的可能。我再打个比方，如果您指控我在佩斯拉广场袭击了您，而且想说服审判长相信您的指控有理有据，那么审判长就能下令解锁您或者我在事发时间段的档案，以此证明我是无辜的。但是，'只要犯罪，必入档案'这件事，足以让我们所有人都倍感宽慰。"

阿迪克沉默不语。

"除非，"波尔贝继续说道，"如果有人设计了一处案发地，而且还能隐藏自己与受害者的行踪，让他们的所作所为不被记录在案，而这样的地方，答案只有一个。"

"你不觉得荒谬吗。"阿迪克说。

"我应该觉得吗？矿井在机侣时代之前很久就开挖完成了，当时，我们用机器人采矿已经有一会儿了，但还从来没听说有人下去过，这就是为什么我们没有落实机侣与远程档案库间缺乏通信的问题。但您谋划了这一场景，和学者博迪特在地下同处了很长时间。"

"我们根本没意识到这事。"

"没意识到？"波尔贝问，"您听说过库巴斯特·冈特吗？"

阿迪克心里一沉，嘴里变得很干，"他是位人工智能研究员。"

"没错。他会证明，就在七个月之前，他升级了您和博迪特的机侣，加增了复杂的人工智能配件。"

---

① 作者原创的一种尼安德特人社会的犯罪。

"是的。"阿迪克说，"没错。"

"为什么?"

"这个嘛……"

"为什么?"

"因为庞特不喜欢与全球信息网断网,但我们的机侣在底下就没信号了,他觉得这样可以让它们拥有更强的处理能力,从而能给我们的工作带来更多帮助。"

"而您不知为何忘记了这点?"波尔贝说。

阿迪克尖锐地反击:"如你所言,这是几个月前的事了,改装之后机侣是变得啰嗦了一些,但我也已经习惯了。尽管他给我们加增的只是适配机侣的人工智能软件的早期版本,但他这么做,还是为了让那些想要用到的人都能用上。我也相信库巴斯特·冈特就算出庭作证,也会这么说。他的想法很简单,希望人们发现机侣就算一直连着网,加增的配件也是有用的,而且他也觉得人们会很快习惯它,把它当作不会说话的机侣。"阿迪克叠放双手,放在膝盖上,"我很快就习惯了自己的人工智能配件,就像我开始时说的,我没怎么想这件事,也没怎么想它为什么是必须的,但……不对! 等下!"

"怎么了?"

阿迪克直直地望向房间另一头审判长萨德坐着的位置,"我的机侣可以告诉您地下发生的事!"

审判长用平稳的目光望着阿迪克,"学者胡德,您对社会的贡献是什么？"

"我吗？我是一名物理学家。"

"同时也是一位程序员，对吧？"审判长说，"事实上，您和学者博迪特在下面研究的就是复杂的计算机。"

"是的，但——"

"所以，"审判长说，"我觉得我们不太能相信您的机侣可能说的话。因为您很有可能会利用自己的特长来修改程序，告诉我们您事先准备好的话。"

"但我——"

"谢谢您，审判长萨德。"波尔贝说，"现在，学者胡德，请您告诉我们，科研项目一般会有多少人参与？"

"这个问题问得没意义，"阿迪克说，"有些项目是由单人负责的，而有些——"

"而有些项目则需要十几个研究人员，对吗？"

"有些时候是的。"

"但您的研究项目却只需要两个人。"

"不对，"阿迪克说，"我们的项目里还有其他四个人，他们在不同阶段均有参与。"

"但他们谁都没受邀在矿井下工作，只有庞特·博迪特和阿迪克·胡德，只有你们两个在下面，我说得对吗？"

阿迪克点点头。

"而只有您回到了地表。"

阿迪克神情木然。

"学者胡德，我说得对吗？只有您回到了地表。"

"对，"他说，"但我之前解释过，学者博迪特不见了。"

"不见了，"波尔贝重复着这个词，好像她之前从来都没听说过它，好像她在努力理解它的意思，"您是说，他消失了？"

"是的。"

"凭空消失？"

"没错。"

"但肯定没有他失踪的记录。"

阿迪克微微摇了摇头。为什么波尔贝一直对他穷追猛打？他从来没惹过她，而且也想不出庞特会在她面前说不好的话。到底是为了什么？

"你们没有发现尸体，"阿迪克反驳道，"你们之所以没发现，那是因为根本没有尸体。"

"那是站在您的立场上，但在好几千臂长下，您可以用各种方法处理尸体，把它放进密封袋里，避免尸臭散逸，然后找个裂隙丢进去，再盖上一些碎石，或者把尸体丢进碎石机。这个矿井内部错综复杂，庞大无比，里面的隧道和巷道足有几万步长，你在下面肯定能把尸体处理掉。"

"但我没这么做。"

"这是您的一面之词。"

"是的,"阿迪克努力在声音中寻求平静,"这就是我的证词。"

昨天晚上,鲁本、露易丝和庞特三人共同设计出了一套实验,来向他人证明庞特所言非虚:他是另一个平行宇宙的来客。

对他的衣物纤维进行化学分析可能有帮助,庞特说过,他的衣服也是人造纤维做的,那它的材料很可能与世上已知的任何聚合物都不同。同样,通过庞特身上那个奇怪的植入体所含的组件,也几乎肯定能证明它用的是这个世界上没有的科技。

牙医也可能证明庞特从来没接触过含氟的水。这或许也能证明他来自一个没有核武器、二噁英或者内燃机的世界。

但正如鲁本指出的,所有这些证据都只能证明他不是这个地球的居民,但却不能证明他来自另一个地球。毕竟他也可能是个外星人。

露易丝争辩说,其他星球的生命体不可能和地球上随机进化的结果那么相似,但她也承认,外星人这个说法对某些人来说似乎比平行宇宙这个概念更好接受,而且也更熟悉。

最后,庞特自己想出了一个合适的测试。他说,在他的世界里也有个这样的镍矿,自己的植入体内也存着它的完整地图。虽然自己的同类和英科公司已经发现了矿井的绝大部分,不过庞特的机侣在比较了自己和英科公司官网上的地图后,发现了一处储量丰富的铜矿,但英科公司还没勘探到。如果这是真的,那只有平行世界的人才可能知道。

所以现在,庞特·博迪特(他们知道了他的全名)、露易丝·贝努特、邦尼·简·马、鲁本·蒙塔戈,还有个露易丝第一次见的女人,她是名遗传学家,叫作玛利亚·沃恩。五人来到离观测站的地面建筑三百七十二米远的密林正中。两名英科公司的地质学家和他们一同前往,负责操作一台岩芯取样钻机,他们中有个人觉得庞特搞错了,这里不可能有铜矿。

按照哈克的说法,他们向下钻探了9.3米,采样管慢慢向后退。当钻机的金刚石钻头终于停止钻动时,露易丝松了口气,钻头的噪声吵得她头疼。

他们包好岩芯,每人托着一段,带去停车场。到了那里,有了足够的空间后,地质学家们移去岩芯外不透明的薄膜。岩芯开始自然是腐殖质,其下是黏土,接着是冰碛土、沙子、碎石、鹅卵石,再往下是前寒武纪的苏长岩。

然后就是哈克给出的矿藏深度,那里是——

露易丝激动地鼓掌叫好,鲁本·蒙塔戈脸上露出灿烂的笑容,两位地质学家喃喃自语,马教授缓缓地摇着头,沃恩则瞪大双眼看着庞特。

他说的东西就在那里:那是天然的铜矿石,形状扭曲,末端圆形,虽然颜色暗淡,但无疑是金属。

露易丝微笑着望向庞特,想着昨晚他向自己描述的那个青翠的、没有污染的世界。她轻声说道:"上天的馈赠。"

马教授走到庞特身边,握住他的大手,坚定地摇了两下。"我虽然不敢相信,"她说,"但欢迎来到我们的地球。"

第二十一章

除了两名地质学家，众人都坐在克莱顿矿区的会议室里：多伦多来的遗传学家玛利亚·沃恩；英科公司的驻场医生鲁本·蒙塔戈；观测站的探测器被破坏时恰好在现场的博士后露易丝·贝努特；观测站的项目主管邦尼·简·马，而最重要的角色自然就是那位从平行世界来的物理学家、最近两万七千年以来世上唯一的尼安德特人——庞特·博迪特。

玛利亚选择坐在邦尼·简·马边上，她是房间里唯一一个边上有把空椅子的女人。首先发言的是站在房间前面的鲁本·蒙塔戈，"我想问，"他的牙买加口音把玛利亚逗乐了，"为什么要在这里建矿场？"

玛利亚没什么头绪，而那些显然知道答案的人似乎都不急着回答，但最后，邦尼·简·马出手相救，"因为十八亿年前，有颗陨石落在了这里，所以才有了现在丰富的镍矿资源。"

"没错,"鲁本说,"这件事发生在多细胞生物都尚未出现在地球上的时代,是庞特的和我们的两个世界共有的历史。"他逐一望向在座的各位,最终看向玛利亚,"可选的矿址其实不多,我们只能把它们建在矿脉上。但观测站呢?为什么观测站要建在这里?"

马主管回答道:"因为矿井下两公里深的岩层是阻挡宇宙射线的绝佳屏障,这让它成为了放置中微子观测器的绝佳场所。"

"恐怕答案还不止于此吧,我的女士?"鲁本问。玛利亚想,他在露易丝的帮助下,现在也算半个专家了。"这世上深入地下的矿井不少,但这里的背景辐射却很低,我说得没错吧?想要放置那些容易受到自然辐射影响的仪器,这里其实是独一处。"

玛利亚听着觉得很有道理,她也注意到,马主管听完后也点了点头,但她又问了句:"然后呢?"

鲁本说道:"然后,在庞特的宇宙中,也是在同样的地点,也有一处采集镍矿的深井,最后他自己也意识到了这个矿井的价值,说服政府在下面建立了一处物理试验室。"

"难道他想让我们相信在其他宇宙的这个地方也有个中微子观测器?"马主管问道。

鲁本摇了摇头。"不,"他说,"不完全是这样,要知道,之所以将这处设施选为中微子观测站还有一个历史原因:那就是加拿大的核反应堆和美国、英国、日本或者俄国的那些反应堆不同,我们恰好选了重水作为减速剂。但庞特的世界却不是这样,他们似乎没用核能。但对另一项极为精密的工作来说,我们这处地下设施也是个理想的地方。"他停顿下来,然后逐一扫过在座各位的脸,然后问道:"庞特,你在哪里工作?"

庞特答道:"Dusble korbul to kalbtadu。"然后机侣用男声提供了翻译后的结果:"量子计算实验室。"

"量子计算?"玛利亚重复了一遍,但又觉得很不自在,她不想让自己成为这个房间里最无知的人。

"没错,"鲁本笑着说,"贝努特博士,请说?"

露易丝起身,并朝鲁本点头示意,"我们自己的量子计算技术也才刚起步,"她拨开落在眼前的碎发,继续说,"普通的计算机如果要进行因数分解,会先试一个可能的数,然后再试下一个,然后再下一个,就这样逐一尝试下去,这就是俗称的暴力破解。如果用传统计算机对一个很大的数进行因数分解,打个比方,一个五百一十二位的数吧,就像那些网上用于加密信用卡交易的数字那样,用穷举法就要花上无数个世纪才行。"

然后她停下来,扫视着在座的各位听众,确保他们都跟上了自己的节奏,然后继续说:"但量子计算机利用了量子态叠加的特性,可以同时对多个可能的因数进行分解,换句话说,当量子计算进行时,新的平行宇宙会短暂出现,一旦因数分解的过程结束,其实这个过程也就是瞬间的事,那这些平行宇宙会立刻坍缩成一个。因为这些宇宙除了用来进行因数计算的数字外,其余部分基本相同,所以在传统计算机测试一个数字的时候,量子计算机已经试过了所有可能的数字,这就解决了之前的难题。"她停顿了一会儿后继续说,"至少这是我们目前对量子计算的原理的解释,觉得它是依靠量子态的瞬间叠加来快速创造不同宇宙。"

玛利亚点头,试着跟上她的话。

"但如果事实并非如此呢?假如量子计算机并非在瞬间创造了一个短暂的宇宙,而是连接了现有的其他宇宙,也就是那些也拥有量子计算机的世界,又会怎么样?"

"但目前没有支持该观点的理论依据,"邦尼·简听着有点发火了,"而且在我们唯一已知的宇宙里也没有量子计算机。"

"没错!"露易丝说,"我的看法是,博迪特博士正在和他的同事一起试着分解某个数字,那个数字很大,他们的量子计算机连接上其他平行宇宙中的量子计算机才可以,你们明白吗?它要去寻找存在于其他世界里的量子计算机,因此连上了上千个,甚至是上百万个宇宙。量子计算机在每个这样的平行宇宙里都找到了自身的复制品,再让每个复制品都试一个可能的因数,懂了吗?但如果你在分解的数字很大,所有平行世界里的量子计算设备加起来都没法满足运算所需,这下要怎么办?我猜是这样的:博迪特博士和他的伙伴正在分解一个巨大的数字,他们的量子计算机连接了平行宇宙里所有拥有量子计算机的世界,但还是需要更多的自身复制品,因此它得连上更多的平行宇宙,包括那些从未造过量子计算机的世界,比如我们这个。当它延伸到这样的宇宙时，就像撞到了一堵墙，导致因数分解实验被迫终止。正是这样的崩溃让计算实验室中的大部分东西转移到了这个宇宙里。"

玛利亚注意到马博士听的时候频频点头。"就是那些和庞特一起转移过来的空气。"

"就是这样，"露易丝说，"正如我们之前猜测过的那样，传送到这个宇宙里的大多都是空气，但体积足以撑爆这个亚克力球体。和空气一起传过来的还有个人，他那时正好站在量子计算实验室内。"

"所以他不知道自己要过来？"马问。

"不知道，"鲁本·蒙塔戈说，"如果你觉得我们已经很惊讶了，那就想想这位可怜人发现自己突然淹没在水里，身处一片绝对的黑暗之中时该有多惊讶吧。要不是有那么多空气和他一起传送过来，那他肯定就淹死了。"

你的世界天翻地覆，玛利亚暗想。她望着那个尼安德特人，他把自己的不知所措和恐惧藏得很好，但所受冲击肯定是巨大的。

玛利亚朝他露出了一个同情的微笑。

第二十二章

阿迪克·胡德的"都斯拉姆-巴萨德拉姆"还在继续。审判长萨德依旧坐在房间南部的那头,阿迪克如坐针毡,达卡拉·波尔贝则悄无声息地绕着他转圈。

"地下是否真的发生过罪案?"波尔贝望着审判长萨德,"现场没有发现遗体,所以不管大家觉得案情有多么难以置信,您也可以声称这只是场失踪案。但我们已经用便携式信号探测仪搜索过矿井,知道庞特的机侣没有发出信号。如果他受伤,信号依然会存在。就算庞特是自然死亡,自身的生物化学反应过程停止,信号也可凭借机侣储存的能源维持数日。所以,只有暴力行为,才能解释庞特的失踪与机侣的沉默。"

阿迪克觉得胃在痉挛。波尔贝的推理目前看来无懈可击:机侣设计之初就是为了避免这种情况。在它们问世前,偶尔会有人失踪,几个月后就会被判死亡,一般是因为当局对他们的失踪缺乏更合理的解释。但朗维斯·特洛波却宣称自己发明的机侣能够改变这一情况,他的确也做到了。此后再无失踪案。

萨德显然同意波尔贝的说法,"我同意,既然我们找不到遗体和机侣传输的信号,说明很可能发生了罪案。审判继续。"

"很好,"波尔贝说,她盯着阿迪克看了会儿,然后转向审判长,"谋杀,从来不是常见的行为。终结他人的生命,为他人的存在画上彻底、绝对的休止符,是一种绝对的恶行。但仍然有人犯下如此罪行,可我敢保证,它们多数出自机侣和远程档案数据库问世之前。以往的案件中,审理委员会要求控诉他人谋杀时,必须同时出具如下三要素。

"首先,嫌疑人必须有犯罪的可能,在这点上,阿迪克·胡德的可能性比这个星球上所有人都大,因为他在地下的所作所为无法被机侣传送至外部。

"其次就是犯罪手法,也就是如何实施犯罪的手段。由于没有尸体,我们只能猜测作案手法,但你们稍后就会见到,其实是有一种方法可以实施犯罪的。

"最后,嫌疑人必须拥有动机,一个能让他犯下如此可怖且无法挽回的罪行的合理原因。审判长,我现在就打算询问这个问题。"

年老的女法官点了点头,"请问吧。"

波尔贝转向阿迪克,"您与庞特·博迪特同居,是吗?"

阿迪克点头,"同居了六个旬月。"

"你爱他吗？"

"是的，我非常爱他。"

"但他的女伴刚刚去世。"

"她曾经也是你的女伴。"阿迪克抓住机会，想趁机表明波尔贝在这件事中也存在利益冲突。

但波尔贝随机应变，"没错，克拉斯特是我的挚爱。她永远离开了这个世界，我悲痛万分。但我不怨别人，也无人可怨。疾病是人之常情，延长生命的医生们竭尽所能，减少她临终前的痛苦。但庞特的死，有人必须担责。"

"达卡拉·波尔贝，请注意言辞，"萨德审判长说，"你无法证明博迪特学者已经去世。在我正式宣判前，你在谈及这件可能发生的事时只能用假设的语气。"

波尔贝转向萨德，鞠躬致歉，"是我疏忽了，审判长。"然后她又面向阿迪克，"我们在讨论的是另一场死亡，确凿无疑的死亡，那就是克拉斯特的去世，她是庞特和我的女伴。"

波尔贝闭上双眼，"我的悲痛之深，无法用语言表达，也不会向任何人表露。我肯定庞特也同样难过。克拉斯特时常和我提起他，我知道她对庞特的爱有多深，也知道庞特有多爱她。"波尔贝沉默片刻，或许是在平复心境，"考虑到最近发生的悲剧，我们必须想到庞特失踪的另一个可能性——他是否可能因为克拉斯特的死而自杀？"她看着阿迪克，"学者胡德，您对此意下如何？"

"他的确对克拉斯特的离去深感悲伤,但这件事毕竟已经过了许久。要是庞特有自杀倾向,我肯定能知道。"

波尔贝点头表示认可,"我不敢说自己像您一样了解博迪特,但我同意您对此事的判断。那他是否还有其他自杀的原因?"

阿迪克吓了一跳,"比如?"

"这个嘛,比如你们的工作。学者胡德,请原谅我,但我不知道怎么委婉地表达这点,所以就直说了:你们的工作很失败。面对召开在即的银须长老会的听证会,你们必须向全社会报告你们的贡献,他会不会因为害怕项目可能终止而选择结束自己的生命?"

"不可能,"阿迪克被这一说法吓住了,"不可能,如果真的有人要在议会面前出丑,那这人也是我,而不是他。"

波尔贝故意不语,好让众人将此牢记在心,然后说:"您能详细解释一下吗?"

"庞特是理论学家,他的理论目前尚未得到证实但也没被驳倒,因此还有一堆与之相关的工作要做。但我是工程师,应该由我来设计实验装置去检验庞特的理论。失败的是我们的设备,也就是量子计算机的原型。议会可能会觉得我的贡献不够,但肯定不会指责庞特。"

"所以庞特的死因可能不一定是自杀。"波尔贝说。

"我再提醒一次,"萨德说,"控方在发言时应假设学者博迪特仍然在世,仅当我得出相反的结论时才可改口。"

波尔贝再次向审判长鞠躬致歉，"再次致歉。"然后她转向阿迪克，"学者胡德，我想问您，如果庞特想自杀，那他也不会用这种可能让您背上骂名的方式，对吧？"

"你的这套说法根本不成立……"阿迪克说。

"没错，我们也是这么觉得的，"波尔贝很平静，"但假设他要自杀的话，应该肯定不会选择会给您带来嫌疑的方式，你同意吗？"

"是的，我同意。"阿迪克说。

"谢谢你，"波尔贝说，"另外您之前说到，自己做的贡献可能不够……"

阿迪克在圆凳上挪了挪，"嗯？"

"好吧，我当然不是故意想谈到这点，"波尔贝虽然这么说，阿迪克却觉得自己从她的话里嗅到了一丝说谎的意味，"但既然您自己提到了，我们或许应该对此继续展开讨论——没别的意思，只是为了消除误会，望您理解。"

阿迪克什么话都没说，于是波尔贝稍等片刻，继续开口。

"请问，"她的语调很温柔，"总是不如庞特，您有什么感想？"

"什么？再说一遍？"

"您刚才说，他所做的贡献可能不会受到质疑，而您却会受到影响。"

"主要影响是在即将召开的听证会上，"阿迪克说道，"但总的来说……"

"总的来说，"波尔贝低沉的声音里透着油滑，"您必须得承认自己的贡献和他的比起来不过占了个小头，我这么说对吗？"

"该问题与本案有关吗？"萨德打断了她的话。

"审判长，我相信两者有关。"波尔贝说。萨德看起来颇有疑虑，但依然点头示意波尔贝继续。

于是她继续说下去，"当然，学者胡德，您肯定清楚，如果那些未出生的后辈们研究物理和计算机，那他们经常提到的肯定是庞特而非您的名字，对吧？"

阿迪克感到自己的脉搏正在加快。"我从来没考虑过这些问题。"他说。

"得了吧，"波尔贝的样子就像他们两人都熟知对方的情况，"你们两人所做的贡献，差异再明显不过了吧？"

"达卡拉·波尔贝，又被我发现一次，"审判长说，"我认为没有羞辱被告的理由。"

"我只是试图探寻他的心理状态，"波尔贝说着又鞠了一躬，还没等萨德做出反应，她就转身面对阿迪克，"那么，学者胡德，您不妨告诉我们：所做的成就不及他人，这是种什么感觉？"

阿迪克深吸一口气，"我无权评价两人贡献的大小。"

"这是当然，但你们二者之间无疑存在差异，"波尔贝说话的语气好像阿迪克正在细节上钻牛角尖，从而忽略了整体，"众所周知，庞特才是更聪明的那个，"波尔贝面带微笑，故作关切，"我再问一次,请您告诉我们,这种感觉如何?"

"这种感觉现在,"阿迪克试着保持语调平稳,"和庞特失踪前的感觉也并无二致。唯一的区别是我失去了最好的朋友,悲痛得难以言表。"

波尔贝现在又绕到了他身后。阿迪克坐的是转椅,本可以跟着她的步伐旋转,但他没有这么做。"你最好的朋友?"波尔贝诘问道,好像这话让她很惊讶,"他真的是你最好的朋友吗? 庞特离开后,你又是如何纪念他的? 难道是宣布你们的实验全靠你设计的软件和仪器而不是他的理论支持?"

听了这话,阿迪克惊得下巴都掉了,"我——我从来没说过。我只对一名曝录者说,自己只会对软件和硬件部分发表评论,因为我只负责这些。"

"大家看! 庞特一消失,你就开始对他的贡献轻描淡写。"

"达卡拉·波尔贝,"萨德语气严厉,"请对学者胡德表现出应有的尊重。"

"尊重?"波尔贝冷笑一声,"就像庞特消失后他表现的那样?"

阿迪克来回摇头,"你们可以查看我的远程档案,或者曝录者的也行。"这话其实是对萨德说的,好像她是个与自己长期并肩的盟友,"这样审判长就能听见我当时说的确切内容。"

波尔贝挥了挥胳膊,否定了这个提议,好像这个想法极其荒谬。"你到底说了什么根本没关系;真正关键的,是他们向我们转达出你的感受。你现在感觉轻松了,是因为你的竞争对手失踪了——"

"不是!"阿迪克尖声说。

"达卡拉·波尔贝,我警告你!"萨德也厉声说道。

"——是因为你再也不用活在别人的阴影下了!"波尔贝开始穷追不舍。

"不是的!"阿迪克怒火中烧。

但波尔贝扯开嗓门,不依不饶,"——是因为你今后就可以开始将你们两人共有的成果据为己有!"

"波尔贝,闭嘴!"萨德挥臂猛拍椅子的扶手吼道。

"——是因为你的竞争对手已经死了!"

阿迪克突然站起来,转身面对波尔贝,手攥成拳,架起胳膊。

"学者胡德!"审判长萨德的声音如雷贯耳。

阿迪克僵住了。他的心怦怦直跳。这时他才注意到,波尔贝已经巧妙地走到了他的下风口①,这样风扇就不会把她的费洛蒙吹往自己的方向。他看着自己紧握的拳头,这拳只消一下,就有可能击碎波尔贝的颅骨,或者打折她的胸腔,折断她的肋骨,如果下手够准,甚至还能打破她的心脏。对他来说,这个拳头好似一个陌生的东西,不再是他身体的一部分。阿迪克放下胳膊,但心中依然充盈着愤怒,好一会儿都无法松开拳头。他转身面向萨德,语调中带着恳求,"我——审判长,你肯定明白……我——我不会……"他摇了

---

① 也就是在阿迪克和萨德之间,风扇是从阿迪克往萨德吹的。

摇头,"你也听见她对我说的那些话了。我——没人能忍……"

审判长萨德的紫色眼睛瞪着阿迪克,满是惊诧神色,"不管是在法庭还是在其他场合,我都没见过这样的行为。学者胡德,你到底是怎么回事?"

阿迪克的心情仍未平静,波尔贝一定对他的过去了如指掌;她当然知道得很清楚,她之前可是克拉斯特的女伴,而庞特那时候就和克拉斯特在一起了。但……但……波尔贝是因为这事在报复他吗?这就是她的动机?她肯定知道,庞特永远都不会希望出现这样的情况。

阿迪克因为自己愤怒控制的问题接受过不少训练,他亲爱的庞特知道这是种疾病,是体内化学物质分泌不平衡所致,而且这位挚友在他接受治疗的时候,始终陪在他的左右。

但现在……现在,波尔贝却在试着刺激他,将他推向崩溃的边缘,还让大家看他的丑态。

阿迪克在努力……自己一定,一定要控制住说话的声音,让它听起来显得平和。"尊敬的审判长……"他应该辩解吗?或者他能解释得清吗?阿迪克低下头,"我为自己的冲动道歉。"

萨德法官的声音里依然带着惊吓后的颤抖:"达卡拉·波尔贝,你有没有更多证据来支持你的指控?"

波尔贝显然是实现了自己预想的目标,又变回了彬彬有礼的样子,"审判长大人,若您允许,我还有一件琐事……"

第二十三章

英科公司的会议室里刚刚结束一场会议,鲁本·蒙塔格邀请所有人到自己的寓所,再举行一场烧烤派对。庞特很高兴,昨晚那顿饭显然让他很享受。露易丝也接受了邀请,观测站现在一片狼藉,这些天自己也没什么事可做。玛利亚也来了,因为这事听着挺有趣,还能打发另一个无聊的夜晚,不用自个儿盯着酒店天花板发呆。但马教授请假离开了。她需要赶回渥太华,晚上十点还要在苏塞克斯大道24号①给总理做个简报。

现在的问题就是如何甩开媒体,按照英科公司保安的说法,这些家伙现在干脆守在克莱顿矿井的门口。但鲁本和露易丝很快就想了个方案,并立刻付诸行动。

玛利亚现在有一辆红色的道奇霓虹,那是英科公司为了感谢她的到来替她租的。(玛利亚去提车的时候问租车行的员工,这车是不

---

① 这是加拿大总理的宅邸。

是用惰性气体作燃料，换来的只是对方的一个白眼。）

玛利亚把她的道奇霓虹留在矿井，钻进露易丝那辆黑色福特探索者的副驾，福特车上挂着块蓝白两色的车牌，绝对是个靓号，因为上面写着"D2O"，过了一会儿玛利亚才明白，这其实是重水的化学式。露易丝从车的行李箱内抽出一条毛毯，把它盖在玛利亚身上。在渥太华和魁北克，有心的驾驶员们都会在车里备几套毛毯或者睡袋，以防冬天车子发生故障。

玛利亚开始觉得很热，但幸运的是，露易丝的车制冷效果不错。没几个研究生能买得起这样的好车，但玛利亚其实更觉得，像露易丝这样的姑娘去哪里应该都能轻松拿到优惠价。

露易丝沿着弯曲的石子路驶向矿区出口，玛利亚则躲在毯子下，努力装出下面藏着个魁梧活人的假象。片刻后，露易丝开始提速，似乎在试着甩开记者。

"我们正在驶过大门，"露易丝对毯子下什么都见不着的玛利亚说，"计划起作用了！别人都在对我们指指点点，而且陆续开始跟上来了。"

露易丝引着他们一路回到萨德伯里，如果一切按计划进行，鲁本就会等记者们跟着福特探索者离开后，载着庞特回到自己在莱弗利市郊的家里。

她把车开到自己住的小公寓外，停在露天停车场里。玛利亚听见其他车也在附近刹住，有几辆还让车轮和地面发出充满戏剧性的刮擦声。露易丝离开驾驶座,走到车后门,对玛利亚说:"好啦,现在能下车了。"

玛利亚照做了,此时她能听见周围的车也纷纷发出"砰砰"的关门声,这些车的驾驶员们应该也在从车上下来。露易丝用法语喊道:"上当啦!"然后把盖在玛利亚身上的毛毯一掀,后者则睡眼惺忪地看着这些记者。

"我去!"有个记者骂了一句。"妈的!"还有个人也被气到了。

但第三个(现在可能有十几个)记者反而更聪明,他们很快就认出来了。"您就是沃恩博士吧!"有一个女记者喊道,"著名的基因学家!"

玛利亚点了点头。

"那请问一下,他究竟是不是尼安德特人?"记者也没客气。

玛利亚和露易丝花了四十五分钟才从记者的包围中全身而退,他们虽然没能找到庞特,心里失望,但听见玛利亚透露了庞特的DNA测试结果,也挺高兴。她们两人终于来到了露易丝的公寓楼,上到了三楼,进了她的小公寓。露易丝的卧室有扇窗,视野很好,她们在里面等着,直到记者都离开停车场为止。然后露易丝从冰箱里拿了几瓶葡萄酒,和玛利亚一起下楼上车,开往莱弗利。

他们赶在晚上六点前来到鲁本家里。鲁本和庞特颇有先见之明,还没开始准备晚饭,因为他们吃不准露易丝和玛利亚什么时候能到。庞特躺在鲁本客厅的沙发上,玛利亚想着他可能有些不舒服,毕竟经历了这么多,身体有点不适也正常。

露易丝提议要帮忙做晚饭,玛利亚知道她是个素食主义者,这次显然是因为昨晚还要让鲁本另外准备素菜,心里有点过意不去。她也注意到,鲁本很快就接受了露易丝的帮助,说真的,是个直男都不会拒绝吧?

"玛利亚,庞特,你们两个随意点,露易丝和我会把烧烤准备好。"

玛利亚觉得自己的心脏开始狂跳,口腔变干。她在那件事发生后,还没有和男性独处过……

但现在才刚到傍晚,而且……

而且庞特不一样……

这话被说烂了,但也没错,比起之前说过的所有情况都要更贴切。

庞特和其他男人不一样。

肯定不会有事的;毕竟鲁本和露易丝就在附近,玛利亚深吸一口气,试着平复情绪。"肯定没事的,"她轻声说,"放心吧。"

"太好了,冰箱里有爆米花和啤酒,你们自己拿。露易丝的葡萄酒等晚餐时再开。"说罢,他和露易丝走进厨房,几分钟往后院走去,为了不让冷气漏到室外,就随手关上通往后院的玻璃门,她不由得倒吸一口冷气。现在门关着,空调的声音又大,鲁本和露易丝现在还能听到她的声音吗?

玛利亚转头看着庞特，对方已经站起来了。她努力挤出一个微笑。

他不丑，真的，不算难看。但他的脸很不寻常，好像有人捏了个正常人的头像，再把正脸向前拉了点。

"你好。"庞特用自己的声音说。

"你好。"玛利亚说。

"尴尬。"庞特说。

玛利亚回忆起她在德国的旅行。她讨厌别人听不懂她的话，讨厌自己要费很大劲才能看懂付费电话的操作提示，在餐馆点餐和问路都很费劲。再看庞特，这种感觉得多糟，更何况他还是个科学家，是个知识分子，但在沟通层面却突然变成了孩子的水平。

庞特的情绪表露得很明显：他会微笑、会皱眉、会抬起金色的眉毛、会大笑。她还没见他哭过，但他应该会哭。他们掌握的词汇还不足以谈论他在这里的感受，甚至比起谈论感觉来，还是讨论量子技术更简单些。

玛利亚同情地点点头。"是的，"她说，"不能与他人沟通肯定很尴尬。"

庞特微微侧着头，他或许听懂了，或许没有。他环顾鲁本的客厅，好像发现什么东西不见了。"你的房间里没有……"他皱眉，显然很沮丧，显然想传递某个信息，可惜他和机侣都不具备相应的词汇。房间里有排沉重的嵌入式书架，上面满是神秘小说，DVD，还有小型牙买加雕塑。他走到书架尽头,转身用背部蹭书架末尾的边角。

玛利亚开始很惊讶,然后就明白了:庞特把书架当成痒痒挠了,眼前他的样子让她想到了迪士尼动画《森林王子》中黑熊巴鲁的样子。她努力挤出一个微笑,自己的背部也经常觉得痒,已经很久没人替她挠了。如果庞特的背部真的毛发浓密,那么经常觉得痒也正常。显然,他生活的世界里肯定有专门用来挠痒的工具。

她突然想:帮他挠背礼不礼貌呢?这个想法让她踌躇了,她之前觉得自己从来都不愿再与男性有接触了。挠背这件事与“性”可能无关,但凯莎给她看的文献也一再强调,强奸也与“性”无关。另外她也完全不清楚,在庞特的社会里,男女之间做什么事才比较得体;贸然上手可能会冒犯他,或者……

姑娘啊,别自以为是了。

她在庞特眼里肯定也和庞特在自己眼里一样不怎么迷人。在她寻思的这段时间里,他又蹭了一会儿,然后离开巨大的书架,伸出手掌,示意玛利亚过来试试。

起初她怕自己会蹭坏木头,或者把书架上的东西撞下来,但庞特之前动静那么大,现在看来也没什么事。

“多谢。”玛利亚说。于是她穿过房间,来到玻璃台面的咖啡桌后,把自己的背部抵在书架的边角上,也开始轻蹭起来。这感觉其实还不错,不过她蹭书架的时候总是会卡到胸罩的搭扣。

"舒服,对吧?"庞特问。

玛利亚微笑道:"对。"

这时电话响了,庞特望着它,玛利亚也是。电话又响了一阵。"肯定不是打给我的。"庞特说。

玛利亚笑着走到茶几边,接起摆在上面的青色一体式电话,"这里是蒙塔戈家。"

"请问,玛利亚·沃恩教授在吗?"一个男人问。

"我就是。"

"太好了!我叫桑吉特,是探索频道加拿大分社的制片人,负责加拿大探索频道的晚间科技新闻节目。"

"哇!那是档好节目!"玛利亚说。

"谢了,我们正在做尼安德特人现身于萨德伯里的报道。说实话,一开始我们是不信的,但一家通讯社刚刚发来消息,说您已经证明了DNA样本就是属于尼安德特人的。"

"没错,他的确有尼安德特人的DNA。"

"那个男人呢?他是真的吗?"

"如假包换!"

"哇!您觉得这样安排如何:我们想请您出席明天的节目。我们隶属于加拿大国家电视台,所以可以从当地的分支机构派人过去接您,然后让多伦多的主持人杰伊·英格拉姆对您做个远程采访。"

"唔,可以吧,我觉得没什么问题。"

"那太好了,那我先和您过一遍访谈中可能会出现的话题。"

玛利亚转头望向客厅的窗户,她能望见露易丝和鲁本正在忙着准备烧烤,"可以。"

"首先,我要先确定下自己没把您的背景情况弄错。您是约克大学的全职教授,对吧?"

"没错,方向是遗传学。"

"终身教职?"

"是的。"

"那您的博士是……"

"其实是分子生物学。"

"好,那么在1996年,您是不是去了德国,在那儿从尼安德特人的样本①上收集了DNA?"

玛利亚瞥了眼庞特,看看他有没有因为自己在打电话而生气,但后者只是灿烂一笑,所以她就继续了,"没错。"

"能和我详细说说吗?"

这通电话肯定不止二十分钟了,因为她听见露易丝和鲁本在厨房进出了好几次,鲁本有一次还把头探进客厅,看看玛利亚状态好不好。玛利亚用手捂住电话的听筒,告诉他事情的原委。鲁本听了后笑笑,就又回去继续做饭了。桑吉特终于问完了问题,还和她敲定了访谈录音的情况。玛利亚放下电话,转身对庞特说:"实在不好

---

① 指第一个被用来描述尼安德特人这个物种的样本。

意思。"

但庞特此刻却伸出一只手,跟跟跄跄地向她走来。她这才意识到自己有多蠢:他把她引到书架边上,离门口有些距离,那只粗壮的胳膊只要一揽,那她自己也会远离窗边,外面的鲁本和露易丝也看不到他了。

"求你了,"玛利亚说,"不要这样,再过来我就喊了……"

庞特又颤巍巍地往前走了一步,然后——

然后——

然后玛利亚真的大声喊了出来:"救我!救我!"

庞特突然倒在地毯上,眉脊上的双眉凝满汗水,皮肤也变成灰白色。玛利亚跪在他身边,看着他的胸口急速起伏,开始大口喘气。

"救命!"她又喊了起来。

她听见玻璃门打开了,鲁本冲了进来。"怎——我的天!"

他冲到倒地的庞特身边,把着他的脉搏,过了会儿,露易丝也来了。

"庞特不舒服。"哈克用女声说。

"没错,"鲁本点点头,"你知道他怎么了吗?"

"不知道,"哈克说,"他脉搏变快,呼吸变浅,体温是39度。"

玛利亚听到这个数字吓了一跳,因为她心里想的单位是摄氏度,这样看来,他算是发烧了——不过庞特和我们一样,也长着十根手指,这种计量方式也合乎逻辑。

"他对什么过敏?"鲁本问。

哈克发出"哗"的一声。

"过敏,"鲁本说,"指食物或者环境中的某些东西对普通人没有影响,但却会让他生病。"

"没有。"哈克说。

"他离开你们的世界之前有生病吗?"

"病?"哈克重复了一遍。

"不舒服,状态不好。"

"没有。"

鲁本盯着他书架上摆着的那台雕刻繁复的木钟,"他来这儿已经有五十一个小时了。天啊,天啊,天啊。"

"怎么了?"玛利亚问。

"我的天,我是个傻子。"鲁本站起来,匆匆跑向另一个房间,拿来一个有磨损的棕色皮革医药包,打开后,从里面掏出一根木质压舌棒,还有支小型手电筒。"庞特,"他语气坚决,"张开嘴。"

庞特已经半闭着金色的双眼,但还是听了鲁本的话。他之前显然没有这样被人检查过,对压舌棒表示强烈抗拒,但哈克可能说了些只有他才能听到的话,于是庞特很快停止了挣扎,鲁本把灯照进了尼安德特人洞穴般的喉咙内部。

"他的扁桃体和其他组织发炎很厉害。"鲁本说。他看着玛利亚,然后是露易丝,"应该是感染之类的问题。"

"但不管是你、沃恩教授还是我,这段时间都和他在一起,"露易丝说,"但我们也没生病啊。"

"没错,"鲁本严肃地说,"不管他得了什么病,可能都是在这里得的。我们三个人对这种病具有免疫力,但他没有。"他从医药包里翻出一瓶药,头也不回地说:"露易丝,请帮我拿杯水来。"

露易丝匆匆跑向厨房。

"我打算给他用一些强效阿司匹林,这样应该能帮他退烧。"鲁本对哈克或者玛利亚说,但他自己也不确定。

露易丝带着满满一大杯水回来了。鲁本接过来,把两枚药片塞进庞特的嘴里,"哈克,让他把药吃了。"

玛利亚不知道机侣听不听得懂鲁本的话,或者只是猜出了他的意图,但过了一会儿,庞特真的把药吞下去了,他的大手拿着杯子喝水,鲁本在一边扶着他的手,但很多水还是顺着没有下颚线的下巴流下来,打湿了他金色的胡子。

但玛利亚发现,他喝水的时候没被呛到。尼安德特人有很多声音发不出来,这就是以此为代价所换来的好处。口前腔向外凸,这样不管是液体还是食物,都不会通向错误的地方。鲁本又帮着往庞特嘴里倒了更多水,直到杯子见底。

该死,玛利亚想,真该死。

他们怎么能那么蠢?科尔特斯[1]率领征服者们荡平中美洲的时

---

[1] 埃尔南·科尔特斯(Hernando Cortes,1485—1547),大航海时代西班牙航海家、探险家,阿兹特克帝国的征服者。

候,当地的阿兹特克人对他们携带的疾病完全没有免疫力。但阿兹特克人和西班牙人相隔不过千年,而这些时间,就足够地球一隅的病原体们进化出独特的性质,让地球上其他地方的人们难有招架之力。庞特生活的世界与地球至少相隔两万七千年,这里进化出的疾病肯定令他无法招架。

而且……而且……而且……

玛利亚一阵战栗。

别忘了,反之亦然啊。

鲁本显然也想到了这个问题。他连忙站起来,穿过房间,拿起玛利亚刚刚用过的电话。

"是接线员吗?你好,我是鲁本·K.蒙塔戈医生,这里发生了紧急医疗事故。我需要您替我转接渥太华的加拿大卫生部疾控中心下辖的实验室。是的,我需要和控制传染病的负责人联系……"

第二十四章

阿迪克·胡德的"都斯拉姆–巴萨德拉姆"暂时告一段落,表面上是因为到了晚餐时间,其实是因为审判长萨德想给他机会平复心情,恢复镇定,再去和别人商量要如何挽回他今天早些时候因为暴怒而造成的恶劣影响。

"都斯拉姆–巴萨德拉姆"再次开庭的时候,阿迪克又坐在圆凳上,他不禁琢磨,当年到底是哪个天才想出来这个主意,让被告坐在圆凳上,再让其他人围在他周围。或许婕斯梅尔知道。她是学历史的,毕竟这套程序的年纪可不小。

此时,波尔贝迈向审判厅的正中。"现在我希望大家都前往远程档案室。"她边说边望着审判长。

萨德看了眼天花板上的计时器,显然是在考虑那样要花多久。"你之前已经论证过,学者胡德的远程档案不能呈现任何对庞特·博迪特的消失有利的证据。"她沉着脸,然后用不容辩驳的声调说,"我相信,不用你拖着我们去档案库看什么资料,学者胡德,以及不论是否愿意为他作证的人自会承认它的真实性。"

波尔贝恭敬地点了点头,"的确如此,审判长,但我想解锁的并不是学者胡德的档案块,而是庞特·博迪特的。"

"这也对他的失踪没有任何帮助,"萨德听起来已经有点不耐烦了,"还是那个原因:上千臂展深的岩层阻碍了信号的传输。"

"审判长,您说得很对,但我想验证的并非是博迪特学者失踪这件事,而是发生在二百五十四个月前的另一件。"

"二百五十四个月!"审判长喊道,"隔了那么久的事怎么可能和本案有关?"

"如果您能同意我的请求,那我相信,您能在这两者之间找到非常紧密的联系。"

阿迪克用弯曲的拇指叩着自己眉脊上方,苦心回忆。那是差不多2.5个百月前,刚过十九年。他那时候刚认识庞特,他们俩都是145代的人,那会儿又一同进了学院,但那时候发生的事又能——

阿迪克发现自己站了起来,"尊敬的审判长,我反对这项提议。"

萨德看着他,"反对?"她没想到能在法律程序中听见这个词,"原因为何? 波尔贝请求解锁的并非是你的远程档案,只是博迪特学者的。既然他失踪了,那么解封他的档案就是他的亲属——也就是波尔贝所应有的权利。"

阿迪克对自己很生气。如果自己刚才管住嘴,萨德肯定就会驳回波尔贝的请求了。但现在,她肯定好奇自己想要隐瞒什么。

"很好。"萨德说着做出了决定。她望向旁听席上的人群,说道:"各位先在此稍候片刻,等我决定是否需要公开这些信息。"然后她把目光移到审判席上,"博迪特学者的直系亲属、学者胡德以及他的辩护人可以和我们同行,但愿里面没有曝录者。"最后,她望向波尔贝,"好了,波尔贝。希望你不是在浪费我们的时间。"

于是萨德、波尔贝和阿迪克一起,梅嘎梅格牵着婕斯梅尔的手,众人一起沿着苔藓覆盖的走廊向档案数据库走去。波尔贝在路上还不忘挖苦一番阿迪克:"没人愿意为你作证吧?"

这次,阿迪克总算忍住了,没有回嘴。

现在还活着的人中,生于机侣问世前的并不多:140代的人就已经很稀有,生于139代而且还没去世的人就更少了。对多数人而言,当那台适配婴儿尺寸的机侣植入他们体内后,机侣就成了他们生命中的一部分。庆祝远程档案时代开始千月的纪念日很快就要来了,全球各地都在筹备盛大的庆典。

就算在萨尔达克,也已经有数万名首批安装机侣的人走完了一生。世界上首个机侣的植入者就是它的发明者朗威斯·特洛波。而坐落于银须长老会边上的那座巨型远程档案室,则被分成了两翼。南翼坐落在一块凸出地面的古老岩石之上,因为很难扩建,所以被用来储存生者的数据,这些数据的体量不会有太大变化。北翼现在虽然没有南翼大,但如果需要,还有很大一片空间可供扩建。当某人去世时,他或者她的档案块就会从接收纵列断开,然后运到这儿来。

阿迪克不知道庞特的档案块现在在哪儿。理论上,该案还留待审判长宣判,因此他希望庞特的数据仍然在南翼,如果自己需要在另一边面对庞特的档案块,他实在不确定自己能否保持镇定。

阿迪克之前来过档案室。北翼(也就是死者之翼)里有许多分隔的房间,档案块按拥有者的代数存放于此,入口是一道拱门。第一个房间很小,只有一个档案块,曾经属于瓦尔德·沙尔。在机侣刚引入时,他是萨尔达克里唯一131代的人。其后四个房间逐渐变大,分别是132代、133代、134代和135代,每代人都比上一代晚了10年。从136代之后,所有的房间都是一个大小,但144代的房间里,档案块却不是很多,因为这代人多数都还活着呢。

南翼只有一个房间,里面摆着三万个存放档案块的容器,这些档案块的顺序最初都按照出生者的代际排列整齐,而且每代人中还按照性别划分,可随着时间的推移,原来整齐的规律已经消失了。孩子们出生时自有其顺序,但人们去世时,年纪可各不相同,所以随后几代出生的人们只能见缝插针,有空位就占。

所以,如果想在两万五千个数据块(其实就是萨尔达克的人口总数)里找到特定的那枚数据块,没有点提示还真的不可能。审判长萨德与档案库的管理者见了一面,她生于143代,身材魁梧。

"审判长,日康。"女人说,她坐在一张肾形的桌后,椅子则是马鞍形。

"日康,"萨德说,"我想访问庞特·博迪特的数据档案,他是一位生于145代的物理学家。"

女人点了点头,对着电脑输入了几句指令,机器的方形屏幕上就出现了一串数字。"跟我来。"她说。萨德和众人照做了。

虽然数据库的管理者身形魁梧,但步伐却颇有活力。她带着众人走过一连串走廊,两侧墙上凿着壁龛,每个里面都放着一枚档案块,其实就是个人工合成的大理石方块,大约有人的脑袋那么大。"这个就是,容器编号16321:庞特·博迪特。"

审判长点点头,转动自己布满皱纹的手腕,把她的机侣对准了庞特档案块上的蓝色光点,"我,审判长卡梅尔·萨德,为确保司法公正,下令解锁第16321号容器。特此为证。"

档案块上的光点变成了黄色,审判长向后退了一步,看守长则举起了她的机侣,"我,数据库管理者玛巴拉·达布达尔巴,为确保司法公正,同意解锁第16321号容器。特此为证。"光点变成了红色,响起了一个声音。

"审判长,欢迎。您可使用第十二号房间的投影仪。"

"谢谢。"萨德说,然后他们又回到档案库前台,管理者把之前分配好的房间指给他们看,然后萨德、波尔贝、阿迪克、婕斯梅尔与梅嘎梅格一起过去,走进房间。

房间很大,正方形,靠墙有排鞍形座椅。所有人都坐了下来,唯有波尔贝例外,她走向装在墙上的控制台。人们只能在这幢楼里查阅档案,为了阻止他人非法查看,档案室完全与全球信息网隔绝,没有对外通信线路。如果有人要查阅自己的档案,也得亲自跑上门一趟,尽管有些不方便,但也是个合理的安全措施。

波尔贝看着那里的一群人。"好了,"她说,"我要调出146/128/11①的档案。"

阿迪克只得顺从地点头应允。他不确定那个月的第11天到底发生了什么,但是第146代人的第128个月……那天听上去应该很正常。

房间暗了下来,然后一只几近透明的球体飘浮在了他们面前,就像一只肥皂泡。波尔贝显然觉得面前这只球的默认尺寸无法达到她想要的戏剧化效果,阿迪克可以听见她拔出了控制旋钮,随后,球体的直径开始不断扩大,直到超过臂长。然后她又拔出了几个控制钮,原先的球体里出现了三个挤在一起的球,体积稍小,颜色也稍有区别。然后这三个球各自又都分成了三个,那些更小的球又往下分,继续不断,好像某种正在进行有丝分裂的外星生物细胞。随着外面最大的那个球被越来越小的球体填满,后者的颜色也变得更加丰富。这个过程最后结束时,球中出现了一个年轻男子,他站在科

---

① 即146代,第128月,第11天。

学院的正压思考室内的画面填满了整个观测球，就像一个用豆子做的立体雕塑。

阿迪克点点头，这个录像是很早之前的。彼时，新的分辨率增强技术尚未问世，不过清晰度还是够的。

波尔贝肯定又在操作别的控制钮了。那个泡泡开始旋转，这样大家都能看见那个人的脸。画面中的人就是庞特·博迪特。阿迪克已经忘记那时的他究竟有多年轻了。他瞥了眼坐在身边的婕斯梅尔，她双眼圆睁。她看见和现在的自己年纪一般大的父亲，可能也不太惊讶；其实，在录像的时候，克拉斯特已经怀了婕斯梅尔。

"画面中的人无疑就是庞特·博迪特，"波尔贝说，"当时他只有现在岁数的一半，当然，前提是他现在还活着。"她还没等审判长斥责自己，就赶快继续说下去，"现在我要快进了……"

庞特在房间里散步，坐着，站立，闲逛，操作数据板，在一根抓背板上蹭来蹭去，一切都在以疯狂的速度进行。然后通往房间的气闭门开了（房间里的正压确保外界的费洛蒙不会扰乱里面使用者的研究），年轻的阿迪克·胡德进来了。

"停，"审判长萨德说，波尔贝定住画面，"学者胡德，你是否肯定画面上的人就是你本人？"

阿迪克看着自己的脸，觉得有点羞耻。那会儿的他不知发了什么神经，把脸上的胡子都剃了，但他明明已经忘记了。唉，但愿不会再有他年轻时做的蠢事了……"审判长，这的确是我。"他柔声说。

"好，那我们继续。"萨德说。

气泡中的图像又开始高速运动起来，阿迪克在房间里走来走去，虽然庞特始终在画面的正中，但还是能看得出来他也在房间里到处转悠，因为他周围的空间也在变来变去。

阿迪克和庞特斯交谈甚欢……

接着就没那么愉快了……

波尔贝放慢速度，调为正常倍速。

庞特和阿迪克正在争论。

然后——

然后——

然后——

阿迪克想闭上眼，他脑海中的这段记忆一直很清晰。但自己却从未从这个角度观察过整件事，也没见过自己脸上当时的表情……

所以他继续看了下去。

看见他握紧拳头……

看见他抡起手臂，二头肌鼓胀起来……

看见他向前挥击自己的手臂……

看见庞特正好抬起头……

看见他的拳头落在庞特的下颚上……

看见庞特踉跄后退，嘴里涌出鲜血……

看见庞特吐出一枚牙齿。

波尔贝再次暂停画面。万幸的是，好在此时年轻的阿迪克脸上带着震惊和极为懊悔的表情。好在此时的他正弯腰帮助庞特起身。好在此时他显然对自己的行为极为懊悔，而这一拳……

这一拳差一点点就要了庞特·博迪特的命，因为那一下可是用尽了阿迪克全身的力气，狠狠地打在了庞特的脑袋正面啊……

梅嘎梅格哭了起来。婕斯梅尔搬动椅子，远离阿迪克。审判长萨德缓缓摇着头，难以置信。而波尔贝——

波尔贝站在那里，双手抱胸。

然后她发话了："所以，阿迪克，我是不是应该再打开声音，把整段录像重放一遍？还是说你愿意替大家节约点时间，和我们说说你和庞特两个人究竟是因为什么打架？"

阿迪克几欲作呕。"这不公平，"他缓缓地说，"这不公平。我已经接受了神经传导素层面的治疗来帮助自己控制脾气，我的性格塑造师可以证明。而且我之前从来没打过人，之后也没再犯。"

"你没回答我的问题。"波尔贝说，"你为什么打他？"

阿迪克沉默了，他慢慢摇着头。

"学者胡德，怎么说？"审判长质问道。

"就是因为一件琐事，"阿迪克垂头望着青苔覆盖的地面，"就是……"他深吸一口气，然后缓缓呼出，"就是个和量子物理学有关的哲学问题。有很多方法可以解释量子的种种现象，但庞特却死盯着其中一个模型不放，他明知这个方向是错的。我——我现在才知道他只是想刺激刺激我，但……"

"但事实证明，你的承受能力太差。你们只是在讨论科学问题，只是学术争论而已！但你呢，你居然没控制住自己，反而朝庞特撒火，要是那拳的落点再往上一掌，就能要了他的命。"

"这不公平，"阿迪克看向审判长，"庞特原谅我了，他从来没公开起诉我；若是受害者不起诉，那从法律上来说就构不成犯罪。"他的语气现在变成了恳求，"这是法律规定的。"

"今早在议会的大堂里，我们已经见识过阿迪克·胡德最近是如何控制他的脾气的，"波尔贝说，"现在你们也看到了，他之前试图谋杀庞特·博迪特。那一次，他失败了，但我完全相信，最近他终于在地下深处的量子计算机实验室里得手了。"波尔贝停下来，然后看着萨德，"我认为我们已经拿到了足够的证据，可以将此案移交至正式法庭接受审判了。"她说这话时，语气洋洋自得。

第二十五章

　　玛利亚走到鲁本屋子的前窗向外眺望,此刻虽然已过傍晚六点,但在一年中的这个时节,还要再过几个小时才会天黑,而且——

　　我的天!看来知道他们住处的人还不仅仅是探索发现频道的制作人。两辆车顶装有微波天线的电视转播车已经停在了外面,此外还有三辆印着广播电视台标志的车,外加一辆破旧的本田,有块挡泥板的颜色还和车的其他部分不一样,大概是报社记者的。通讯社刚发出新闻,说玛利亚确认了庞特的DNA检测结果,然后所有人都开始认真对待起这个不可能的故事了。

　　鲁本终于打完了电话,玛利亚转身看着他。

　　"我本来没准备见客人,"医生说,"但现在……"

　　"怎么了?"露易丝倍感惊诧。

　　但玛利亚已经明白这是怎么回事了,"我们应该不用去其他地方吧?"

鲁本摇了摇头，"疾控中心已经下令隔离这幢建筑，没人能够进出。"

"要隔离多久？"露易丝那双棕色的眼睛睁得大大的。

"要看政府了，"鲁本答道，"至少要好几天吧。"

"好几天！"露易丝喊道，"但是……"

鲁本双手一摊，"不好意思，但谁都不知道庞特身上带着什么病菌。"

"毁灭阿兹特克人的那个病是什么来着？"玛利亚问。

"主要是天花。"

"如果是天花……如果他得了天花，脸上不是会有皮损吗？"

"这个症状要等发烧后两天才会出现。"鲁本说。

"但不管怎么样，天花已经被我们灭绝了啊。"

"在这个宇宙里确实如此，"玛利亚说，"所以我们不用再接种天花疫苗，但有可能——"

露易丝点了点头，理解了她的意思，"天花在他的世界里很有可能并没有灭绝。"

"没错！"鲁本说，"就算灭绝了，在平行宇宙中的自然界里肯定还进化出了无数这个世界不存在的病原体，而且我们对此没有任何免疫力。"

露易丝深吸一口气，努力使自己保持平静，"但我感觉还行。"她说。

"我也是,"鲁本说,"玛利亚呢?"

"感觉不错,没问题。"

鲁本摇了摇头,"但我们不能冒险。圣约瑟夫医学院里有庞特的血样,LCDC①里和我对接的女士说她会尽快与那里的病理学主管联系,再用血样做血涂片,把他们能想到的病原体都检查一遍。"

"我们这里的食物够吗?"露易丝问。

"不够,"鲁本说,"不过他们会给我们再送点过来,而且——"

叮咚!

"我去!"鲁本很惊讶。

"门口有人!"露易丝说着望向前窗。

"是记者。"玛利亚看到了那个人。

鲁本跑上楼。有那么一会儿,玛利亚觉得他是去拿猎枪的,但随后就听见了他的喊声,应该是他打开窗后向外喊话,"快走! 这座房子被隔离了!"

玛利亚看见记者向后退了几步,然后抬头看着鲁本。"蒙塔戈医生,我想问您几个问题!"他喊道。

"快走!"鲁本也朝对方喊道,"尼安德特人病了,加拿大卫生部下令要隔离这里。"玛利亚开始注意到,停在乡间小道上的车越来越多,红色和黄色的车灯来回扫荡。

"医生,拜托了,就问几个问题。"记者恳求道。

---

① 疾病控制中心实验室。

"我没开玩笑,"鲁本说,"我们是为了控制这里的传染病。"

"我知道沃恩教授也在这里!"记者喊道,"能不能让她就尼安德特人的DNA情况谈谈看法?"

"快走!我的天,大哥,走啊!"

"沃恩教授,你在里面吗?我是斯坦·廷伯根,《萨德伯里星报》的记者,我想——"

"天啊!"露易丝指着街道的另一头大喊,"那人手里有把步枪。"

玛利亚顺着露易丝手指的方向看去。大约三十米开外的地方的确有个人影,朝着屋子举着一把长枪。一秒后,站在他身边的男人将扬声器举到嘴边说:"这里是皇家骑警!"众人耳边回荡着那个男人放大后的声音,"离开那幢房子!"

廷伯根转过身,朝着声音的方向吼道:"这是私人财产!没人犯罪!而且——"

"走开!"骑警怒吼道。他身穿便衣,但玛利亚看到他那辆白色的车上的确印着皇家骑警英语和法语的首字母。

"等蒙塔戈医生或者沃恩教授回答完问题就……"

"最后一次警告!"骑警通过扩音器喊道,"我的搭档会尽量不伤害你,但……"

看来,廷伯根是真的很想要到他的新闻稿,"我有提问的权利!"

"还剩五秒!"皇家骑警的警官叫声如雷。

廷伯根还是没动。

"四!"

"公众有权知道真相!"记者大喊。

"三!"

廷伯根又转过身来,至少想要问一个问题,"蒙塔戈医生,这个疾病会对公众健康产生影响吗?"

"二!"

"其他问题我都会回答的,"鲁本朝他喊道,"但这种问题不行。快走!"

"一!"

廷伯根把双手举过头顶,"好了好了! 就这样吧!"他开始慢慢离开房子。

记者还没走到车道尽头,鲁本家的电话铃就响了。玛利亚走到客厅另一头去接,但鲁本肯定已经在楼上拿起了分机的听筒,她听见电话那头有个男的说:"蒙塔戈医生,您好,我是骑警队的马修斯警官。"

碰到这种情况,玛利亚一般会挂电话,但她好奇得要命。

"警官您好。"鲁本说。

"医生,我们应加拿大卫生部的要求,会全力为您提供帮助。"男人的声音听着很轻,玛利亚猜他可能是用手机打的。她伸长脖子,从前窗向外张望。之前用扩音器喊话的男人现在的确站在他那辆白色的警车旁,正在用手机打电话。"现在屋内大约有多少人?"

"四个,"鲁本说,"我,尼安德特人,还有两位女士:约克大学的玛利亚·沃恩教授和萨德伯里中微子观测站的物理学博士后露易丝·贝努特。"

"我听说这里有个人病了?"

"对,就是那位尼安德特人。他在发高烧。"

"我把手机号报给你。"骑警说,然后报出了一连串数字。

"记好了。"

"我会在外面一直等人来换班,也就是23点,换班的人也是这个号码;如果有需要,就打电话。"

"我需要一些给庞特用的抗生素。比如青霉素、红霉素,还有些别的药。"

"你可以收发电了邮件吗?"

"可以。"

"那你把上面的药列个清单,发送给罗伯特·马修斯,域名是rcmp-grc.gc.ca,修是修理的修。记好了吗?"

"好了,"鲁本说,"这些药到得越快越好。"

"如果这些药现在能在一般的药店或者圣约瑟夫医院能买到的话,那我们今晚就能送来。"

"我们还要你帮忙再送点吃的。"

"不管你们要什么,我们都会帮忙送来。把你们要的所有东西都在邮件里列出来,比如吃的、洗漱用品、衣服这些。"

"太好了,另外,我收集完这里所有人的血样后,需要麻烦你送到圣约瑟夫医院的实验室,其他几个实验室也要再送一份。"

"行。"马修斯说。

他们同意,一旦事情有变,他们就会互相给对方打电话。然后鲁本挂了。玛利亚听见他从楼上下来。

"怎么样?"她注意到露易丝问的时候看了看自己和鲁本,心想:这下不就暴露了自己在听电话吗。

鲁本把电话的内容大概复述了一遍,然后说:"我为这一切道歉。我真的很对不起大家。"

"其他人怎么办?"玛利亚问,"那些接触过庞特的人呢?"

鲁本点了点头,"我会让马修斯警官通知骑警队,把他们集中隔离起来;他们可能会被隔离在圣约瑟夫医院,而不是和我们在一起。"然后他走进厨房,拿了本便利贴和一支笔,这两个东西一般是用来列购物单的,"好了,还有谁接触过庞特。"

"和我工作的研究生,"露易丝说,"他叫保罗·桐山。"

"当然还有马博士,"玛利亚说,"而且,啊!我的天!她已经回渥太华了!我们最好让她今晚别和总理会面了!"

"还有圣约瑟夫医院的一群人,"鲁本提醒道,"救护车上的医护、辛格医生、放射科的医生,还有医院的护士……"

他们不断延长这个名单。

庞特此时依然躺在鲁本家那张香槟色的地毯上。他似乎已经失去了知觉;玛利亚能看到他宽阔的胸膛上下起伏,隆起的眉脊因为汗水而显得滑溜,双眼在眼睑下不停滚动,好像两只生活在洞穴底部的地下动物。

"差不多了,"鲁本终于说,"几乎所有密切接触者都在这个名单上了。"他看着玛利亚,然后又看看露易丝,最后望向生病的庞特,"我要去列一张治疗庞特的病所需的药物清单。如果我们运气够好的话……"

玛利亚点点头,也望向了躺在地上的庞特。她心想:如果运气好的话,我们都能活下去。

第二十六章

第四日

8月5日,周一

148/103/27

新闻搜索

关键词:尼安德特人

"庞特·博迪特入境加拿大一事是否合法? 这个问题依然在困扰着国内外的移民专家。今晚,我们请到的嘉宾是蒙特利尔麦吉尔大学的公民法教授西蒙·科恩……"

我们认为庞特·博迪特肯定是尼安德特人的十大理由……

十:当他遇见到首位人类女性,就用棍子打她,再攥着头发把她拖走。

九：他在昏暗的光线下，会被人当成苏联领导人列昂尼德·勃列日涅夫①。

八：如果阿诺德·施瓦辛格登门拜访，博迪特会说："这个瘦弱的小老弟是谁？"

七：看电视只看福克斯。

六：麦当劳的广告牌上现在换成了："竭诚服务数亿智人——还有一位尼安德特人。"

五：把汤姆·阿诺德②称作"小鲜肉"。

四：给他一块史密斯尼森博物馆③的稀有岩石标本，他就会把它凿成一枚完美的矛头。

三：只戴化石这个牌子的手表，只喝真真正正老密尔沃基这个牌子的啤酒。

二：现在开始收取火的专利费了。

而证明庞特·博迪特是尼安德特人的首要原因是什么呢？脸蛋、屁股蛋，四个蛋都毛茸茸。

商业期刊《纸与笔》杂志报道，加拿大兰登书屋的国际并购主管约翰·皮尔斯提出，他将以加拿大出版史上最大的一笔预付款来换取庞特的自传在全球范围内的出版权……

---

① 勃列日涅夫的眉毛很粗。
② 美国喜剧演员，生于1959年，本书诞生时他44岁。
③ 美国的著名博物馆。

传闻五角大楼有意与庞特·博迪特会面，关于他来到这个世界的方式人们有诸多推测，至少有一位五星上将对其表示出了兴趣，注意到了它背后的军事价值……

阿迪克·胡德坐上了议会大厅的圆凳，他想，现在该是检验我是否犯下一生中最大的错误的时候了。

"谁愿意为被告辩护？"审判长萨德问。

没人挪动身子。阿迪克的心怦怦直跳。婕斯梅尔·凯特不是愿意为他辩护的吗？但谁会怪她呢？她昨天可是亲眼见到阿迪克显露出谋杀自己父亲的企图，虽然这都是很久之前的事了。

房间很安静，有个观众没忍住，发出了一声短促的嗤笑，那人大概和波尔贝早些时候的想法一样：谁会来为阿迪克辩护啊。

但就在这时，婕斯梅尔站了起来。"我愿意，"她说，"我来为阿迪克·胡德辩护。"

观众席上传来阵阵惊诧之声。

坐在一侧的达卡拉·波尔贝激动地站了起来，"审判长，这不合规。这位女孩是原告之一。"

审判长萨德努了努自己满脸皱纹的，垂眼看着自己眉脊下方的婕斯梅尔，"真的吗？"

"不是，达卡拉·波尔贝是我母亲的女伴；在我母亲去世后，她就成了我的塔班特。但我现在已经见过了250轮月亮,因此我在此宣告,自己拥有成年人的权利。"

"你是147代生的?"萨德问。

"是的,审判长。"

萨德转向波尔贝,她还站在那里。"所有147代的人在两个月前全都开始承担个人责任了。除非你能证明你监护的对象精神不健全,否则就将自动失去她的监护权。那么请问,她的精神是否不健全?"

波尔贝内心翻腾着怒火,她张开嘴,显然是想发表看法,但再三斟酌后,她还是低下头,说道:"审判长大人,她精神健全。"

"那就好,"萨德说,"达卡拉·波尔贝,现在请您就座。"

"审判长,谢谢。"婕斯梅尔说,"好了,如果可以的话,我——"

"这位147代的姑娘,请稍等,"萨德说,"您应该先告诉您的监护人,自己将要反对她的诉讼,这样更礼貌些。"

阿迪克明白了为什么婕斯梅尔之前始终保持缄默。如果她之前告诉了波尔贝,那对方就会竭尽所能来阻止自己。但看来婕斯梅尔完全继承了她父亲的聪明才智。"审判长,您所言极是,我会将您的建议牢记眉后。"

萨德点了点头,很满意,示意婕斯梅尔继续。

婕斯梅尔走到大厅的中央,"审判长萨德,您势必听了不少达卡拉·波尔贝对阿迪克的含沙射影,还有诸多没来由的攻讦。但她对这个男人的了解却不多。阿迪克是我父亲的男伴；诚然，我只能在合欢日才能和他，还有他的儿子小戴伯，以及坐在戴伯边上的女伴露特短暂地见上一面。但我和阿迪克见面还是比较频繁的，至少比达卡拉要频繁得多。"

她走到阿迪克身边，把一只手搭在他的肩膀上，"我在此以被谋杀者的女儿的身份向您宣告：我认为他并非此案的嫌疑人。"她停了下来，低头扫了一眼阿迪克，然后遇上了房间另一头的审判长萨德投来的目光。

"你看过档案！"波尔贝还在刺激她，她在房间另一头的观众席第一排，分腿坐在鞍型座椅上。萨德则示意她安静。

"没错，我是看了，"婕斯梅尔说，"我知道我的父亲下巴受过伤，如果早上天气较冷，受伤处还会疼，但我不知道这是谁弄伤的。他从来没说过，他只说这是很久之前的事了，那人很后悔，他也原谅了对方。父亲看人的眼光一向很准，如果他觉得阿迪克会有些许重蹈覆辙的可能，就不会选择继续和他搭档。"她看了看阿迪克，然后又望向审判长，"没错，我父亲失踪了，但我不觉得他是被谋杀的。如果他真的死了，那也是因为一场意外事故。如果他还活着——"

"你觉得他只是受伤了？"审判长萨德问。婕斯梅尔很惊讶，审判长这么直接提问并不常见。

"尊敬的审判长，很有可能。"

但萨德听了却摇摇头，"孩子，我从心底同情你的遭遇。我非常清楚失去至亲的感受,但你刚才说的并不合理。男性已经在矿井中搜索过你的父亲,女性就算当时恰逢末候日,也受命参与了搜索,狗也被带下去了。"

"但如果他死了,他的机侣就会发出定位信号,多少也会持续一段时间。他们用便携式扫描仪搜索过,但什么痕迹都没找到。"

"没错,"萨德说,"如果有人故意让他的机侣失灵,或者把它弄坏,那也就没有信号了。"

"但没证据证明——"

"孩子,以前也有人失踪,如果人们觉得自己的生活过得不尽如人意,有些人会挖出植入体内的机侣,然后走向荒野。他们挣脱了先进文明的束缚,投身于那些遵循传统方式生活的团体中,或者就这么过着自给自足的流浪生活。那么,你的父亲有什么遁世的原因吗?"

"什么都没有,"婕斯梅尔说,"我在合欢日见过他,那时的他看起来很正常。"

"太短了。"审判长说。

"什么?"

"你见他的时间太短了,"萨德肯定注意到,婕斯梅尔扬起眉毛,"别误会,我没看过你的远程档案,毕竟你没有犯罪指控。但我的确做了些调查。审判长在碰到这种异常的案件时,还是谨慎点好。所以我再问一次,你父亲有什么遁世的原因吗? 他完全可以在矿井下躲开阿迪克的视线,然后一直藏匿在某处,直到附近没有采矿机器人后再坐电梯上来。"

"审判长,没有。"婕斯梅尔说,"我没观察到他有任何精神不稳定的迹象,也没见到他有任何不开心的苗头——好吧,至少和那些失去配偶的人该有的状态差不多。"

"我可以证明,"阿迪克直接对审判长说,"庞特和我在一起时非常快乐。"

"在现在这个形势下,你的发言听着多少有些可疑,"萨德说,"但我自己还是做了些调查,结果证实了你所说的话。庞特没有欠下自己无力偿还的债务,既没有树敌,也没有抛弃家庭和事业的动机。"

"的确如此。"阿迪克说,随后就意识到自己应该闭嘴,但他就是管不住自己。

"所以,"审判长萨德说,"如果他没有希望自己消失的理由,也没有精神异常的因素,那我们还是回到了波尔贝的推断上:如果庞特·博迪特只是受了伤,或是因为自然原因死亡,那搜救队应该能发现他。"

"但是——"婕斯梅尔想要插话。

"孩子,"萨德说,"如果你有什么证据能够证明阿迪克·胡德无罪,那就拿给我们看吧。我们要的不是你刚才的臆断,而是真真切切的证据。"

　　婕斯梅尔和阿迪克面面相觑。大厅里偶有几位观众咳嗽或者挪动身子时椅子发出的嘎吱声,除此之外,整个法庭上出奇的安静。

　　"有吗?"审判长问,"我等着。"阿迪克朝着婕斯梅尔耸耸肩:他不知道把这份证据拿出来到底是不是个正确的选择。但婕斯梅尔清了清喉咙,说道:"有的,审判长,还有另一种可能性……"

第二十七章

对玛利亚来说,今晚挺难熬的。

鲁本·蒙塔戈的后院里挂着风铃;玛利亚觉得所有在家挂风铃的人都该被拉去枪毙,但考虑到鲁本家有好几英亩的地,一般来说也不会打扰到别人。但时不时响起的叮当声还是让她难以入眠。

他们就床铺的分配问题开展了许多讨论。鲁本的卧房里摆着一张双人床①,楼上的办公室里有张沙发,客厅里也有一张。但不幸的是,这两张沙发都不能摊开当床睡。最后大家一致同意让庞特睡床:他比谁都需要睡在床上。鲁本睡楼上的沙发,露易丝头一晚睡楼下客厅里的沙发,玛利亚也睡在客厅里的乐至宝功能沙发上。

庞特的确是病了,但哈克却没有,于是玛利亚、鲁本和露易丝答应轮番上阵,为机侣上语言课,露易丝说她是个夜猫子,这样哈克每

---

① 在北美床垫一般分为King、Queen、Double、Twin几种尺寸,此处原文是Queen-size,尺寸大约等于国内200厘米x150厘米的床垫。

天就能学接近二十四小时。露易丝真的在晚上十点前一会儿就钻进了庞特的房间里,直到凌晨两点左右才回到客厅。玛利亚不太确定到底是露易丝下楼的声音吵醒了她,还是自己一直都没睡着,但她知道自己现在得起来,帮助哈克学习英语了。

和机侣说话让玛利亚觉得很不舒服,倒不是因为她和电脑说话时会很紧张,她还远远没到这个地步,这样对她反而还挺有吸引力的,真正的原因是她得独自进入楼上庞特的卧室,而且还要关上门,以防她和机侣对话的声音吵到睡在隔壁的鲁本。

她发现哈克才和露易丝说了没几个小时,英语的流利程度又上了一个台阶,这让她很是惊讶。

幸运的是,庞特在语言课期间一直都在睡觉,不过他有一次突然动了起来,翻了个身,吓了她一跳。如果玛利亚能够理解哈克想要传达的意思,就会明白机侣在他们对话的时候,一直在往庞特的耳蜗植入体内不断传入白噪声,这样哈克正在进行的轻声对话就不会吵到庞特了。

玛利亚只教了哈克一个小时名词,还为它演示了一些动词,然后就累得坚持不下去了,只得告退,回到楼下。露易丝脱得只剩胸罩和内裤,身上随便搭了条阿富汗毛毯,就这么躺在沙发上睡着了。

玛利亚也倒在活动躺椅上,这次她精疲力竭,所以也很快就睡着了。

第二天早上，庞特的高烧显然好了不少，或许是鲁本给他的阿司匹林和抗生素起了作用。尼安德特人下了床，来到楼下，玛利亚很震惊，对方现在什么都没穿。露易丝还在睡觉，玛利亚则刚刚醒来，还蜷在躺椅上。开始的时候，她还以为庞特是下来找她的，但后来转念一想，如果房间里的谁会让他有兴趣，肯定是那个年轻漂亮的法籍加拿大人。

他虽然扫了一眼，看到了露易丝和玛利亚，但他真正想去的地方是厨房。他显然没有注意到玛利亚正睁着眼睛。

她正准备开口，对他的裸体表达反感，但……

我的天，玛利亚看着穿过客厅的庞特，心中暗想，我的天，他脖子以上的部分可能不怎么好看，但是……

他消失于厨房时，玛利亚也随着他的步伐，一路盯着他的臀部，等他从厨房出来之后，她还是这么看着他。庞特出来时，手里拿着一罐鲁本的可口可乐；说到可乐，鲁本在冰箱里可是放了整整一层。作为科学家的玛利亚看见尼安德特人的肉体自然颇感惊喜，而且——

而且，作为女性的她望着庞特肌肉发达的肉体在她面前活动，自然也会看得入迷。

玛利亚让自己露出一抹微笑。她之前还觉得，自己可能永远都无法欣赏男性的肉体了。

而发现自己还能这样看得入迷，实在是个好消息。

玛利亚、鲁本和露易丝开始轮流接受电话采访,鲁本得到了英科公司的许可后,召开了一场记者发布会,他们三人站在话筒周围,用电话接受记者们的采访,而那些记者则用长焦镜头,透过客厅窗户拍摄屋内的画面。

与此同时,关于天花、腺鼠疫和其他一系列疾病的筛查也正在进行。血样已经借由加拿大空军的喷气式飞机送往了美国亚特兰大的疾病控制与预防中心和位于加拿大温尼伯的人类和动物健康科学中心里的四级生物实验室。第一轮血培养的结果在上午11点14分出来了,庞特的血液里目前还没检查出病原体,在圣约瑟夫医学中心的隔离的其他人也没有任何疾病的征兆。微生物学家们在测试其他血培养基进行的同时,也在血液样本里寻找其他未知的病原体和细胞,还有他们从未见过的内含物。

"如果庞特是医生就好了,可惜他是个物理学家。"鲁本在媒体发布会后对玛利亚说。

"为什么?"

"还好我们现在给他的抗生素还有效。细菌对药物不断建立耐受性,我一般会给我的病人开红霉素,主要是因为细菌如今普遍对青霉素建立了耐药性,不过我其实最先给庞特开的,还是青霉素。因为它源自面包上的霉菌,如果庞特的族人没有做过面包,那青霉素也不可能对他们产生负面影响,所以,如果要对付来自他所在世界的细菌感染，这种药可能会有奇效。然后我再给他开了红霉素和一堆其他的药，帮他对抗那些在这个世界染上的病。不过，庞特的族人可能也有自己的抗生素，但和我们发现的这些药很可能不太一样。如果他能告诉我们他们用的是什么药，那我们在对付疾病的时候就会有一个新武器，一种我们世界的细菌无法防御的药物。"

玛利亚听罢点了点头，"有意思的，可惜联通这两个世界的传送门差不多瞬间就关闭了，如果还开着，两个不同的地球之间也许会开展许多有趣的贸易行为。医药方面的知识肯定只是冰山一角，别忘了，多数我们吃的食物在自然界中都不会出现。他们可能对小麦加工后的产品不怎么感兴趣，但现代农业选育出的土豆、番茄、玉米、家鸡，还有猪和牛全都是我们创造出的新品种。我们可以用这些东西来交换他们的食物。"

鲁本点了点头，"这一切只是个开始，我们在交换矿脉地点这件事上肯定还有很多事情要做。我敢打赌，我们知道各种有价值的矿物、化石之类的埋藏地点，而他们尚未发现；反之亦然。"

玛利亚意识到他可能是对的，"任何几万年之前的天然物质都会在两个世界同时出现，没错吧？这样就会有另一个猿人露西，另一头霸王龙苏，另一片伯吉斯页岩化石群，另一枚希望蓝钻石——至少是它的原石。"①然后她停下来，思考着这一切。

---

① 猿人露西，世界上第一个猿人。苏，世界上现存最大、保存完整的一具暴龙化石。伯吉斯页岩化石群，世界上最重要的化石发现地之一。希望蓝钻石，世界上现存最大的蓝钻，重45.52克拉。

庞特在中午时分明显已经好多了。玛利亚和露易丝都在照顾他,在他躺在床上安静睡觉时为他盖好毯子。"还好他不打呼噜,"露易丝说,"像他这么大的鼻子,要是真打起来……"

"这或许就是他不打呼噜的原因,这只大鼻子让呼吸变得很顺畅。"玛利亚轻声解释。

庞特在床上翻了个身。

露易丝盯着他看了一会儿,然后转身对玛利亚说:"我想去洗个澡。"玛利亚今早来例假了,她自己当然也想去。"那我在你之后洗。"于是露易丝走进浴室,带上了身后的门。

庞特又翻了个身,醒了。"玛。"他的声音很轻。因为睡觉时嘴是闭着的,所以醒来后的说话声音也不哑。

"你好啊,庞特。睡得好吗?"

他抬起一侧又长又弯的眉毛,似乎想到了一个荒诞的问题,玛利亚还没习惯他把眉毛抬到眉脊上的动作。

他昂起脑袋;露易丝已经开始洗澡了。然后庞特动了动鼻翼,每个鼻孔的直径和一枚二十五分的硬币①相当。庞特看着玛利亚。

她突然就明白了怎么回事,觉得无比尴尬和不舒服。他能闻出自己来月经了。于是玛利亚走到房间的另一头去,她真想立刻去洗澡。

但庞特说了个很客观的词:"月。"

---

① 加拿大25分硬币直径为23.88毫米。

没错,玛利亚想,这的确是每个月都会发生的事,她对此自然是不想多说,于是匆匆跑下了楼。

第二十八章

审判长萨德那张布满皱纹但又颇显睿智的脸上露出了"这个理由最好得有点说服力"的表情。

她对站在阿迪克身边的婕斯梅尔说："好吧,孩子,那你说说看,除了暴力行为,还有什么可以解释你父亲的失踪?"

婕斯梅尔沉默了一会儿,"审判长,我很乐意告诉你,但……"

萨德比平常更不耐烦一点,"怎么说?"

"但,好吧,其实我想说,学者胡德的解释会比我的更清楚。"

审判长厉声斥责:"学者胡德!你居然想让案件的被告人为自己辩护?"然后一脸震惊地摇了摇头。

"不是的,"婕斯梅尔明白审判长萨德就要拒绝这个荒诞的请求了,于是连忙接话,"不,不是您以为的那样。他只会阐述一些技术方面的知识,一些量子物理的东西,还有——"

"量子物理!"审判长说,"量子物理又能和这起案件扯上什么关系?"

"它可能正是揭露案件真相的关键,"婕斯梅尔说,"比起我来,学者胡德可以把相关的信息解释得更清楚……"她看见萨德皱起了眉,"……也更简洁。"

"没人能提供相同信息?"审判长问。

"审判长,真的没有了。"婕斯梅尔说,"伊芙索伊有一组女科学家研究的课题和它相似,不过——"

"伊芙索伊!"萨德说,好像婕斯梅尔说的地方是在月球的另一面,然后她又摇了摇头,"好,行吧。"然后她朝阿迪克投去掠食者般的目光,"学者胡德,长话短说。"

阿迪克不确定自己发言时应不应该站起来,但他在椅子上已经坐得有点厌烦了,所以还是站了起来。"审判长,谢谢。"他说,"我,呃,感谢你给我说话的机会,而不只是简单地回答问题。"

"这次算是纵容你了,别让我反悔。"萨德说,"开始吧。"

"肯定不会,"阿迪克开始了,"我和庞特·博迪特进行的工作包含了量子计算。那么量子计算的原理是什么?其中有个解释是说,它能联通平行宇宙中无数相同的量子计算机。而这些计算机则可以同时解决某个复杂数学问题的各个部分。集中算力后,问题就能很快解决了。"

"我相信,背后原理肯定很有意思,但这和名义上已经离世的庞特又有什么关系?"

"呃,尊敬的审判长,以下都是我的猜测:当我们在运行我们的量子计算实验时,一个……一个大小足以通人的通道或者之类的东西……可能打开了,它通向众多平行宇宙中的一个,而庞特恰好落入了这个通道里,所以——"

达拉卡·波尔贝不屑地哼了一声,在座的听众也纷纷效仿。萨德又难以置信地摇了摇头,"你是希望我相信学者庞特去了另一个宇宙,然后消失了?"

听众现在算是知道审判长的意下如何了,他们觉得自己也不用再藏着掖着,于是,许多座位上都传来了肆意的笑声。

阿迪克觉得自己脉搏加速,不由自主地握紧拳头。他知道,自己最不应该做的就是那样。他对心动过速没什么办法,只能慢慢让自己松开紧握的手。"审判长,"他用最恭敬的语气说道,"如今,许多量子物理学的理论都强调平行宇宙的存在,而且——"

"闭嘴!"萨德喝道,她低沉的声音在大厅里隆隆作响。有些听众被她的音量吓得倒吸一口凉气。"学者胡德,我成为审判长已有数百月,从未听过那么拙劣的借口。你是不是以为,我们这些没进你那所值得夸耀的科学院的人是会听信你这套鬼话的无知之辈?"

"尊敬的审判长,我——"

"闭嘴,"萨德说,"闭嘴,然后坐回椅子上去。"

阿迪克深吸一口气,然后屏住呼吸。他之前打过庞特,正因如此,二百五十个月前他学了这招。片刻后,他才将气缓缓吐出,同时想象自己的愤怒随之散逸。

"我说了,坐下!"萨德厉声说。

阿迪克照做了。

"婕斯梅尔·凯特!"审判长再度开口,这次她把愤怒的目光投向了庞特的女儿。

"我在,审判长。"婕斯梅尔的声音微微发颤。

审判长也深吸了一口气,让自己平静下来。"我的孩子,"她的语调现在平和了许多,"我知道你的妈妈不久前因为白血病离世了。我能想象,这对你和小梅噶梅格来说实在特别不公平。"她朝着婕斯梅尔的妹妹微笑一下,布满皱纹的脸上有了更多新的沟壑,"现在一切似乎都表明你的父亲也已经去世了,这与我们都将面临的死亡不同,而是突然的、毫无预兆的早逝。我可以理解为什么你在他这件事上那么不愿意释怀,也可以理解为什么你还愿意接受如此荒谬的解释……"

"审判长,事情不是这样的。"婕斯梅尔说。

"不是吗?可在我看来,你正在迫切而又绝望地抓住一切救命稻草,抓住任何可能的希望。不是这样吗?"

"我——我不这么觉得。"

萨德点点头,"我明白,你需要一些时间才能接受发生在你父亲身上的事。"她环顾大厅,最后才把目光定在阿迪克上。"好吧,"

萨德说罢,沉默了好一会儿,显然是在斟酌语句,"好吧,我准备宣判了。从我目前已经掌握的、合适且恰当的间接情况来看,这些足以证明此案涉及谋杀,因此我宣布,如若有人愿意继续追查此案并继续上诉,那么此案将移交给另外三名审判长共同裁决。"言毕,她望向波尔贝,"您是否愿意代表您的被监护人小梅嘎梅格·贝克继续追诉此案?"

波尔贝点了点头,"我愿意。"

阿迪克感到自己的心猛地一沉。

"非常好,"萨德说罢,查询了一下数据板,"正式审判将于今日起的五天后,也就是148/119/03于本议会厅举行。直至审判开始前,学者胡德将继续接受司法审查。您清楚了吗?"

"我知道,但是只要我能下矿井,就能——"

"没有'但是',"萨德厉声说,"学者胡德,我还想提醒您一点:这次审判还是由我主持,所以我会向另两位审判长简述这件事。我相信,让庞特·博迪特的女儿为您辩护,这之中多少有些戏剧性的因素在里面,但这个情况不会有第二次了。我强烈建议您,下次还是找个更合适的人来为您辩护吧。"

第二十九章

下午早些时候，鲁本·蒙塔戈带来了一个好消息。他这段时间一直在用手机还有邮件和LCDC总部、疾控中心还有温尼伯放射实验室的专家交谈。"庞特看起来不怎么喜欢谷物或者乳制品，你肯定也注意到了。"鲁本现在坐在客厅里，喝着香味浓郁的埃塞俄比亚咖啡，玛利亚发现他很爱喝这个。

"没错，"玛利亚洗完澡后穿的还是前一天的衣服，但就算这样，她也觉得舒服多了，"他喜欢肉类和新鲜的水果，但似乎对传统的农作物还有面包或牛奶这类没什么兴趣。"

"对，"鲁本说，"那些和我沟通的人说，这对我们是积极信号。"

"为什么？"玛利亚问。鲁本喝的咖啡发出的味道真是让她受不了。不过他们在那天晚些时候已经拜托别人送了点麦斯威尔的速溶咖啡还有巧克力牛奶，外加几套衣服。现在，她正在从鲁本的可乐里获取咖啡因。

"因为这就说明庞特不是来自传统的农耕社会。我从哈克那里得到的信息多少也证明了这点。看来庞特生活的地球的人口比我们这个少很多。相应地，他们也不从事农业或者畜牧业，至少和我们维持了数千年的规模完全不像。"

"我本来还以为不管一个文明有多少人口，都会需要这类产业作为支撑。"玛利亚说。

鲁本点了点头，"真希望有朝一日庞特能够回答这些问题。对了，我之前听说对我们影响最大的疾病最开始就是从家畜身上传来的。比如麻疹、肺结核还有天花这三种病全都来自牛，而流感来自猪和鸭，百日咳则来自猪和狗。"

玛利亚皱起眉，望向窗外，她能看到直升机飞过，还有更多的记者，"没错，我正在琢磨这件事呢。"

鲁本继续往下说，"瘟疫这样的疾病只会在满足一定人口密度的条件下进化，因为只有这样才会有足够的潜在受害者。而在人口密度低的地方，这样的病菌显然没法进化出足够的多样性：如果它们的宿主死了，那自己也就没地方可去了。"

"对，我也这么觉得。"玛利亚说。

"如果我们单单说庞特不是来自农耕社会，而是狩猎采集社会的话，可能就太简单了，但这似乎并不是最佳的模式，至少我听完哈克的描述后感觉是这样。不过狩猎采集社会的人口密度的确会更低,疾病也更少。"

玛利亚点点头。

鲁本继续说:"我听说美洲的首批欧洲探险家与当地土著的故事和这个相同。那些探险家们都来自以农耕为主且人口密度很高的社会,身上满是病原体,而那些原住民则都来自那些人口密度较低的社会,只圈养了少量家畜,或者根本就没养。他们没有瘟疫的病原体,也没有出现任何从家畜传染到人身上的病。这就是为什么只有原住民遭到了灭顶之灾。"

"我还以为梅毒是从新世界传到旧世界的。"玛利亚说。

"其实是的,有证据可以证明这点。"鲁本说,"虽然梅毒可能源自北美,但在那里,它并不是通过性传播的。只有当它再次传回欧洲后,才有机会进化出这种传播方式,并成为欧洲人的头号杀手。其实这种传染病的非性传播形式依然存在,不过现在多数只在贝都因人的部落里出现。"

"真的?"

"没错,与其认为梅毒是常见单向传播传染病的反例,倒不如说它进一步确定了这个事实:传染病想要进化,所需的社会条件就是典型的人口密集区域。"

玛利亚思索着这句话,然后问:"那这就意味着我们三个可能没事了,对吧?"

"现在最可能的解释是这样:这个世界的某种病菌让庞特不幸

患病,但他很可能并未从他的世界里带来什么需要我们担心的病原体。"

"但庞特怎么办?他没事吧?"

鲁本耸了耸肩,"我不知道。我给他用了足量的广谱抗生素,能够对付大多数细菌以及革兰氏阴性和阳性菌的感染。虽然病毒对抗生素没有反应,而且也没有广谱抗病毒药物。除非我们真的掌握了足以证明他感染了某种病毒性疾病的相关证据,否则贸然将抗病毒药物打进他身体可能有害无益。"他的语气听着有点沮丧,玛利亚也感觉出来了,"现在我们只能等着,观察情况,此外什么事都做不了。"

曝录者们涌入议会大厅,围住阿迪克·胡德,他们喊出了一个个采访他的问题,就像是一根根长矛扎入中了埋伏的猛犸象。"审判长,萨德的判决让你觉得意外吗?"露拉斯姆问。

"终审时你打算请谁为你辩护?"豪斯特咄咄逼人。

"你有个148代的儿子,他的年纪能够理解发生在你和他身上的事吗?"有个阿迪克不认识的曝录者问,他看起来像是147代的人,有个更年轻的观众可能正在透过他们的窥机看着他。

曝录者们也对着可怜的婕斯梅尔嚷嚷了一堆问题。"婕斯梅尔·凯特,你和达卡拉·波尔贝的关系现在怎么样?""你真的相信父亲还活着吗?""如果终审宣判学者胡德死刑,请问你为一个罪犯辩护是什么感觉?"

阿迪克感到心中的愤怒渐长,但他挣扎着、努力着,竭尽全力,按下心中的愤怒。因为他知道,有无数人正在收看曝录者的机侣广播出的画面。

而婕斯梅尔这边则拒绝回答任何问题,曝录者最后放弃了,把她晾在一边。最后,那些拷问阿迪克的人终于得到了满意的回答,纷纷离开房间,把他和婕斯梅尔两个人留在空旷的房间里。婕斯梅尔与阿迪克的目光相交片刻,然后望向别处。阿迪克不知道自己该和她说些什么;他知道怎么去揣摩她父亲的心思,但婕斯梅尔也有很大一部分克拉斯特的血统,所以……末了,阿迪克为了填满两人相处时的安静,开口说道:"我知道你尽力了。"

婕斯梅尔盯着天花板上的晨曦天顶画,以及正中央的计时器,然后垂下目光,望着阿迪克。"是你做的吗?"她问。

"什么?"阿迪克的心脏突然怦怦直跳,"当然不是。我爱你的父亲。"

婕斯梅尔闭上双眼,"你之前还试着杀掉他,我一直都不知道。"

"我没有试着杀掉他,当时只是生气,仅此而已。我还以为你能理解,我还以——"

"你这么想是因为我没有为自己看到的东西所困扰,而是继续为你辩解?那可是我父亲!我看到他从嘴里吐出了自己的断牙!"

"那是很久前的事情了,"阿迪克柔声说,"我,呃,我不记得这件事原来有⋯⋯这么血腥。让你看到了这些,对不起。"然后他顿了顿,"婕斯梅尔,你还不明白吗,我爱你的父亲,我今天的一切都要归功于你的父亲。在那次⋯⋯事故之后⋯⋯他本可以控诉我;他本可以让我绝育,但他没有这么做。因为他明白我——我患了一种病,一种无法控制愤怒的疾病。如今的我能保全自身,全都要归功于他。我永远都不会伤害他。我做不到。"

"可能你对总是欠他人情感到厌烦了。"

"没有亏欠这一说。婕斯梅尔,你还年轻,尚未与他人产生羁绊,但你很快就会有的,我知道。相爱的两人之间没有亏欠,只会彻底原谅,然后携手同行。"

"本性难移。"

"不是的,我已经改变了。你的父亲很清楚。"

婕斯梅尔沉默许久,末了,她问道:"这次你准备请谁辩护?"

之前那些曝录者朝他大喊大叫的时候,他故意忽视了这个问题,现在自己得好好想想了。"按理来说露特最合适,"他说,"她是145代的,这个岁数应该足以让审判长尊敬她了。而且她也说过,自己会尽一切办法帮我的。"

"希望如此⋯⋯"婕斯梅尔说,片刻后她才继续说道,"我希望她能帮到你。"

"谢谢。那你现在准备做什么?"

婕斯梅尔直直地望着阿迪克,"现在,我只想要离开这里⋯⋯离开你。"

她扭头穿过巨大的议会厅,留下了孤身一人的阿迪克。

第三十章

第五日

八月六日,星期二

148/103/28

新闻搜索

关键词:尼安德特人

一位伊斯兰精神领袖宣布,所谓的尼安德特人显然是西方基因工程实验的拙劣结果。伊朗法基赫监护体系呼吁加拿大政府承认庞特·博迪特是邪恶且违反道德的DNA信息重组后的产物……

渥太华现在面临着承认庞特·博迪特加拿大公民地位的压力,但这个压力的源头很反常:美国总统乔治·W.布什①今天要求加拿

①乔治·W.布什(George Walker Bush,1946—),美国政治家,于2001年至2009年担任美国43任总统。

大总理让·克雷蒂①安尽快批准那位尼安德特人成为加拿大公民。因为当事人庞特·博迪特表示,在自己的世界里,他的出生地就在这个世界的安大略省萨德伯里市。布什说:"如果他出生在加拿大,那他就是加拿大公民。"

美国总统敦促加政府,尽快给博迪特发放加拿大护照,这样庞特在隔离结束后就能自由入境美国,这样也一举解决了美国国会是否能允许他入境美国海关的争论。

《加拿大公民法》第五章第四节为此提供了很大的操作空间,因此布什政府希望借此加快加政府的决策:"为了缓解特殊和异常的困难,或者奖励对加拿大做出特殊贡献之人才,总督可下令总理赋予任何人成为加拿大公民且不顾本法案中其余条款之规定……"

有人发起了一场网络请愿活动并转发给了加拿大卫生部长,超过万名全球的网民联名要求永久隔离庞特·博迪特。

截至收盘时,英科公司的股价达到了五十二周以来的最高点。

---

① 让·克雷蒂安(Jean Chretien,1934—),加拿大政治家,于1993年至2003年期间担任加拿大总理。

"这完全是媒体玩弄的把戏,"老牌社团萨德伯里扶轮社①的伯尼·蒙克斯说,"自从1934年对迪昂五胞胎事件之后,安大略省北部就再也没出现过像这样的东西……"

庞特·博迪特的工作机会继续向他涌来。日本NTT技术研究实验室想任命他为量子计算部门主管。微软和IBM给他的合同也包含了丰厚的现金与股权奖励。麻省理工、加州理工和其他八所高校也给他提供了教职。兰德公司和绿色和平组织也向他伸出橄榄枝,但这位尼安德特人目前对自己将要就任哪个岗位这件事尚未透露任何信息……

法国的一个科学家联盟发表声明称,尽管庞特·博迪特来到地球时首先来到的地方是加拿大,但显然不是出生在那里,也没有尼安德特人生活在北美境内。因此他们认为,庞特应是法国籍,因为年纪最小的尼安德特人化石就是在法国发现的……

美国和加拿大的民权组织对加政府要求尼安德特人进行强制隔离这一行为表示谴责,并声称没有证据证明他会对人类的健康构成威胁……

---

① 扶轮社是依循国际扶轮的规章所成立的地区性社会团体,目的是增进社会交流,提供社会服务。

各种血液检测报告显示，各项指标均呈阴性，另外，庞特一直以来的病似乎得到了缓和，也没有证据证明他携带着对这个世界的人们有害的病原体。不过疾控中心尚无解除隔离的计划。

庞特今天依然穿着自己的衬衫，就是他刚来这个世界时穿着的那件。皇家骑警队给他送了很多从当地的"马克的工装店"买的衣服，但这些衣服其实都不太合身；对于这样一个身型只比"环球健美先生"稍逊一筹的人来说，这些刚买到手的新衣服似乎也没那么容易穿进去。

庞特——或者应该说是哈克——的英语已经相当好了。根据机侣的程序设定，它发不出li的音，但它录下了玛利亚和鲁本说这个音节的读音，并在需要的时候播放合适的版本，来替代自己发不出的声音。但玛利亚听到哈克先用自己的声音读"玛"，再用她自己或者鲁本的声音读"丽"时，觉得有点好笑，于是她就告诉机侣，让它不用担心；毕竟人们有时也会叫她"玛尔"，所以哈克这么叫她也没关系。露易丝也对哈克说，之后叫她"露"也没事。

哈克终于宣布，自己已经积累了足够的词汇量，可以进行真正有意义的对话了。它当然也承认自己会遇到障碍和困难，但只要他们坚持下去，这些问题都可以解决。

鲁本忙着在电话里和其他医生核对更多检测结果；露易丝这个夜猫子则接受了庞特的提议，在他醒着的时候可以睡在床上，于是她正在楼上呼呼大睡；所以玛利亚和庞特坐在客厅里，开始了他们第一次真正意义上的交谈。庞特负责用自己的语言说话,声音轻柔,而哈克则负责用男性的声音提供英语翻译:"能聊天真好。"

玛利亚紧张地小声笑了笑。她之前一直因为没法和庞特沟通感到沮丧,而当他们真的可以沟通了,一时间又不知道自己要和他说些什么。"是啊,能聊天真好。"

"天气真好。"庞特用机侣的声音说道,他望向客厅的后窗。

玛利亚又笑了起来,但这次是出自真心。看来谈论天气这件事,还真是个可以跨越物种的愉快话题,"没错。"

随后她才意识到,自己并不是不知道要和庞特说什么。恰恰相反,她有太多的问题,一时竟不知从何问起。庞特是个科学家,他肯定多少知道些自己的种族对遗传学方面的积累,知道他们是如何认识智人属与黑猩猩属之间的区别……

不,不对。庞特是人——首先,也是最重要的一点,他是个活生生的人,而且还刚刚遭受了可怕的经历,所以科学方面的问题可以先放到一边。现在最重要的是,他们应该谈谈他自己,说说他现在怎么样。"你还好吗?"玛利亚问。

"还不错。"机侣翻译道。

玛利亚露出微笑,"我想听听你的内心是怎么想的。你现在到底怎么样?"

庞特似乎有些犹豫,玛利亚在想,男性尼安德特人是不是也和她所属的智人一样羞于表达自己的情绪。但他随后长长地叹了口气,她能听出他在微微颤抖。

"我很害怕,"他说,"而且我很想自己的家人。"

玛利亚扬起眉毛,"你的家人?"

"我的女儿们,"他说,"我有两个女儿,婕斯梅尔·凯特和梅嘎梅格·贝克。"

玛利亚听了不免有些惊讶。她之前从来没想过庞特居然还有自己的家庭,"她们多大了?"

"稍大的那个,我只知道她的月数,但你们计量时间多数是用年的,没错吧?那稍大的那个是……哈克?"

哈克换了个女性的声音插播道:"婕斯梅尔十八岁,梅嘎梅格八岁。"

"我的天,她们还好吗?她们的妈妈呢?"玛利亚问。

"克拉斯特在两个旬月前去世了。"庞特说。

"也就是二十个月,"哈克补充道,真是帮了大忙,"一年零八个月前。"

"对不起。"玛利亚柔声说。

庞特微微点了点头,"她的血液里,那些细胞,它们变了……"

"白血病。"玛利亚说出了这个词。

"我每个月都会想她。"庞特说。

有那么一会儿玛利亚在想,哈克是不是翻错了,庞特肯定是在说,他每天都会想克拉斯特。"父母现在都不在了……"

"是啊，"庞特说，"当然，婕斯梅尔现在已经是个成年人了，所以她……"

"所以她有投票权之类的？"玛利亚问。

"不不不，哈克是不是算错了？"

"我绝对不可能把数算错。"哈克用女声说。

"婕斯梅尔想投票还早呢，"庞特说，"连我也还早。"

"在你们的世界里，人们要多大才能有投票权？"

"你至少要见过六百七十七轮月亮，我们的平均寿命是一千月左右，那大约是到生命周期三分之二的时候。"

哈克显然是想驳斥别人对自己数学不好的认识，于是连忙提供数据来支持对话："也就是说，我们要到四十一岁才能投票，平均寿命是七十七岁，虽然许多人的寿命要比这个时间久得多。"

"在安大略，人们十八岁就可以开始投票了，"玛利亚说，"也就是出生十八年后。"

"十八年，真是疯了！"庞特惊叫。

"我知道的所有地方投票权都不会晚于二十一岁。"

"这很能说明你这个世界的情况，"庞特说，"在我们这里，只有等人积累了足够的智慧与经验后，才会让他们参与塑造政治形态。"

"但如果婕斯梅尔不能投票，那怎么界定她已经成年了？"

庞特微微耸了耸肩，"我觉得成年这个定义在我们的世界里可能不如你们那么明显。不过人们过了二百五十月，就要自己承担法律责任了,同时也准备成立自己的家庭。"他摇了摇头,"我希望我能让婕斯梅尔和梅嘎梅格知道我还活着,还在思念她们。如果我不能回家,那我愿意付出一切,来换一个向她们发送信息的机会。"

"那你真的就没法回家了吗?"玛利亚问。

"我看不到能回去的希望。噢,或许等这里造出量子计算机后才有可能,这样一来,把我带到……传送到……这里的情况才能被精确重现出来。但我是个理论物理学家,对于如何制造量子计算机,我的认识很模糊。但当然了,我的搭档阿迪克知道怎么造,可我没办法联系到他。"

"你肯定很沮丧。"玛利亚说。

"对不起,我不是想把自己的问题说成是你们的错。"

"没事的,"玛利亚说,"那……我们又能帮你什么呢?"

庞特发出了一个尼安德特语中的音节,听上去显得有些悲伤。哈克把它翻译成了:"没有。"

玛利亚想让他振作起来,"我们不会隔离太久,等我们出去后,你可能可以到处转转,看看风景。萨德伯里是个小城,但——"

"小城?"庞特惊呼,那双深埋的双眼睁得大大的,"但……我不清楚这里有多少人,但感觉至少有一万个。"

"萨德伯里市区大约有十六万人。"玛利亚说,这是她从酒店房间里的旅游手册里看来的。

"整整一百六十个千!"庞特重复道,"而这还只是个小城? 玛,你是不是从其他城市来的? 生活在另一个小镇上? 你住的那个地方有多少人?"

"多伦多市内有二百四十万人,以多伦多市为中心的大片连续市区组成了大多伦多地区,那里的人口大约有三百五十万人。"

"三百五十万?"庞特难以置信。

"差不多。"

"这里有多少人?"

"你是说全世界的总人数?"玛利亚问。

"对。"

"六十亿出头吧。"

"十亿是不是……一千个一个百万?"

"你说得对,"玛利亚说,"至少在北美和英国——不不不,我错了,你说得对,十亿就是一千个一百万。"

庞特倒在椅背上,"这个数量……真的太惊人了。"

玛利亚扬起眉毛,"你的世界里有多少人口?"

"一百八十五个百万。"庞特说。

"为什么这么少?"玛利亚问。

"为什么要那么多?"庞特反问。

"我不知道,从来没想过。"

"你们没有——在我的世界里,我们知道如何避孕。或许我可以教你们……"

玛利亚面带微笑，"我们也有自己的方法。"

庞特扬起眉毛，"可能我们的方法更好？"

这引得玛利亚大笑起来，"有可能。"

"你们的食物够养活六十亿人吗？"

"我们的食物以植物为主，主要种植的作物是"——这时，哈克发出"哔"的一声，在交谈时，一旦遇到不在数据库里的单词，而且也无法从语境中分析出含义时，哈克就会发出这样的声音——"我们会专门培育它们。我注意到，你似乎不怎么喜欢面包，"——又是一声"哔"——"唔，种植谷物作为食物，不过我们主要吃的还是面包和大米。"

"你们成功用植物喂饱了六十亿人？"

"呃，这个嘛，也不完全是。"玛利亚说，"还是有五亿人没有足够的食物。"

"太糟了。"庞特的评论很简单。

玛利亚无法否认这点。但她开始意识到，到目前为止，庞特所接触到的也只是这个世界的极小部分，而且都是较好的一面。他看过一点电视节目，但还不足以开拓他的视野。不管怎样，庞特看来是得在地球上度过余生了。需要有人告诉他战争，还有犯罪率、污染、奴隶制——那些人类历史中遍布血泪的种种往事。

"我们的世界是个复杂的地方。"玛利亚这么说，就像是在为这些挨饿的人找借口。

"我也看到了，"庞特说，"虽然我们之前有很多人种，但现在只剩一个了。但你们似乎有三四种。"

玛利亚轻轻地摇了摇头。"什么意思？"她问。

"你们的世界里有几种不同的人。你显然是其中一种，鲁本是另一种，而那个帮忙救下我的人，可能是第三种。"

玛利亚露出微笑，"这些可不是不同的人种。在我们的世界里也只有一种人类，就是智人。"

"你们之间可以生育吗？"庞特问。

"可以。"玛利亚说。

"那后代也能生育吗？"

"可以。"

庞特皱起眉，"你是遗传学家，我不是，但……我想问……如果你们的人种间没有生殖隔离，那人与人之间为什么又有那么多差异？为什么随着时间的推移，人类的外貌没有变得相似，变成一种包含了各种外貌特征的混合体？"

玛利亚沉重地叹了口气。她没想到自己那么快就遇上了棘手的问题。"这个嘛，嗯……在过去，不是现在，你应该能理解，但……"她咽了口口水，继续道："其实也没那么久，但过去有段时间里，同一个种族的人们"——又是一记"哔"的声音；看来又发现了一个不能根据上下文翻译出的词——"或者说某种肤色的人，和另一种肤色的人联系并不多。"

"为什么?"庞特问。这个简单的问题,真的,就是这样一个简简单单的问题……

玛利亚耸耸肩,"这个嘛,肤色差异最初是因为人类存在地理隔离,但之后……之后,限制人与人交流的原因,却是无知、愚蠢与仇恨。"

"仇恨。"庞特重复道。

"没错,不好意思。"她又耸了耸肩,"我的种族里存在许多我愧于面对的过往。"

庞特沉默许久,最后终于开口了,"我一直都对你们的这个世界感到好奇。我在医院里看到头骨的照片时就觉得惊讶。我见过这样的颅骨,但在我的世界里,它们只能在化石记录中见到。所以我第一次意识到这是头骨,而且还属于活生生的人时,心里感到非常惊讶。"

他又停了下来,看着玛利亚,好像还在因为她的外表而感到不安。玛利亚在椅子上动了动。

"我们对你们的肤色情况一无所知,"庞特说,"发色也一样。在我生活的世界里"——"哔";之所以会发出这个声音,是因为在机侣所掌握的英语中,还没有与之对应的词,所以就只能用"哔"来代替了——"知道这些差异后会很惊讶的。"

玛利亚微笑道:"不过这一切也不都是自然形成的,比如我的头发,它生来其实不是这个颜色。"

庞特看上去很惊讶，"它真正的颜色是什么样的?"

"有点类似浅棕色。"

"你为什么要改变它?"

玛利亚耸耸肩，"为了表达个性，而且——好吧，我虽然说它是棕色的，但其实当中还掺了点灰色，我不喜欢灰色的头发，很多人其实也和我一样。"

"我们年纪大了，头发也会变灰。"

"我们也是一样，大家的头发生来都不是灰的。"

庞特又皱起眉，"在我们的语言里，用来描述通过经验习得的知识，以及头发所变化的颜色，这两者其实是同一个词：'灰色'我无法想象有人居然想要隐藏这个颜色。"

玛利亚又耸了耸肩，"我们做的很多事背后也没什么意义可言。"

"这句话倒是真的。"庞特说，罢了，他沉默着，好像在思考要如何继续，"我们一直在想，如果你们还……存在于我们的世界，又会是怎么样。不好意思，我不是想让你"——"哗"——"但你肯定知道，你们的脑容量要比我们小。"

玛利亚点了点头，"平均大概小10%，如果我没记错的话。"

"而且你的体格看起来更弱。根据你们骨头上肌肉附着的痕迹来看，你们肌肉的体量应该只有我们的一半。"

"这数据是差不多。"玛利亚点了点头。

"另外，你也说过自己无法与他人相处，就算是同类也不行。"

玛利亚又点了点头。

"在我们的世界里，也有可以证明这点的考古证据，"庞特说，"那边有个接受程度较高的说法是，你们是因为自相残杀才导致了灭绝……所以你看，你们也没那么有智慧……"庞特再次低下头，"我要再次和你道歉，我不是故意让你难过的。"

"没事。"玛利亚说。

"我相信这些事还有更好的解释，"庞特说，"我们对你们知之甚少。"

"从某种程度上看，知道事情的另一段走向，知道我们在另一个世界并不能走到终点，或许是件好事。它能提醒我们现在的生活是多么珍贵。"

"这不是很明显吗?"庞特惊讶地睁大双眼，问出了这句话。

第三十一章

阿迪克终于迈着悲伤的步伐，缓慢穿过大门，离开了议会大厅。都疯了吧——疯了！他失去了庞特，老天觉得这好像还不够令人绝望，于是现在的他还要面对终审裁决。阿迪克目前对整个司法体系还只有个模糊的概念和认知，但不管他之前对司法系统抱有多少信心，现在也都被砸得粉碎。为什么要让一个无辜而又悲痛的人承受这么巨大的伤痛？

阿迪克沿着长长的走廊走着，墙上挂着一排方形画框，里面都是之前就任的大审判长，正是这些男士与女士共同构筑了现代法典所遵循的准则。他们的脑海中真的有想过，有一天在这个体系下，会上演这场闹剧吗？他继续往前走，对偶尔从自己身边经过的人并没有太在意……直到一抹橙色映入他的眼帘。

波尔贝站在走廊尽头，还穿着原告的那件衣服。她之所以还在议会大楼中逗留，或许是为了躲避曝录者，现在刚准备出去。

阿迪克根本来不及细想,回过神来,才发现自己正在沿着走廊一路朝着她奔去。苔藓地毯给他提供了缓冲。眼看波尔贝就要迈出走廊尽头的门,进入午后的阳光下,他终于赶上了她,"达卡拉!"

达卡拉·波尔贝转过身,一脸惊诧。"阿迪克!"她惊呼,双眼圆睁,然后提高音量,"不管是谁,那些负责监视阿迪克以履行终审裁决的各位请注意!他正在朝我,也就是案件的原告冲来!"

阿迪克缓缓地摇了摇头,"我来这儿不是为了伤害你的。"

"但据我所见,"波尔贝说。"你的言行好像也不总是一致。"

"那是很久前的事了,"阿迪克说,他故意用了这个说法,来强调时间的长短,"我之前从来没打过别人,之后也不会打任何人。"

"但你的确做过那件事,"波尔贝说,"你无法控制情绪,你放任自流,你痛下杀手!"

"不!没有!我从来都没想过要伤害庞特。"

"我们不能交谈,我得走了。"波尔贝说罢,准备转身离开。

阿迪克伸出手,抓住了波尔贝的肩膀,"不,你等下!"

她转身看他时,脸上露出了惊惶的表情,但很快用另一种表情遮掩了下去,意味深长地看着他的手。阿迪克把手拿开。"求你了,"他说,"求求你告诉我为什么,你为什么对我抱有那么多恶意?我们认识了那么久,我从来就没害过你。你肯定知道,我爱庞特,而他也爱我。他肯定不想看到你对我这样穷追猛打。"

"别在我面前装无辜。"波尔贝说。

"但我就是无辜的！你为什么要这样？"

但她只是摇了摇头，转身，然后迈步向外走去。

"为什么？"阿迪克在她身后喊道，"为什么？"

"我们能不能谈谈你的族人？"玛利亚对庞特说，"我们目前只有尼安德特人的化石可以研究，而且在很多事上都有争议。举个例子：你们突出的眉脊是干吗的？"

庞特眨了眨眼，"可以为双眼遮挡阳光。"

"真的？"玛利亚说，"这个理由听着挺合理，但为什么我们没有这样的结构？我的意思是，尼安德特人来自欧洲，我们的祖先则来自非洲，你觉得哪里的阳光更强呢？"

"我们研究格利克辛人的化石时，也在思考这一点。"庞特说。

"格利克辛人？"玛利亚把这个词重复了一遍。

"在我们的世界里，格利克辛人的化石和你们各方面最为相近。格利克辛人没有眉脊，所以我们就猜他们是夜行性的。"

玛利亚微笑起来，"我猜，如果只看骨骼上的痕迹来得出结论，那许多都是错的。我来考考你：你觉得这是干什么用的？"她用食指指了指自己的下巴。

庞特的表情看起来很不自然，"我现在知道自己的答案是错的了，但是……"

"嗯？"

庞特伸手捋了捋自己的胡子,露出没有下巴尖的下颚,"我们没有这个突起,所以我们之前猜的是……"

"是什么?"玛利亚问。

"我们之前猜,它是某种防止唾液流出来的生理结构。你们的口腔容积很小,所以我们觉得唾液肯定会不断流出来。而且,你们的脑容量也比我们小,再加上,呃,那些有智力障碍的人们也经常会流口水……"

玛利亚大笑起来,"太好笑了!"她说,"但说到下巴,你的下巴怎么了?"

"没什么,"庞特说,"和之前一样啊。"

"我见过你之前在医院拍的X光,"玛利亚说,"你的下颌骨,也就是下巴这块地方,有全方位整形的痕迹。"

"哦,你说这个,"庞特的声音里像是有点愧疚,"我的脸上好几百个月前挨了别人一下。"

"对方用什么东西打你的?砖头吗?"

"是拳头。"

这回轮到玛利亚惊掉下巴了,"我知道你们尼安德特人很强壮,但——嚯,只用拳头就能把你打成这样?"

庞特点点头。

"你没死真是运气好。"玛利亚说。

"运气都好——除了我之外,还有那个打我的人。"

"为什么那人要打你?"

"就是一场愚蠢的争执吧,"庞特说,"当然了,不管怎么样他都不应该动手,而且他事后和我道歉了很多次。对这件事,我也选择不再追究;如果我继续查下去,他会被判谋杀未遂的。"

"他真的能用一拳要了你的命?"

"噢,当然。我当时反应快,把头抬了起来;这就是为什么他这一拳只打到了我的下巴而不是正中我的面心。要是他当时打中了那儿,那我的头骨都会陷进去。"

"我的天!"玛利亚惊道。

"他那时很生气,不过是我惹他的。所以我和他都有错。"

"你们有没有——有没有可能,赤手空拳就把另一个人给杀了?"玛利亚问。

"当然,"庞特答道,"当我从背后接近受害者的时候更容易。"他十指交叉,举起双臂,然后假装用握在一起的双拳砸下去,"这样照着对方的头来一下,就能把他的脑袋砸得粉碎。而要是我朝某个人的胸口结结实实地来上一拳,可能会直接打爆对方的心脏。"

"但……但……我不是想冒犯你,猿猴也很强壮,但是它们很少在打斗中互相残杀。"

"它们在互相争夺控制权时的打斗更多是仪式性的,动作是出于本能,一般也只是互相用手扇对方,说到底,其实是一种表现性的行为。但黑猩猩的确会互相残杀,不过它们用的武器主要是牙齿,只有人才能十指握拳。"

"喔……我的天,"玛利亚发现这句话自己已经说了好几遍,但她实在想不出什么更好的词来描述自己现在的感受,"这里的人类一直都在打来打去。有些人甚至还为此发明了体育运动:比如拳击和摔跤。"

"疯了吧。"庞特说。

"这个嘛,我同意,没错,"玛利亚说,"但他们很少自相残杀。我的意思是,人类几乎不可能赤手空拳地杀掉同类。至于为什么,我猜还是因为我们不够强壮吧。"

"在我的世界里,"庞特说,"挥拳就等于杀人。所以我从来不会打架,只要是暴力,就可能会致命,所以我们干脆就禁止了。"

"但你之前就遭受过暴力。"玛利亚说。

庞特点点头,"这是很久之前的事了,我那时候还是科学院的学生,争论起来的时候也只有年轻人才会这样,好像输赢很重要。我能发现那个和我吵架的人已经开始有生气的苗头了,但我依然对着他生气的点不断施压,于是他就……做出了不好的行为,但我原谅他了。"

玛利亚看着庞特,想象他把另半张狭长且颧骨高凸的脸颊转向那个打过他的人。

阿迪克让他的机侣叫了一个旅行块,把自己送回家。现在他独自坐在后院里的木台上,研究着法律流程。就算真的有人在监测机侣的传输信号,他也能用它来吸收整个世界所累积的知识,并将结果传到数据板上方便阅读。

阿迪克的女伴露特立刻就同意在终审的时候为他辩护,这次她也被允许传唤目击证人。但就算她和别人可以证明阿迪克的性格并非如此,还有他和庞特的关系很稳定,似乎也不太能说服审判长萨德和其他审判者宣判他无罪。所以阿迪克开始深挖司法史,寻找其他涉及谋杀但并未发现尸体的案件,希望能找到之前的案例来帮助自己。

他发现的第一个类似的案件要回溯到第17代,被告名叫达斯塔,据称他偷偷潜入中央区,谋杀了自己的女伴,但别人从未发现过她的尸体。她就这么突然消失了。于是终审判决规定,若是未能发现尸体,那就不能说是谋杀。

阿迪克这个发现让他心里一惊,直到他读到了后面的内容。

庞特和阿迪克在后院摆着的椅子都是普通的那种,甚至都有点脆弱。这是庞特坚信阿迪克已经被治愈的体现,相信他的情绪不会再度爆发,实施暴力行为。但阿迪克现在特别沮丧,一拳把椅子的扶手砸得稀碎,木片飞得到处都是。因为他从数据板上读到:只有十代内的案例才能具备法律效力;正如《文明法典》上所言,社会总是在进步,因此那些发生在很久之前的事对当下的人们而言参考价值不大。

阿迪克继续查找资料，终于发现了另一个复杂的案例，那是一百四十代发生的事，就在八代之前。一名男子被控谋杀另一名男子，原因是被害人的家造得离凶手太近。但人们同样没有发现尸体。在那个案件里，终审裁决认为，没有发现尸体满足撤销指控的条件。这鼓舞了阿迪克，只是——

只是……

140代，也就是大约一千一百月和九百八十月之间，大约在八十九到七十九年前，但机侣开始使用的时间只在不到一千月前；千月纪念活动即将举行。

这起140代的案件发生时机侣已经投入使用了吗？阿迪克带着这个问题继续读下去。

还没有！烂骨头！波尔贝肯定会说，这两起案件没有可比性。当然了，她肯定会说，在过去的黑暗时代，也就是伟大的朗维斯·特洛波解放众人之前，尸体——甚至是活人，都很容易失踪，但是那些无法记录被告行为的案件与这种被告刻意隐藏行为记录的案件之间，其实并没有什么可比性。

阿迪克继续搜索更多资料。

他很快想到，如果有人专长于代替他人解决法律问题，那对他来说肯定方便得多，而且这项工作也会是个有用的贡献。他当然乐意和某个熟悉这个领域的人交换劳力，这样对方就能帮他做研究了。但不行，这个想法不好。如果真的有全职从事这类法律咨询的人，那类似的案件肯定会激增，而且——

巴伯突然开始声嘶力竭地朝着屋外狂吠。阿迪克抬起头，一如他这些天常做的那样，他的心狂跳不止。有没有可能？可能吗？

但不是，不是他希望的那样。当然不是了。而且来的还是个阿迪克不愿意见到的人：那是年轻的婕斯梅尔·凯特。她在离阿迪克十步之遥时说道："日康。"

"日康。"阿迪克应道，试着让语调保持平稳。

婕斯梅尔坐在另一把椅子上，那原来是她父亲的椅子。巴伯和婕斯梅尔很熟，这条大狗在合欢日经常去城中和他们见面，这会儿看到一张熟悉的脸，显然很高兴。巴伯嗅了嗅婕斯梅尔的腿，婕斯梅尔也挠了挠大狗头顶上那丛红棕色的毛。

"你的椅子怎么了？"婕斯梅尔问。

阿迪克看向一边，"没什么。"

婕斯梅尔显然决定不再揪着这个点不放；毕竟发生了什么已经显而易见了。"露特决定为你辩护了吗？"她问。

阿迪克点点头。

"很好，"婕斯梅尔说，"我肯定她会尽力的。"然后她沉默了一会儿，然后看着破损的椅子，"但是……"

"没事，"阿迪克说，"但是什么？"

婕斯梅尔看着外面的郊野，一头猛犸象正在远处的草地上漫不经心地散步。"现在，整起案件已经进入终审裁决，我父亲的档案块已经移动至从属于死者的北翼了。达卡拉整个下午都在查阅档案块的内容,准备全力对付你。当然了,原告为了死者说话,这是她的权利。但我还是坚持让她带我一起浏览了庞特的远程档案。我看了你和父亲在他失踪前几天的档案。"她把目光又投在了阿迪克身上,"波尔贝看不出来,因为她单身了很久。不过,好吧,我之前不是和你说过,有个小伙子对我有意思吗?虽然你说我还没到能与他人结合的年龄,但我也领略过真爱的甜蜜——所以我知道,你对我的父亲是真爱。尤其是看到了你望着他的样子,我实在无法相信你会做出任何伤害他的事。"

"谢谢。"

"那……你马上就要上终审法庭了,有什么我能帮你准备的东西吗?"

阿迪克难过地摇摇头,"现在真的有什么东西能救我和我的亲人于水火吗?"

第三十二章

第六天

八月七日,周三

148/103/29

新闻搜索

关键词:尼安德特人

《花花女郎》杂志给庞特·博迪特写了封信,问他是否愿意拍摄

裸照……

"最重要的问题是,他有灵魂吗?"洛杉矶救世主堂的牧师彼得·

唐纳德森问,"我的答案是,不,他没有……"

"我们相信,加政府之所以匆忙承认庞特的公民地位,是想算好

时间,让他代表加拿大参加下届奥林匹克运动会。我们呼吁国际奥委会下达明确禁令,禁止智人种以外人种参加比赛……"

来件 T 恤吧:上面印有庞特·博迪特的肖像,有 S、M、L、XL、XXL 以及尼安德特人的专属尺码可供选择!

位于纽伦堡的德国怀疑论组织近日宣布,人们缺乏合适的理由去相信庞特·博迪特来自平行宇宙。该组织的总干事卡尔·冯·斯莱格说:"这个解释是最不可能的,除非排除了其他所有可能性后才有可能。"

骑警近日逮捕了三位试图潜入鲁本·蒙塔戈医生位于莱弗利的房子的嫌疑人,莱弗利是一个离萨德伯里约有十四公里的小镇,尼安德特人就在那里接受隔离……

打发时间的方式有很多,露易丝和鲁本想到的却是最老的一种。玛利亚没怎么在光下仔细打量过鲁本,但现在她有了机会,才意识到他其实长得还挺帅。虽然玛利亚不太喜欢他的寸头,但鲁本的五官的确不错,线条硬朗,笑容灿烂,双目充满智慧,身材颀长,肌肉优美。

哦,对了,他的口音也不错,但这还不是重点。后来他才表现出,自己的法语也很流利,这就意味着他能用露易丝的母语和她交谈。另外,从他家里的情况看,他赚的钱肯定也不少——这也正常,毕竟他是个医生嘛。

玛利亚的妹妹肯定会说他是个理想的对象。当然了,玛利亚经历的事情多了,她明白,一旦隔离结束,那鲁本和露易丝的这段情很可能也就到头了。但这也让玛利亚觉得很不舒服,并不是因为她是个故作正经的女人;虽然她年轻时就接受天主教的教育,要成为一个好女孩,但她还是愿意觉得自己不是那样的人。她之所以会这么想,主要是怕庞特可能会对这个世界的男女关系产生错误印象,她觉得,庞特可能会认为鲁本应该和自己在一起,但她现在最不想要的就是男性的关注。

不过露易丝和鲁本之间燃起的情愫的确给她和庞特创造了很多独处的机会。只过了一天,事情就已经发展成了这样:鲁本和露易丝两人大部分时间都在楼下的地下室里,欣赏鲁本庞大的电影收藏,而玛利亚和庞特一般都在一楼。另外,鲁本和露易丝现在开始同床共枕,他们自然就和庞特交换了那张双人床的使用权。玛利亚不太清楚鲁本是怎么让庞特和他们换地方睡的,不过现在他的新居就是鲁本楼上办公室里的沙发,客厅则全归玛利亚了。

周日,玛利亚有时会去做弥撒。她这周本来可以的,但是没去,因为疾控中心周日晚上才宣布对他们实施隔离。不过她现在有点后悔自己错过了。

好在电视里有弥撒转播;画面上是罗马天主教每天在多伦多某教堂中的礼拜仪式。鲁本除了地下室里有一台他和露易丝正在用着的电视外,楼上的办公室里还有一台。玛利亚走到楼上办公室里,观看正在转播的弥撒。牧师穿着鲜绿色的法衣,他有一头银灰色的头发,但眉毛还是黑色的,他的脸则让玛利亚想起了骨瘦如柴般的美国演员吉恩·哈克曼。

"……我主基督的荣耀与安宁,圣父之爱和圣灵与你们众人同在。"电视屏幕下方的字幕显示,这位正在诵念祷词的牧师名叫德弗瑞思。

玛利亚坐在庞特今晚当床睡的沙发上,跟着牧师的动作。"耶稣受遭至此,治愈忧伤痛悔者,"德弗瑞思诵念道,"愿上帝怜悯世人。"

"愿上帝怜悯世人。"玛利亚和电视里的其他人一同重复。

"他在圣父宝座的右边为我们祈求。愿上帝怜悯世人。"[①]

"愿上帝怜悯世人。"

"愿全能的上帝怜悯我们所有人,"德弗瑞思说,"宽恕我们的罪,带给我们永恒的生命。"

"阿门。"会众称颂道。

接下来,一名身穿紫色长袍的短发黑人女性开始诵经,选段出自《耶利米书》,在她身后,是一扇美丽的玻璃花窗,上面装饰着头顶光环的耶稣与十二使徒,圣母玛利亚在一边望着众人。今天为什么

---

① 在上帝的右侧即为获得荣誉的一侧。

要听弥撒,玛利亚自己对这个问题也不太清楚,毕竟她不是那个需要上帝来宽恕罪孽的人……

管风琴响起,一个年轻的男人开始唱歌:"耶和华,我的神啊,用你坚定不移的慈爱来拯救我……"

玛利亚没有做错任何事。她只是受害者。

圣餐仪式继续进行,牧师此时开始诵读《路加福音》:"愿这两个孩子在你的国里,一个坐在你右边,一个坐在你左边……"

玛利亚当然知道牧师引用的故事,说的是一个女人遇到了前往耶路撒冷的耶稣,然后上前祈求;她知道祷词的上下文,但这些话还是在她的脑海中回荡:"这两个孩子……一个坐在你右边,一个坐在你左边……"

有没有可能是这样?这话其实是在说两个人种平静地生活在一起。该隐是农夫,种玉米。亚伯是肉食主义者,放羊是为了杀来吃。但该隐杀了亚伯……

牧师现在开始倒葡萄酒。"上主,万有的天主,你赐给我们饮料,我们赞美你;我们将这葡萄树和人类劳苦的果实——葡萄酒呈献给你,使之成为我们的精神饮料。

"各位兄弟与姐妹,让我们一起祈祷……

"全能且强大的神,我们赞美你的子,耶稣基督,他奉你的名而来……

"我们天上的父,我们四处游荡,远离你的存在,但在你的儿子的帮助下，我们得以找到回来的路……

"我们祈求借你的神力，将这些祭礼变为圣物……

"你们大家拿去吃，这就是我的身体，将为你们而牺牲……

"你们大家拿去喝，这就是我的血，新而永久的盟约之血，将为你们和众人倾流，以赦免罪恶……"

玛利亚希望自己就是教众中的一员，可以参领圣餐。仪式结束后，她又比了个十字才站起来。

这时她才看见庞特·博迪特，对方静静地站在门边看着这一切，没有下巴尖、长满胡子的下巴惊讶地张大着。

第三十三章

"那是什么?"庞特问。

"你在那里站了多久?"玛利亚质问他。

"有一会儿。"

"你为什么没告诉我?"

"我不希望打扰你,"庞特说,"你当时好像……全情投入在屏幕上播放的事情里。"

好吧,玛利亚想,从某种程度上看,霸占了庞特的房间的人的确是她;她就坐在庞特睡觉的地方。庞特现在大大咧咧地走进鲁本的办公室,朝着沙发走去,看样子想坐在她边上。玛利亚迅速挪到沙发另一头,靠着沙发一侧的扶手,离庞特远远的。

"我又想问你,"庞特问,"那是什么?"

玛利亚耸耸肩,"教堂礼拜。"

庞特的机侣哔哔地响了起来。

于是玛利亚解释道："教堂，呃，就是祭拜用的大厅。"

哔哔声又响了。

"宗教。祭拜上帝。"

她解释完，哈克就用女性的声音插话道："玛尔，不好意思，我一点都不懂这些东西的意义。"

"上帝，"玛利亚重复道，"就是宇宙的造物主。"

庞特有那么一会儿的脸上还没什么表情，但现在可能是听完了哈克的翻译，那双有着金色瞳孔的眼睛睁得大大的。他用自己的语言说话，哈克负责用男性的声音翻译："这个宇宙没有造物主，它本来就存在。"

玛利亚皱起眉。她觉得，如果露易丝从地下室里出来了，应该会很乐意向庞特解释宇宙大爆炸理论。但她只是简单地说了句："我们不是这么想的。"

庞特摇摇头，但显然是不打算继续讨论了，不过他又问了一个问题，"那个男人，"他边说边指着电视，"说到了'永恒的生命'。你们是不是找到了永生的秘密？我们有生命延续领域的专家，他们长期寻找这个问题的答案，但——"

"不是，"玛利亚说，"不是这个意思，他指的是天堂。"然后她伸出手，做了个阻止的动作，成功避免了哈克的哔哔声，"那是个我们都希望能在死后继续存在的地方。"

"这是自相矛盾的。"哈克迅速的处理速度让玛利亚吃了一惊。因为庞特实际上用自己的语言说了很多话,大概是什么"如果深究其定义看,这两者是矛盾的"。但机侣意识到,尽管在尼安德特人的语言里没有更简短的说法,但英语里有。

"这个嘛,"玛利亚解释道,"地球上,我是说这个地球上,也不是所有人都相信有来世的。"

"那大部分人相信?"

"呃……我猜是的。"

"那你信吗?"

玛利亚皱起眉,思考了一会儿,"我觉得自己是相信的。"

"依据是什么呢?"庞特问。他用尼安德特人的语言提问时语调很中性,他不想表现出嘲讽的情绪。

"呃,他们是这么说……"她的声音越来越轻。为什么她会相信这个?她是个科学家、理性主义者、有逻辑的学者。当然了,在她接受生物学知识之前,宗教的教导就已经灌输到她脑海里了。最后她还是耸了耸肩,因为她知道自己的答案并不算完整,"是《圣经》里写的。"

哈克哗哗叫了起来。

"《圣经》,"玛利亚重复了一遍,"就是一种经书。"——哗哗——"神圣的文字。"——哗哗——"一种用于道德教化,且被世人敬畏的文本。书的第一部分,不仅我们这类叫作基督徒的人相信,另一个主要的宗教流派，也就是犹太教也相信。但第二部分只有基督徒相信。"

"为什么？"庞特问，"第二部分怎么了？"

"第二部分说的是耶稣，也就是上帝的儿子的故事。"

"啊，没错，电视里的男人说到过他。可——可是这个宇宙的造物主怎么会有个人类的儿子？那上帝也是人咯？"

"不不，上帝是无形的，没有实体。"

"那他怎么能……"

"耶稣的母亲是人类，处女玛利亚。"她顿了顿，"从某种程度上说，我的名字就来源于她。"

庞特轻轻摇了摇头，"不好意思；哈克表现得很不错，但这里显然出了点问题。我刚刚听自己的机侣翻译，发现你前面提到了一个词，用来表示那些从来没有发生过性行为的人？"

"没错，处女。"玛利亚说。

"但处女怎么可能做母亲？"庞特问，"这是另一个——"然后玛利亚听见他说了一大串单词，和哈克之前说到"自相矛盾"时说的话相同。

"玛利亚怀上耶稣前并没有发生性行为。上帝通过某种方式，直接将耶稣放入了她的子宫。"

"而你提到的另一个教派……是犹太教吗？他们拒绝相信这个故事？"

"对。"

"那他们看起来倒是……没那么荒谬。"他看着玛利亚，"你相信吗？相信耶稣降生的故事吗？"

"我是基督徒，是耶稣的信众。"玛利亚说这话既是为了向自己强调，也是为了向庞特强调。

"我明白了，"庞特说，"而且你也相信人死后会继续存在？"

"这个嘛，我们相信人的真正实质是灵魂"——哔——"那是人变成的无实体的状态，人死后，灵魂有两个地方可以去，人的实质就会在那里继续生活。如果某人生前为善，那灵魂就会升入天堂，那是一处乐园，上帝就在那里；而如果某人生前作恶，那灵魂就会堕入地狱"——哔哔——"受到折磨"——哔哔——"永远遭受痛苦。"

庞特听完沉默了很久，玛利亚试图从他那些大号五官上读出些什么。最后他说话了："我们——我的族人——不信有来世。"

"那你们觉得死后会发生什么？"玛利亚问。

"那些人去世后当然什么事都不会发生。他们不再继续存在于这个世界上了，完全又彻底。他们只会永远消失，再也回不来了。"

"真是太糟了。"玛利亚说。

"真的？"庞特问，"为什么？"

"因为他们离开后，你们还需要继续生活。"

"那你们可以和身处来世的人联系吗？"

"呃,不行。我不行。有些人说他们可以,但他们的说法从来没被人证实过。"

"惊到我了,"庞特说,玛利亚在想,哈克到底是从哪儿学的这句话?"但如果你没办法接触到来世,也就是人死后的世界,那你为什么又会相信它存在呢?"

"就像我从未见过你所在的平行宇宙,"玛利亚说,"但我还是相信它的存在。也好比你之后再也不能见到那个世界了,但你还是相信它在那里。"

哈克再次用简明扼要的词阐明了复杂的含义。"一针见血。"这个词简练地把庞特说的六七个词都总结了。

但庞特分析的内容却让玛利亚更加震撼,"我们相信,道德源自宗教,源自对至善信仰,源自对诅咒的,呃,我猜是恐惧吧,害怕死后被送入地狱。"

"换句话说,你们为善只是因为害怕不这么做所带来的惩罚。"

玛利亚歪着头,对他的观点表示认可。"这就是帕斯卡的赌注①,"她说,"看,如果你相信上帝但他不存在,你只损失很少的东西;如果你不相信上帝但他却存在,那你死后就可能面临着永恒的折磨。鉴于此,成为信徒是最谨慎的选择。"

"啊!"庞特说,他的感叹词和自己的语言相同,所以不用哈克

————————

① 十七世纪法国哲学家、数学家、物理学家布莱兹·帕斯卡提出的一项哲学论证。

帮忙翻译。

"但你看,"玛利亚说,"你还是没回答关于永恒的问题。如果你们不相信上帝,不相信死后会有奖惩,那要靠什么来驱动道德?庞特,我和你相处的时间不算少,我知道你是个好人,但这种善意是从何而来的呢?"

"我之所以这样做,是因为这样做是对的。"

"按谁的标准?"

"按我们的标准。"

"但这些标准又是哪来的?"

"是因为……"然后庞特瞪大双眼,起伏的眉骨下是两只巨大的眼球,像是神明显灵——换成日常的说法,就是他好像顿悟了,"是因为我们相信死后没有来世!"他兴奋地宣布,"这就是为什么你们的信仰让我很困惑;我现在明白了。我们的观念简单直接,也符合所有观察到的情况:人死亡后,他的生命就结束了;人们也没有再与他和解或者修补过错的可能;人们也不可能因为自己生前遵循道德规范,死后就住在天堂里,而不在乎现在的生活。"他停了下来,上下打量着玛利亚的表情,显然是在寻找她听懂与否的迹象。

然后他继续说:"你明白吗? 如果我对某人做了错事,如果我对他们说了什么刻薄的话,或者……我不知道,或许拿走了属于别人的东西,那在你们的世界观里,我可以自我安慰说,我还可以在他们死后联系到他们;所以还是可以做出补偿的。但在我的世界观里,死亡会随时降落在人们身上,比如发生意外或者心脏病发作。那些犯错的人必须在此后的人生中都记着,那个人已经彻底离开了,而你则永远失去了向他们弥补过错的机会。"

玛利亚思考着他说的话。没错,有些奴隶主忽略了这点,但肯定还有些人良心未泯,他们生在一个买卖人口的社会,心里肯定受到了良心的谴责……那他们是否会用这个信念自我安慰?觉得那些遭受不公待遇的人会在死后得到补偿?没错,纳粹军官们都是邪恶的化身,但又有多少普通士兵在遵照命令屠杀犹太人之后,还借由那些死去的受害者此刻已经升入天堂为名,来让自己安然入睡?

也不一定得扯到这么宏大的事上。上帝是伟大的补偿者,如果你活着的时候遭受不公,那死后就会得到补偿——这就是父母把自己的孩子送入数不清的战争中的原因。你有没有毁了别人的生活,没关系,因为那个人会进入天堂。噢对了,你自己可能会进地狱,但从更长远的角度看,你对他们的伤害也不算什么真正的伤痛。现世不过是序幕,永恒的生命还在后面等着我们。

说真的,上帝在永恒的存在里会补偿她受到的一切伤害。

而那个混蛋!那个袭击她的畜生!则会遭受烈焰的煎熬。

所以她藏着没有报案其实也没关系,因为他永远都无法逃脱最后的审判。

但是……但是……"但是在你的世界呢?你们如何处置罪犯?"

哔哔。

"就是破坏法律的人,"玛利亚说,"那些蓄意伤害别人的人。"

"啊,"庞特恍然大悟,"我们现在不怎么有这方面的问题了,在好几代之前,我们就已经从基因库中清理掉了大部分坏的基因。"

"什么?"玛利亚惊呼。

"在我们的世界里,犯下重罪的人会接受绝育手术。而且不单单是犯人,那些与他遗传信息相似度过半的人,比如他的兄弟姐妹以及父母后代都会接受惩罚。这样一举两得。首先,它从我们的社会里清除了那些坏的基因,而且——"

"你们不是农耕社会,为什么会偶然发现遗传规律? 我的意思是,我们是通过植物和动物育种才发现的。"

"我们或许没有专门将动植物养来做食物,不过倒是有驯化狼来帮助我们捕猎。我就有只爱犬,叫巴伯。狼的繁育情况很容易控制,而且选育后的性状也很明显。"

玛利亚点点头,这些话听着很有道理,"你说,绝育在你们的社会里是一举两得的事?"

"噢,当然。这种制度不但能直接消灭错误的基因,也会反过来敦促家庭努力确保家中成员不会与社会发生严重冲突。"

"我觉得它应该会达到理想的效果。"玛利亚说。

"的确如此,"庞特说,"你是个基因学家,肯定清楚唯一永恒的东西是基因而非其他。基因为了让自己得以延续才驱动生命繁衍,或者选择保护现有的基因库。所以我们的正义着眼于基因而非人类。我们的社会如今犯罪率极低,这一切正是基于现行的正义体系:它并非着眼于个体,也并非着力改变环境,而是选择主攻基因。所以对基因来说,要想延续自己,最好的方式便是遵守法律。"

"我猜理查德·道金斯①会赞成这种做法,"玛利亚说,"但你刚才说到这个……就是绝育的时候,用的是过去式。这种做法现在已经废弃了吗?"

"不,但现在已经很少用到了。"

"你们成功了? 已经没人犯重罪了?"

"因为基因紊乱而犯罪的人很少。但犯罪当然还是有的,有些人会因为生化紊乱而做出反社会行为,但这些都能用药物根治,只有在极少数情况下才会动用绝育手术。"

"一个没有犯罪的社会,"玛利亚缓慢地摇着头,言语中满是惊讶,"这简直……"她停了下来,思忖着自己现在在他面前可以放下多少戒备。"这简直太棒了!"但她又皱起眉,"不过肯定还是有许多悬案。我的意思是,如果你们没法判断谁做了什么事,那真正的罪犯肯定就能逍遥法外,或者他有生化紊乱但又逃避了治疗。"

庞特眨眨眼,"悬案?"

"对,就是那些警察"——哔哔——"或者你们的世界里那些负责执法的人无法确定罪犯身份的案件。"

"没有这种案件。"

---

① 英国演化生物学家,他在《自私的基因》一书中提出,基因是驱动人类的原动力。

玛利亚的背突然僵住了。就像多数加拿大人那样，她也反对让罪犯接受极刑，主要是因为这有杀错人的可能。所有加拿大人都以盖伊·保罗·莫林案的误判为耻。他在监狱里为了一桩不是自己犯的凶杀案待了整整十年；还有唐纳德·马歇尔案，他也因为被误判谋杀，而在监狱里坐了十一年牢；还有大卫·米尔加德案，无辜的他被控犯下一桩强奸杀人案而在监狱里耗去了二十三年的光阴。玛利亚觉得，阉割是对那个性侵她的人的最轻惩罚，但如果她的复仇请求落在了一个无辜的人身上，那她余生又该如何面对自己良心的谴责？还有马歇尔案又怎么说呢？不，不是所有加拿大人都要为此蒙羞；真正感到羞愧的应该是加拿大白人。马歇尔是米克玛齐的印第安人①，而他在白人法庭上做出了无罪辩护，但因为他是印第安人，所以没人相信。

但她现在思考问题的方式或许更像无神论者，而非真正的信徒。一名信徒应当坚信，米尔加德、莫林和马歇尔虽然在世上遭受了不公，但会在来世得到公允且神圣的补偿。毕竟上帝自己的儿子也是被人陷害处刑，就连用罗马人的标准来看，他也是无辜的。本丢·彼拉多也不觉得耶稣应该承担他被控的罪名。②

但稍加细想，庞特的话反而让她觉得越来越糟，就算在彼拉多

---

① 位于加拿大东北部森林区的原住民。

② 见《圣经·马太福音》27:24 ——彼拉多见说也无济于事，反要生乱，就拿水在众人面前洗手，说："流这义人的血，罪不在我，你们承当吧！"彼拉多是罗马帝国犹太行省的执政官，性格暴躁，常常不经审理就处死罪犯。

的法庭上也好不到哪里去；他们不但强迫罪犯绝育，而且还坚信每次宣判都正确无误。玛利亚强忍住一阵战栗，"你们怎么就能肯定自己指控的就是正确的人？或者再问一句，你们怎么肯定自己没有抓错人呢？"

"因为我们有远程档案啊。"庞特说，好像这是世界上最自然的东西。

"有什么？"玛利亚追问。

坐在鲁本办公室沙发上的庞特举起左臂，然后把手腕内侧转向玛利亚。机侣上奇怪的数字在对着玛利亚不断闪烁。"这就是远程档案，"他重复道，"哈克会不断传输我的位置信息和我一切行为的立体图像，当然了，我来这里之后，就和接收站失去联系了。"

这次玛利亚不再强忍颤抖的冲动，"意思就是你们生活在一个极权社会下？时刻都在被人监控？"

"监控？"庞特的眉毛爬上了他的眉脊，"不不不，没人监测传输的数据。"

玛利亚皱起眉，一脸困惑，"那这些数据有什么用？"

"存在我的远程档案库里。"

"然后呢，那到底是什么？"

"一种数据化的记忆档案；其实就是一个晶格，我们把无法更改的数据记录在这个方块里。"

"但如果没人监测数据，那它又有什么用？"

"我是不是把'远程'这个词用错了?"哈克用女声问,每次它自己提问的时候,就会换成这个声音,"我理解的是,远程档案就是用来证明自己在某事发生的时候不在现场的证据。"

"呃,没错,"玛利亚说,"这个就是不在场证明。"

"那么,"哈克继续说,"如果有人控告庞特,那他的远程档案就能提供确凿的证据。"

玛利亚觉得自己胃里一阵翻腾,"我的天——庞特,在你们的世界里,人们还有义务证明自己无罪吗?"

庞特眨了眨眼,哈克用男声解释道:"不然还能靠谁?"

"我的意思是,在我们的地球里,人们在被定罪之前,始终都是无罪的。"话一出口,玛利亚就意识到,这个概念在很多地方并不是真的,但她还是决定不再去更正刚刚说的话。

"我觉得你们这里应该没有与我们的远程档案相似的东西?"

"的确。噢,不过有些地方有监控摄像头,但也不是到处都有,比如人们基本不会在家里装。"

"那你们要怎么相信某人犯罪了? 如果没有事实的确凿记录,那你们凭什么断定抓到的就是正确的人?"

"我之前提到的'悬案',就是这个意思。"玛利亚说,"如果我们不确定某人是不是罪犯,那他就会被判无罪。"

庞特听完后缓缓地说:"这个制度好像也没好到哪里去。"

"但我们的隐私受到了保护,没人会时刻监视我们的行踪。"

"在我们的世界里也是如此——除非你是……我不知道他们在你们的世界里怎么说。就是那些把自己全都给别人看的人。"

"暴露狂?"玛利亚惊讶地扬起眉毛。

"对,他们对社会的贡献就是让其他人监视从他们的机侣中传出的数据。他们增强了植入体以获得更高分辨率,还让它们能捕捉到更远的东西,接着他们就去各种有意思的地方,这样人们就能看到那里发生了什么。"

"但理论上,肯定有些人可以破解任何人的传输数据,而不单单是那些暴露狂的。"

"为什么有人要做这件事?"庞特问。

"唔,我不知道。因为他们可以?"

"我可以喝尿,但我从来没觉得自己得去喝。"

"我们把这种攻破安全措施的行为当作挑战,尤其在电脑相关领域。"

"这对社会算不上贡献。"

"或许不是,"玛利亚说,"那我再问你,如果那些遭受指控的人不想解锁他的——你们怎么叫它的? 远程档案?"

"为什么他不想?"

"我不知道,随便什么理由。"

庞特看起来很困惑。

"或者换句话说,因为他们在犯案时真正做的事会令他们感到尴尬?"——哔哔——"尴尬,你知道吗,就是那些你感到可耻"——
哔哔——"的事。"

"你举个例子,我可能更容易理解。"庞特说。

玛利亚抿起嘴,想了个例子,"唔,这个嘛,比如——我假设,你
知道假设是什么意思吧,假设我和别人的配偶上了床,那么我做的
事可能会录入我的档案里,但我不想让别人知道这件事。"

"为什么?"

"呃,因为我们认为,出轨"——哔哔——"是错的。"

"错的?"庞特问,哈克显然猜到了那个没被翻译出的单词,"这
有什么错? 这事唯一可能的就是把孩子的父母认错,除此之外,也
没伤害到谁啊?"

"这个嘛,唔,我也不知道;我的意思是,我们,呃,我们人类认
为出轨是罪恶的行为。"哔哔。

玛利亚早就料到机侣会响。以下这些事情对没有信仰的人来
说虽然不会伤害到别人,但也是被禁止的,比如服用娱乐性药物、手
淫、出轨、看色情视频等等,但如果你没有信仰,可能就不会想要死
命守住自己的隐私。人们之所以这样,至少部分是因为这些事如果
让别人知道了,就会让自己难堪。但这些事在一个宽容、开放的社
会,一个只有出现了受害者才算是犯罪的社会里,或许也不算什么
大事。另外,庞特对裸体没有展现出任何忌讳,这又是个宗教方面
的概念,而且他在用卫生间时,也没要求把门关上。

玛利亚摇摇头。这些生活中让她难堪和羞愧以及做了后庆幸没人看到的事之所以让人觉得不舒服，是不是源自教会强加给自己的禁令？她离开科姆时，觉得很羞愧；她想到要离婚，也觉得很羞愧；她的生活中现在没有了男性的参与，所以自己解决欲望时，同样觉得很羞愧；还有因为罪恶感而感到的羞耻……但所有这些，庞特似乎一概没有。对于那些会带给他快乐的事，他从不觉得难堪。

"我觉得，你们的那套体制可能完全行得通。"玛利亚半信半疑地说。

"的确很不错，"庞特答道，"我们回到那些重大的犯罪问题，比如袭击他人这些犯罪行为。一般来说，法官可以拿到两份档案，一份是受害人的，一份是嫌疑人的。受害人往往会把自己的档案呈给法官作为证据，多数时候都能揭示嫌疑人的身份。"

玛利亚听罢，一方面对这种技术很着迷，另一方面又有点不快。因为……

约克大学的那个晚上……

如果犯罪过程被录了下来，那她会给别人看吗？

会的，她坚定地告诉自己。会的。她什么都没做错，所以也没什么好羞愧的。她是无辜的受害者，这些都写在强奸危机处理中心的凯莎给她的那本小册子上，她真的真的真的真的试过去相信这一切。

但是，但就算真的有一份当时的记录，那个恶魔真的就能落网吗?他戴着头套,那件事之后,她的梦境中萦绕着无数张可能的脸,但她其实从来都没见过他的脸。她要指控谁?法庭要下令观看谁的远程档案?玛利亚没有头绪,不知道嫌疑人是谁。

她觉得胃里一阵翻腾。或许这才是真正的问题所在,也是庞特的社会所真正避免的处境:她所在的世界里,有太多嫌犯、太多人群、太多无名氏、太多人作恶、太多人好斗……男人啊,她想。都是男人。她这一代的学者对性别中立的语言问题都很敏感,但没错,绝大多数暴力犯罪都是男性造成的。

但话说回来,她这一生,周围都是和善、正派的男性。比如她的父亲、两个兄弟、那么多支持她的同事、卡尔迪考特神父,还有之前的贝尔方廷神父、一众好友、几位恋人。

真正有问题的男性到底占多少?到底哪些人会因为暴力和愤怒而无法控制情绪,无法压抑内心的冲动?这些人的占比是否太多,以至于无法从好几代人以前的基因池中"清理"掉?"清理"这个词是庞特的说法,一个充满希望的词,一个代表梦想的词。

玛利亚想,不论拥有暴力倾向的男性数量到底有多少,这些人对这个世界来说永远也不嫌少。这样的畜生就算只有一头都太多,所以——

所以她开始像庞特的同胞们那样思考:人类的基因池可以好好清洗一次,这样的净化有益无害。

没错,真的应该这样。

第三十四章

阿迪克·胡德躺在床上，盯着天花板上的计时器，身子与地面齐平。太阳在好几个十分日前就升起了，但他找不到起床的理由。

那天在量子计算实验室里到底发生了什么？到底哪里出错了？

庞特没有蒸发，没有被烈焰吞噬，也没有爆炸。这些都会留下许多痕迹。

不，如果他的判断是正确的，那么庞特应该是被传送到了另一个世界去……但……

但这个说法就连他听着都觉得离谱，所以他理解审判长萨德为什么听到这个说法后会发那么大火。但话又说回来，除了这个说法，还能有什么解释呢？

庞特消失了。

他所在的地方则出现了大量重水。

阿迪克推测这可能是某种等质交换的结果。相互替换的物质质量相同,但体积的差别却极大。毕竟消失的不仅仅是庞特,阿迪克也听到了空气从量子计算实验室里抽走的声音,好像所有这些空气也被传送到了另一个地方。但整个房间那么多的空气也没多少重量,此外,地上那摊水就是密度最高的物质了,那些是重水,也是以密度最高的状态出现在那个房间里的,液态水的密度甚至比固态,也就是冰的密度还高。

所以目前情况如下:大量空气和一个男人从这个世界里消失了,而重量相同但体积却少得多的重水①从某处……转移过来作为替代;某处,这个词不断在阿迪克的脑海里回荡。

但……

但这就意味着,在另一个世界,也就是庞特被转移去的地方,有重水。而纯粹的重水在自然界里是不存在的。

也就是说……他的脑海里突然跳出一个词,传送门的出口,那个出口……肯定是在重水储存罐里。如果重水从那里转移到这里,而庞特又是从这里转移到那里,就意味着……

意味着他很可能已经淹死了。

阿迪克凹陷的眼眶里立刻盈满泪水,就像汇入雨水的井。

庞特在沙发上换个姿势,又看向玛利亚,说:"远程档案不单只能用来解决犯罪问题,"他说,"他们有许多其他用途。比如我昨

---

① 重水密度为 1.1g/cm³,人的密度为 1.03g/cm³。

天在电视里看到，有两位露营者在阿尔冈金省立公园失踪了。"

玛利亚点点头。

"在我们的世界里几乎不可能出现这种情况。你体内的机侣会联系不同山顶的信号传输器，通过三角测量法来确定你所在的位置。如果你因为落石或者别的原因受伤或者被困了，那救援队就很容易通过机侣的信号找到你。"他伸出一只手，模仿着玛利亚之前做过的动作，这是料到了玛利亚想要让他先暂停，"当然了，审判长只有两种情况下才有权下令追踪你的信号：一是本人发出紧急请求，二是家庭成员提出要求。"

玛利亚的脑海里闪过了许多新闻标题："警察放弃搜索。""对失踪女孩的搜索已中止。""雪崩遇害者可能已经全部遇害。"……

"我觉得这种紧急求助信号应该挺有用的。"玛利亚说。

"确实如此，"庞特的语气很坚定，"如果你自己无法求助，机侣也能自动发出信号。它会监视你的生命体征，如果你的心脏病突然发作或者快要发作的时候，它就会发出救援信号。"

玛利亚心中感到一阵悔恨。父亲在她十八岁的时候因为心脏病发作而去世，死时孑然一人。那天她从学校回家，就发现了父亲的尸体。

庞特显然误会了玛利亚脸上悲痛的表情，以为她对这件事还有疑虑，"我来这里的一个月前，一不小心把自己很喜欢的雨罩弄丢了，这是婕斯梅尔给我的礼物。如果它真的完全丢了，我会"——哔

——"但我只要前往储存我远程档案的档案室,观察一下昨天的记录,就能确切知道自己的雨罩被忘在了哪里,再把它找回来。"

玛利亚当然不喜欢自己花上数不清的时间来找不知道放到哪里去的书、学生论文、名片、家门钥匙,还有快到期的打折券。对于那些相信生命是有尽头的人们来说,这种事情可能会更惹人厌;或许有过这样的经历,才会让你去做一些事,从而避免把时间浪费在找东西上。"个人黑匣子。"玛利亚其实是在对自己说,但庞特却接过了话头儿。

"储存记忆的材料大多都是粉色的。我们用的是二次加工后的花岗岩。"

玛利亚笑了,"不不,我们把飞行记录仪称为黑匣子,这是一种装在飞机上的仪器,会记录飞行数据和驾驶舱内的对话,以备在飞机失事时查找原因。但我从来没想过自己也能有个黑匣子。"她停了下来,"可要怎么拍照呢?"玛利亚瞥了眼庞特的手腕,"你的机侣上有摄像头吗?"

"有,不过它只能用来拍摄正常焦段之外的图像。机侣用传感器场来记录人周围的一切和人本身。"随后,庞特发出一阵低沉的声音,那是他的笑声,"如果它只能记录机侣的摄像头所拍摄的一切,那也没什么用。因为这样它就只能录下很多我左腿或者我屁股兜里的画面。而有了传感器场,我在回放自己的档案时就相当于站在近处看自己在做什么。"

"了不起!"玛利亚说,"我们根本没有这样的技术。"

"但我看过你们的科学和工业成果,"庞特说,"如果你们将它的优先级提前,集中精力攻克相关技术的话……"

玛利亚皱起眉,"这个嘛,我估计也是。我的意思是,从人类首次将东西发射进太空起再到登月,整个过程只用了不到十二年的时间,而且——"

"你再说一遍?"

"我说,当时我们非常想把人送上月球——"

"月球,"庞特重复道,"你是说地球的卫星?"

玛利亚眨眨眼,"嗯哼。"

"但是……但……这也太棒了,"庞特说,"我们从来没做过那件事。"

"你从来都没去过月球?我不是说你,我是说你们那个世界的人。尼安德特人从来都没去过月球吗?"

庞特睁大双眼,"没有。"

"那火星和其他行星呢?"

"也没有。"

"那你们有卫星吗?"

"只有一个,和这里一样。"

"不,我是指人造卫星,你知道吗?就是被人送上宇宙轨道且无人操作的机械,负责预报天气或者用于通信及其他用途。"

"没有,"庞特说,"我们没有这种东西。"

玛利亚思考了一会儿。如果没有V2火箭所留下的技术遗产,如果没有第二次世界大战中的导弹,人们还有办法把东西送上宇宙轨道吗?"我们向宇宙发射了,呃,我不知道,可能有好几百个东西吧。"

庞特抬起头,像是试着在用鲁本家的天花板将月亮女神的怒容具像化,"月球上住着多少人?"

"一个都没有。"这个问题让玛利亚很意外。

"你们没有在那里建立长期定居点?"

"没有。"

"所以人们就是去月球上看一圈后再回地球?那每个月有多少人去月球?这件事很受欢迎吗?"

"唔,没人去那里。我猜已经有大概三十年没人上去了吧。到目前为止,我们只派了十二人前往月球表面,两两一组,一共六批。"

"那为什么停了?"

"这个嘛,原因很复杂,资金肯定是重要原因之一。"

"能猜到。"庞特说。

"而且,呃,还有政治形势的因素。你看,我们——"她下来想了一会儿,"天啊,原因很难解释。我们将它称之为冷战。它不是指真的发生什么战争,而是指美国和另一个大国苏联之间发生了严重的意识形态冲突。"

"原因是什么?"

"唔,我猜是因为经济体制。"

"这有什么好争的? 我实在想不通。"庞特说。

"那时候这事似乎很重要。但不管怎么样,美国总统定了个目标,那是什么时候的事来着? 啊对了,我猜是1961年吧,他说要在20世纪60年代末把人送上月球。结果俄罗斯人,或者应该说苏联人吧,把第一颗人造卫星送上了宇宙,这样美国就落后了,所以,呃,他们举国之力准备打败对方。"

"成功了?"

"是的。俄罗斯人始终没能成功把人送上月球,但是,当我们打败了俄罗斯人之后,大家对这件事的兴趣就消减了大半。"

"这太荒诞了——"庞特刚开了个头,但没继续说下去,"不好意思,我得道歉。不管你们是去了一次还是一千次,只要能去月球,那都是了不起的壮举,都是值得称赞的。"他停了下来,"我猜这只是优先级的问题。"

第三十五章

玛利亚和庞特下楼找东西吃。他们刚进厨房，鲁本·蒙塔戈和露易丝·贝努特终于也从地下室里出来了。鲁本笑着对庞特说："还要吃烧烤吗？"

庞特也对他微笑道："拜托了。但你得让我帮忙。"

"我烤给你看。"露易丝说。她拍了拍庞特的小臂，"过来吧，大块头。"

突然，玛利亚发现自己在反对，"我还以为你是个素食主义者。"

"我的确是，"露易丝说，"有五年了吧。但我会烧烤。"

当庞特和露易丝穿过玻璃滑门的时候，玛利亚有股跟他们一起去的强烈冲动，但……但……好吧，这太傻了。

露易丝关上身后的玻璃滑门，让冷气留在屋内。

鲁本正在清洁厨房桌面，还装出一副犹太长舌妇的样子，"你们两个年轻人刚刚在聊什么？"

玛利亚还在看着玻璃门，看着露易丝，她一边向庞特解释烧烤的原理，一边笑着甩头发。而庞特则在认真听着她说的每个字。

"唔，主要是宗教方面的事。"玛利亚说。

鲁本很快就换成了正常的声音，"真的？"

"嗯哼。"玛利亚答道，然后把视线从外面移开，看向鲁本，"或者更准确地说，尼安德特人没有宗教。"

"我还以为尼安德特人是有宗教信仰的，"鲁本边说边从碗柜里拿出了一些白色的康宁牌瓷盘，"比如洞熊崇拜这种。"

玛利亚摇摇头，"鲁本啊，你看的书都太老了，这套说法现在都没人信了。"

"真的？"

"对啊，哦对了，之前有消息说人们在一个被尼安德特人占据的洞穴里发现了一些洞熊头骨，但现在看来它们只是死在了里面，或许是在冬眠的时候死掉的，之后尼安德特人又搬进去居住了。"

"但这些头骨不是被摆成了某种特定的形状吗？"

"这个嘛，"玛利亚手里拿了一大把餐具，然后边摆边说，"最先发现这些头骨的人说它们摆在某个石槽或者石棺里，但他没有拍照片，据说棺材后来被工人销毁了，现在只剩下一位叫作巴切尔的考古学家画的两张草图，但这两张图上的内容根本就是相互矛盾的，巴切尔只是把自己想看的东西给画出来了而已。"

"噢，"鲁本现在开始在冰箱里翻找做沙拉的蔬果了，"但尼安德特人在他们的亲人去世后会把他们可能需要的东西一同葬下，这又要怎么解释呢？这种行为肯定是宗教的象征啊。"

"如果尼安德特人真的这么做过，那是没问题，但埋葬着数代尼安德特人的坟墓里却堆了很多垃圾，比如骨头和旧石器这些东西。几例我们原先以为是尼安德特人的随葬品，其实只是不小心和尸体埋在一起了。"

鲁本正在从一颗包心生菜上摘菜叶，"啊，但是埋葬死者这一行为本来不就表现着对来世的信仰吗？"

玛利亚看了一圈周围，想找些自己能帮上忙的东西，但实在没什么可帮的。"可能吧，"她说，"也可能只是一种让周围环境看起来干净点的做法。我们发现，许多尼安德特人的尸体都呈现出蜷缩的分娩状姿势，这可能是某种仪式，或者只是某个可怜的懒鬼想把墓坑挖得更小点。毕竟尸体会引来食腐动物，而如果就这样把他们暴露在太阳下，那过不了多久就会臭了。"

鲁本现在又在切芹菜了，"可是……我读到的尼安德特人的文献上说，他们还被称作初代'花儿'呢。"①

玛利亚笑了起来，"啊，没错，桑尼达洞穴，在伊拉克。在那个洞穴里发现的尼安德特人化石上还覆盖着花粉的痕迹。"

"对对对，"鲁本边说边点头，"他们像是戴着花环或者类似的东

---

① 原文为 flower children，既有花之子的意思，也指60年代至70年代间的嬉皮士，因其身上总是佩戴花朵或者穿着带花朵的衣服以象征和平和爱而得名。

西下葬的。"

"不过不好意思，这也是牵强附会的结果。花粉只是不小心进入洞穴的，可能是被某种有掘穴习性的啮齿类动物带进来的，或者是地下水渗进洞穴后的结果。"

"但是——等等！尼安德特人的笛子又怎么说！这个发现可是荣登了全世界各大新闻媒体的头版头条。"

"对，"玛利亚说，"伊凡·图克在斯洛文尼亚发现了一段中间被磨空的熊骨，上面钻了四个孔。"

"没错，就是那个。一根笛子！"

"恐怕不是哦，"玛利亚靠在对开门冰箱上说，"后来发现，这块骨头上面的洞其实是被某种食肉动物咬出来的，可能是狼吧。报纸从来不把这种打脸的后续报道放在头版，这也很正常，新闻媒体的传统艺能了。"

"那是。后面的内容我还是第一次听说。"

"1998年，古人类学协会①在西雅图召开了一场会议，我当时也在场，诺威尔和蔡斯做了报告，质疑了骨笛的发现。"玛利亚停了一会儿继续说，"至此，骨笛的说法才被正式推翻。尼安德特人没有发展出我们定义上的宗教，就连文化也没有，至少在我们这个地球上生活的这一支是这样。只有最后一批尼安德特人才在自己的行为方式上有了一点变化，但大多数古人类学家认为，他们只是在模仿

_____

① 一个创立于1992年的组织，见 https://paleoanthro.org/home。

生活在附近的克罗马农人;而克罗马农人正是我们的直系祖先。"

"说到克罗马农人,"鲁本说,"尼安德特人和克罗马农人的后代又是怎么回事?我之前看到过报道,这两个人种所生育的后代化石在——什么时候来着——可能是1998年的时候被发现了?"

"是的,埃里克·特林考斯是研究该化石的巨擘;那是在葡萄牙发现的,但你看,他是体质人类学家,我是基因学家,所以他的观点完全是基于这个孩子的骨架所显露出的杂交特征。但他并没有发现头骨,而头骨才是能够判断尼安德特人的唯一证据。所以对我来说,那个化石生前不过是个健壮的孩子。"

"唔……但你知道吗,我看到过一些人长得和庞特很像,不单单是肤色相似,五官更是一致。比如有些东欧人长了个大鼻子,眉脊也很突。难道说他们体内就没有尼安德特人的基因了?"

玛利亚耸耸肩,"我知道一些古人类学家认同这种说法,但其实,我们就连自己的祖先是否能够和尼安德特人生育这点都还没确定呢。"

"如果你继续和庞特一起相处那么久,可能有天你就能给我们解答这个问题了。"

鲁本离她很近,近到她能一巴掌打到他的胳膊上。"闭嘴!"她说,然后赶快把目光转向客厅,这样鲁本才不会看到她脸上露出的笑容。

婕斯梅尔·凯特在正午时分到访了阿迪克的家。看到她来,阿迪克有点惊讶,但又很高兴。"日康。"他说。

"你也是。"婕斯梅尔回答道,然后弯腰去挠巴伯的脑袋。

"要吃点什么吗?"阿迪克问,"肉? 果汁?"

"不,我没事,"婕斯梅尔说,"但我最近一直在看法律相关的东西。你有没有考虑过反诉?"

"反诉? 反诉谁?"

"达卡拉·波尔贝啊。"

阿迪克让婕斯梅尔赶快进客厅,自己也找了把椅子坐下,她也找了把。"反诉的理由是什么?"阿迪克问,"她没对我做什么啊?"

"她让你无法沉浸在失去男性配偶的痛苦中……"

"话是不假,但这肯定不算是犯罪呀。"

"不算吗?《文明法典》里关于干扰他人生活的相关内容是怎么说的?"

"里面写了很多东西。"

"我想到的那部分是:'反对随意向他人提出指控。社会之所以得以运转,完全是因为我们只在社会发生最恶劣的案件时,才选择唤醒法律的力量,并诉诸于个体之上。'"

"但她指控我犯了谋杀罪,这可是最恶劣的案件了。"

"但她没法拿出切实的数据来指控你,这就是随意指控,或者至少从审判长的角度看是如此。"

阿迪克摇摇头，"萨德会对反诉感兴趣吗？我不这么觉得。"

"啊，但萨德不知道反诉的内容，这是法律规定的。你面对的是另一个审判长。"

"真的？或许还真能试试。但……但我又不是为了拖延这些程序，我的目标是尽快宣判，摆脱这种司法监控，尽早回实验室去。"

"你不想反诉，我也同意，但是我觉得，这个方法可能可以尽快帮你找到答案。"

"答案？什么答案？"

"达卡拉为什么像这样对你穷追猛打。"

"你知道原因？"

婕斯梅尔低下头，"我直到今天才知道，但……"

"但是什么？"

"我不能说。如果你要听整件事情的全貌，那最好还是让达卡拉直接和你说。"

第三十六章

鲁本、露易丝、庞特和玛利亚围坐在鲁本厨房的桌边。大家都在吃汉堡,只有露易丝在那里叉着一盘沙拉吃。

在庞特的世界里,人们显然都是戴着手套吃东西的。庞特不是很习惯用餐具,但汉堡似乎是个很好的折中方案。他没有吃面包,而是用它来把肉饼夹住后再向外挤,再把面包外的肉咬掉。

"对了,庞特,"露易丝主动寻找话题,"你是一个人住吗?我是指在你的世界里,是不是一个人。"

庞特摇摇头,"不,我和阿迪克住在一起。"

"阿迪克?我还以为他只是你的同事。"玛利亚说。

"对,"庞特说,"但他也是我的伙伴。"

"你是说,他是你的商业伙伴?"

"呃,我觉得大概是吧?但在我们的世界里,他是我的另一半。我们住在一起。"

"啊,"玛利亚说,"室友。"

"对。"

"那你们就共同承担日常开销以及家务活。"

"对,我们也一起吃饭,睡一张床,而且……"

玛利亚之前对他还有些心动,现在想想真是火大。她认识不少男同性恋;对出柜的消息早已习以为常,但对这种出"跨次元传送门"式的柜,她可没准备。

"同性!"露易丝惊呼,"太帅了吧!"

"其实我在家更高兴。"庞特说。

"不不不,"露易丝说,"不是高兴,是同性。"——哔哔——"就是有同性别的人做性伴侣:也就是说,男性和其他男性发生关系,或者女性和其他女性发生关系。"

庞特听完解释后,看上去比之前还要困惑。"不可能和相同性别的人发生关系。做爱是繁衍后代的行为,所以需要一男一女才行。"

"好吧,不是那种插入式的性爱,"露易丝说,"是那种通过亲密接触来代替的做法,比如,不知道你听说过没有,就是互相爱抚对方的……私密部位。"

"噢,"庞特说,"知道,我和阿迪克做过。"

"我们所说的同性恋,就是只和同性的对象进行这样的行为。"鲁本补充道。

"只?"庞特很惊讶,"你是说,只和同性这样? 不不不。阿迪克和我在合欢日的时候，都会和各自的女伴……露，你们是怎么描述这种行为的？对了，'互相爱抚对方的私密部位'，或者说，至少在我的女伴克拉斯特还在世时都是这样的。合欢日之外的时间里，我和阿迪克就互相陪伴对方。"

玛利亚说："啊，那你就是双性恋!"——哗哗——"因为你和男女都会发生性接触。"

"对。"

"你们的世界里每个人都是这样的吗？"露易丝用叉子戳着自己碗里的生菜，"都是双性恋？"

"差不多，"庞特眨了眨眼，才明白其中的玄机，"在这里不是这样的？"

"噢，当然不是，"鲁本说，"怎么说呢，至少大多数人不是。有些人是双性恋，也有很多同性恋。但绝大部分其实都是异性恋，这就意味着他们只会和那些与自己性别相反的人发生亲密接触。"

"这多无聊啊。"庞特说。

露易丝笑了出来，然后她努力镇定，问道："那你有孩子吗？"

"我有两个女儿，"庞特边说边点头，"婕斯梅尔和梅噶梅格。"

"这名字真好听。"露易丝说。

但庞特却面露不悦之色，显然是想到自己可能再也见不到她们了。

鲁本显然也意识到了，于是想着，自己应该把话题引向没那么私人的方向，"所以，呃，所以你之前提到的'合欢日'是什么意思？那天是干什么的？"

"其实在我的世界里，男性和女性多数时候都是分开居住的，所以——"

玛利亚突然惊呼："宾福德！"

"不，这是真的。"庞特说。

"这不是骂人的话。"玛利亚解释道，"这是一个男人的名字，他的全名叫刘易斯·宾福德，是个古人类学家。他提出的观点和你一致：这个世界的尼安德特人，男性和女性大多数时候都是分居的。这是他在考察了法国康柏-葛兰遗址后得到的结论。"

"他是对的，"庞特说，"在我们的城市里，女性居住在城中；而男性则住在城缘。但男性每个月都会进入城中和女性相处四天，我们把这段时间称为'合欢日'。"

"派——对！"露易丝笑着说。

"真有意思。"玛利亚也补充道。

"这还是必要的。我们不像你们那样生产食物，所以必须控制人口数量。"

鲁本皱起眉，"所以'合欢日'主要是为了控制出生率吗？"

庞特点点头，"部分是。'最高银须长老会'，也就是由长老组成的管理组织，定下我们可以相聚的日期，一般是选在女性无法受孕的时间。但如果到了养育后代的时候，那么日期就会换到女性最容易怀孕的时间。"

"我的天,"玛利亚说,"整个星球都在围绕节律运转。教皇会喜欢你们的。但——这些东西怎么能成功呢?我的意思是,你们的女性如果来大姨妈,也就是月经的话,肯定不是一起来的吧?"

庞特眨眨眼,"当然啊。"

"怎么可能——噢等等,我明白了。"玛利亚微笑道,"你的鼻子,你们的嗅觉是不是很敏感?"

"我自己一直这样,所以也没什么感觉。"

"我的意思是和我们比。你们的嗅觉要比我们的敏感多了。"

"这个嘛,你们的鼻子比较小,"庞特说,"我看着,呃,比较局促,每次看到都觉得你们可能会窒息。不过我也注意到,你们很多人都会用嘴呼吸,可能是为了避免那种情况。"

"我们都觉得尼安德特人之所以这么进化,其实是为了适应冰河时期的气候,所以对此最合理的假设就是:你们那只大鼻子可以为吸入肺中的寒冷空气加湿。"

"我们那些研究古人类的科学家们也是这么认为的。"庞特说。

"现在的气温比起你们刚进化出大鼻子的时候已经升高了许多,"玛利亚说,"不过你们依然保留着这一特征,可能是因为它们可以给你们带来更灵敏的嗅觉。"

"是吗?"庞特问,"我和你们说,我可以闻到你们所有人身上发出的味道,厨房里所有食物的香气,后院的花香,还有鲁本和露在楼下烧的带着辣味的东西,但——"

"庞特,"鲁本很快接了他的话,"但我们根本闻不到你的味道。"

"真的?"

"当然,如果我现在把鼻子凑到你的腋下,那可能会闻到你的体味,但我们一般是闻不到对方身上的味道的。"

"那你们怎么在黑暗中找到对方?"

"听声音。"玛利亚说。

"真奇怪。"庞特说。

"但你们通过嗅觉,能做的可不单单是确认他们的位置,对吧?"玛利亚说,"你上次看着我的时候,其实是能……"她本想把后半句话咽下去,但想了想,露易丝也是女的,鲁本则是医生,"能发现我有没有来月经的,对吧?"

"对。"

玛利亚点点头,"就拿露易丝,或者我们这个人种里的其他女人来说吧。如果我们在同一个屋子里住的时间够长,那我们的月经周期也会趋于相同,但我们的嗅觉其实并不好。所以我猜,对你们的女性来说,让全市的同胞们实现月经周期同步也是完全可能的。"

"我从来就没见过例外,"庞特说,"所以当你来了月经但露并没来的时候,我心里还觉得奇怪呢。"

露易丝皱起眉,但没说什么。

"嘿,"鲁本说,"还有人想再来点东西吗? 庞特,要不要再来罐可乐?"

"好,"庞特说,"谢谢你。"

鲁本站了起来。

"你知道这里面有咖啡因吗?"玛利亚问,"会上瘾的。"

"别担心,"庞特说,"我每天才喝七八罐。"

露易丝笑了起来,继续吃色拉。

玛利亚又咬了口汉堡,洋葱圈在她的齿间嘎吱作响。"等等,"她咽下嘴里的东西后立刻说,"这就意味着,你们种族的女性不能隐藏排卵期。"

"这个嘛,看是看不到的。"庞特说。

"对,但……好吧,你知道吗,我之前和女性研究部门的人共同教授过一门课程,叫作'性权利关系研究'。我们假设获得男性长期保护和养育的关键是女性通过隐藏排卵期才实现的。你知道吗:如果你不知道女性什么时候会排卵,那就最好始终保持警惕,否则就会被绿。"

哈克"哔哔"叫了起来。

"被绿,就是指某位男性向某位生物学上不属于他的孩子投入自己的精力,但要是能隐藏自己的排卵期……"

庞特的笑声划破了房间的空气;他宽阔的胸膛和深深的大嘴让他笑起来的时候声音特别低沉洪亮。

玛利亚和露易丝一脸惊诧地看着他。"什么事那么好笑?"鲁本边说边把另一罐可乐放在庞特面前。

庞特抬起一只手;他试图止住笑,但没成功。就连凹陷的眼角都流出了眼泪,平时苍白的皮肤现在变得通红。

玛利亚依然坐在桌前,双手叉腰,但很快就意识到这个肢体语言背后的意思:双手叉腰会让人的体型看起来更魁梧,目的则是为了威吓对方。但庞特比任何女人都要健壮和结实,就连男的也没几个能比得过他,在他面前这样做实在是有点不自量力。但她还是很严肃地问:"怎么回事?"

"不好意思。"庞特又恢复了控制。他用长长的拇指擦掉笑出的眼泪。"你们的想法有时真的很好笑。"他面露微笑,说道,"你说到隐藏自己的排卵期,是不是指人类女性在发情时生殖器并不会充血?"

玛利亚点点头,"黑猩猩和倭黑猩猩会这样,大猩猩和多数灵长类动物也是如此。"

"但人们并不会为了隐藏排卵期而停止充血,"庞特说,"因为这种充血肿胀是无效信号,所以才消失了。当时地球气候开始变冷,人类开始穿衣物,所以这种通过让组织充血进行视觉展示的做法就会浪费能量。因此,当人类开始用兽皮包裹身体的时候,这个习惯就没必要继续保持了。但至少,我们可以闻到特殊的气味,所以排卵期还是很明显。"

"你们可以像闻出月经那样闻出排卵期的时间?"鲁本问。

"没错,但其实是……和它们相关的……化学物质。"

"费洛蒙。"鲁本补充道。

玛利亚缓缓地点点头，然后既像是对庞特，又像是对自己说道："所以男性，只要时间恰当，完全可以离开他们的女伴几周，不用担心她们会怀上其他人的孩子。"

"没错，"庞特说，"但它的好处还不止于此。"

"怎么说?"玛利亚问。

"我们有个比喻，叫作'逃向山丘'，我觉得你们应该也有相同的比喻。我们现在认为，自己的男性祖先之所以会这样主要是因为，呃，女性在末候日的时候真的太难对付了。"

"末候日?"露易丝问。

"就是每个月的最后五天，或者说女性月经前的前五天。"

"噢，"鲁本说，"PMS，就是经前期综合征。"

"对，但当然了，真正的原因不是这个。"庞特耸了耸肩，然后说，"我的女儿婕斯梅尔正在研习初代前历史，她给我解释了原因。这其实是为了避免男性为了争夺伴偶尔经常打架。但玛也指出，从进化的角度看，接触女性的最佳时机就是她们每个月最可能怀孕的那几天。既然所有女性的经期都同步了，那如果男性在每个月的多数时候都能远离女性，只在繁殖期集中进入城中与她们接触，其实是更好的选择。所以说，导致男女分居的原因并不是女性太难缠，而是男性的暴力倾向。"

玛利亚点点头。她已经有很久没和别人一起上"性权利关系学"这门课了,但这个问题似乎在哪个世界都一样:男性惹祸,再让女性背锅。玛利亚之前还在想,自己有没有可能遇见一个庞特世界中的女性,但在此刻,她觉得自己和尼安德特人姐妹之间好像已经建立起了亲密的联系。

第三十七章

"达卡拉，日康。"婕斯梅尔穿过房间门，走进屋内。婕斯梅尔·凯特和达卡拉·波尔贝虽然住在一起，但在"都斯拉姆-巴萨德拉姆"之后其实没怎么讲过话。

"日康。"波尔贝冷冷地回答，"如果你——"她的鼻翼抽动了几下，"有人和你一起。"

这时阿迪克也进了门。"日康。"他说。

"这不是背叛，"婕斯梅尔说，"而是关心——既为你，也为我的父亲。"

"你想从我这里得到什么？"波尔贝斜睨着阿迪克。

"真相，"他说，"我只要真相。"

"什么真相？"

"你的真相。为什么你一直对我穷追不舍？"

"我可不是被调查的对象。"波尔贝说。

"现在的确不是，"阿迪克说，"但只是暂时的。情况随时可能变化。"

"你在说什么？"

"我准备让你迎接我的法律指控。"阿迪克说。

"原因是？"

"因为你非法干扰了我的生活。"

"搞笑。"

"呵？是吗？"阿迪克耸耸肩，"我们让审判长来定夺吧。"

"你不想绝育，就想出这招来拖延，太明显了，"波尔贝说，"谁都能看出来。"

"就算是吧，就算指控真的站不住脚，那位审判长会驳回这个请求……但在此之前，我有机会询问你。"

"询问我？问我什么？"

"你的动机。你为什么要这样对我。"

波尔贝看着婕斯梅尔，"这是你的主意吧？"

"来这儿也是我的主意，"婕斯梅尔说，"我想让阿迪克在反诉流程开始前先来这里。这是一件家事：你，达卡拉，是母亲的女伴，而阿迪克则是我父亲的男伴。达卡拉，因为母亲去世的关系，你经历了很多痛苦，我们都一样！"

"这和克拉斯特没关系！"波尔贝厉声说，"一点儿关系都没有。"然后她盯着阿迪克，"这都是因为他！"

"为什么?"阿迪克不解,"为什么和我有关?"

波尔贝又摇了摇头,"我们之间没什么好说的。"

"不,我们要说清楚,"阿迪克说,"你要么在这里回答我的问题,要么就在审判长面前回答。不管怎样,你都得说。"

"这是威胁。"波尔贝说。

阿迪克举起左臂,手腕朝向她,"您是否叫达卡拉·波尔贝,是否居于萨尔达克城中?"

"我不会接受你递交的文件。"

"你只是在拖延必然发生的事情而已,"阿迪克说,"我会叫一名司法服务员过来,对方可以上传你植入体中的数据,看看你是否拔出了控制钮。"停顿。"我再说一次,达卡拉·波尔贝,您是否居于萨尔达克的城中?"

"你真的要这样?"波尔贝问,"你真的要把我拖到法官面前?"

"你也是这么对我的。"阿迪克说。

"求你了,"婕斯梅尔说,"告诉他吧。这样更好,对于你来说更好。"

阿迪克双手抱胸,"怎么样?"

"我没什么好说的。"波尔贝给出了她的答案。

婕斯梅尔长长地叹了口气,"问问她男伴的事吧。"她的声音越来越轻。

"你对这事又知道点什么!"波尔贝叱责道。

"你以为我不知道?"婕斯梅尔问,"你是怎么知道,那个朝我父亲挥拳的人是阿迪克?"

波尔贝一言不发。

"是克拉斯特告诉你的吧。"婕斯梅尔说。

"克拉斯特是我的女伴,"波尔贝说,"她不会对我隐藏秘密。"

"她是我的母亲,"婕斯梅尔说,"她对我也不会隐藏什么。"

"但是……她……我……"波尔贝的声音越来越低。

"和我说说你的男伴,"阿迪克说,"我——我觉得自己应该没见过他,对吧?"

波尔贝缓缓地摇了摇头,"不。他很早就不在了,我们已经分别太久。"

"所以你才没有自己的孩子?"阿迪克柔声问。

"你就这么想当然?"波尔贝诘问,"你以为事情就这么简单?我不能让男伴留在自己身边,所以就一直没有生育?你就是这么想的,对吧?"

"我没往这个方向想。"阿迪克说。

"我本来可以做个好母亲,"波尔贝此刻更像是在自言自语,而不是在回应阿迪克的话,"问问婕斯梅尔,问问梅噶梅格。克拉斯特死后,我一直都在悉心照料她们。婕斯梅尔,你说说? 我是不是做到了?"

婕斯梅尔点点头,"但你是145代的人,年纪和庞特和克拉斯特一样,也和阿迪克一样。你可能还可以养育自己的孩子。明年的合欢日会更改时间,你可以……"

阿迪克扬起眉,"这是你最后的机会了,对吧?明年你就满五百二十个月了,折合下来也就是四十岁,和我一样大。你那时候可能会有个孩子,还能把他算作是第149代,但肯定不能在十年以后,也就是第150代要孩子了。"

波尔贝的话里带着嘲弄:"你是不是要用那台花里胡哨的量子计算机算算清楚?"

"而庞特,"阿迪克边说边慢慢地点着头,"他没有女伴。你之前和他都爱过同一个女人,而你已经是他两个孩子的监护人了,所以你想……"

"你和我父亲?"婕斯梅尔并没有特别震惊,只是有点惊讶。

"为什么不行?"波尔贝挑衅似的问,"阿迪克,我认识他的时间不比你短,而且我和他相处得一直还不错。"

"但现在他也不在了,"阿迪克说,"我一开始就想到了,你只是因为失去他而觉得太过悲痛,所以就迁怒于我。可是达卡拉,你必须明白,你这么做是错的。我爱庞特,我也不会干预他选择新女伴的权利,所以——"

"和这个没关系,"波尔贝摇了摇头,"不是这个原因。"

"那你为什么恨我?"

"我不是因为发生在庞特身上的事而恨你。"

"但你的确恨我。"

波尔贝不说话了。婕斯梅尔低头看着地板。

"为什么?"阿迪克问,"我从来没做过什么对不起你的事。"

"但你打了庞特!"波尔贝喊道。

"那是很久之前的事了,而且他也原谅我了。"

"所以你就保全了自己,"她说,"你能够有自己的孩子! 你脱身了!"

"脱身了?"

"你逃脱了惩罚! 你明明试过杀死庞特的!"

"我没打算杀他。"

"你是个暴力狂! 是个魔鬼! 你才是应该被绝育的那个! 但我的佩尔本……"

"佩尔本是谁?"阿迪克问。

波尔贝又沉默了。

"她的男伴。"婕斯梅尔柔声说。

"佩尔本怎么了?"

"你根本不知道这是种什么感觉,"波尔贝说着望向别处,"你根本想象不到,一天早上醒来后,就发现有两个执法员在门口等你,接着就把你的男伴带走了,然后——"

"然后什么?"

"然后他就被绝育了。"

"为什么？他做了什么？"

"他什么都没做！他什么事都没做！"

"那为什么……"阿迪克刚想说，然后立刻就明白了，"噢，他的亲属……"

波尔贝点点头，但没有和阿迪克对视，"他的兄弟袭击了别人，所以被判绝育，并且所有——"

"——基因与他有半数相同的人都不能幸免。"阿迪克替她说完了后半句。

"我的佩尔本明明什么事都没做，他根本没害过任何人，但却受罚了，我也受罚了。但是你！你差点就杀了另一个人！但你却逃脱了责罚！他们本应该让你绝育！而不是我可怜的佩尔本！"

"达卡拉，"阿迪克说，"对不起，真的对不起……"

"给我走，"波尔贝坚决地说，"让我自己待一会儿。"

"我——"

"出去！"

第三十八章

庞特吃完了汉堡,轮流打量着露易丝、鲁本和玛利亚。"我不想抱怨的,"他说,"但我已经吃腻了这个——牛,你们是这么称呼它的吗? 我们有没有可能让外面的人给我们送点其他东西来?"

"送点什么?"鲁本问。

"噢,什么都行,"庞特说,"猛犸象肉排可以吗?"

"什么?"鲁本说。

"猛犸象?"玛利亚惊呆了。

"哈克有没有准确翻译我说的东西?"庞特问,"猛犸象。你们知道吗,就是一种适应北方气候的长毛象。"

"对对对,"玛利亚说,"我们知道猛犸象是什么,但是……"

"但是什么?"庞特扬起眉毛。

"但是……好吧,我想说……猛犸象已经灭绝了。"

"灭绝?"庞特把这个词重复了一遍,很惊讶,"这么说来,我来这里后还没见过猛犸象,但……好吧,我起初以为它们不喜欢来到离大城市那么近的地方。"

"不,不,它们已经灭绝了,"露易丝说,"在这个世界的任何地方都不存在了。它们已经灭绝了好几千年。"

"为什么?"庞特问,"因为疾病?"

所有人都沉默了。玛利亚缓缓地呼出肺内的空气,想着要如何告诉他事情的真相。"不,不是因为那个原因。"最后,她还是说出了口,"唔,是这样,我们——应该是我们智人,我们的祖先,他们狩猎猛犸象,导致了它们的灭绝。"

庞特睁大双眼,"你们做了什么?"

玛利亚感到一阵恶心,她讨厌直面人性的缺点。"我们杀死它们作为食物,然后,好吧,我们一直这样,直到最后一只猛犸象也消失为止。"

"噢。"庞特轻轻地说了一句,然后望向窗外,望着鲁本家的那片后院。"我很喜欢猛犸象,"他说,"也喜欢它们的肉,因为真的很好吃;它们是属于自然的动物和风景。在我家附近就生活着一小群猛犸象,我喜欢观察它们。"

"我们发现了它们的骨骼,"玛利亚说,"还有它们的象牙,隔三差五还会在西伯利亚找到一头冰冻的,但……"

"全部,"庞特缓慢而又悲伤地左右摇着头,"你们把它们全部都杀光了……"

玛利亚想要辩解:"让它们灭绝的不是我们。"但这听起来又显得不真诚;因为猛犸象的血液样本的的确确就存放在她家里。但她还是打算做点辩护,虽然听起来多少有点无力,"这是很久之前发生的事了。"

庞特听了这些,看起来有点犯恶心,"我已经不敢继续问下去了。但在我们的世界里,这片区域还生活着其他大型动物,这都是我亲眼所见。我起初也假设它们只是为了避开你们生活的城市,但现在……"

鲁本摇了摇他长着短发的脑袋,"不是这样的。"

玛利亚闭了一会儿眼睛,"庞特,对不起。几乎所有古时的巨型动物都被我们消灭殆尽了。不单单是这里,还有欧洲……以及澳洲。"她觉得自己的胃里拧成了一团,"还有新西兰、南美大陆这些地方。唯一生活着众多大型动物的大陆只有非洲,可绝大多数大型动物都濒危。"

哔哔。

"就是处在灭绝的边缘。"露易丝说。

庞特的声音出卖了他的心绪,"但你们说过,这事发生在很早以前。"

玛利亚低头,看着她那只空空如也的盘子,"我们很早前就不再猎杀猛犸象了,因为……好吧,因为我们没有猛犸象可以猎杀了。我们也不再猎杀爱尔兰麋以及那些曾经在北美大陆兴旺繁衍的大型猫科动物,还有披毛犀,以及其他各种动物,因为它们都已经被猎杀殆尽了。"

"把一个物种的每个生物都赶尽杀绝……"庞特重复道,然后左右摇晃着他的大脑袋。

"我们已经从中吸取了教训,"玛利亚说,"现在我们有了濒危动物保护计划,也取得了一些真正的成效。比如美洲鹤曾经一度濒临灭绝,白头海雕和美洲野牛也是如此。但现在它们的种群数量都恢复了。"

庞特的声音冷冰冰的,"因为你们不再将他们赶尽杀绝了。"

玛利亚本想抗议说,这并不全是捕猎的后果;更多的原因其实是人类对这些生物自然栖息地的破坏,但是这样说似乎也没好到哪里去。

"还有……还有什么其他物种处于濒危状态?"庞特问。

玛利亚耸耸肩,"许多种鸟类,大型龟类,熊猫、抹香鲸、黑……"

"黑?"庞特问,"那是什——?"他歪着头,或许是在听哈克对这个词的猜测,"噢,不可能,不会吧。黑猩猩?……但它们是我们的表亲啊! 你们也会猎杀自己的近亲吗?"

玛利亚觉得很不好意思。她要怎么告诉他,黑猩猩曾经也被杀来当作食物,而大猩猩则被杀掉后再砍下手掌,做成充满异域风情的烟灰缸。

"它们是无价的,"庞特说,"你是遗传学家,肯定知道这一点。

它们是我们现存的唯一近亲,通过研究它们在野外的生活习性和DNA信息,我们可以学到很多与自己有关的东西。"

"我知道,"玛利亚柔声说,"我都知道。"

庞特用目光打量着鲁本,然后是露易丝,最后是玛利亚,好像是第一次看到他们,第一次看到了他们真实的一面。

"你们不计后果地猎杀,你们灭绝了整个物种,你们甚至连其他灵长类动物都不放过。"他停了会儿,然后又逐一打量他们的脸,像是在给他们机会来阻止自己继续说下去,给出一个合理的解释,一个可以开脱罪行的事实。但玛利亚什么都没说,其他两人也是如此。所以庞特就继续说了下去,"而且,在这个世界里,我的种族也灭绝了。"

"是的。"玛利亚说,声音很轻。她知道发生了什么。虽然古人类学家并未就此达成一致,但大部分都认为,在四万年至两万七千年前,智人,也就是解剖学所定义的现代人,不知是出于有意还是无意,完成了首次种族灭绝,将当时世界唯一与智人同属的种族消灭殆尽,那个种族行事更温和,或许也更配得上"人"这个词所包含的双重含义。

"是你们杀了我们吗?"庞特问。

"这个问题值得深入探究,"玛利亚说,"不是所有人都同意这个说法。"

"你觉得发生了什么?"庞特那双金色的眼睛盯着玛利亚。

玛利亚深吸一口气,"我——没错,是的,我是这么认为的。"

"你们把我们从这个世界上抹去了。"庞特说。听得出来,不论是他还是哈克翻译后的语调,都在极力稳定自己的情绪。

玛利亚点点头。"对不起,"她说,"真的,我的道歉真心实意。这是很久之前的事了。我们那时候还很野蛮。我们——"

这时电话响了,打断了他们的谈话,鲁本看着像是松了一口气,迅速从桌前起身,拿起听筒。"你好?"他说。

听着鲁本越来越兴奋的声音,玛利亚抬起头。"但这太好了!"医生接着说,"太棒了! 对,不——是的,没错,可以。谢谢! 好的,再见。"

"怎么说?"露易丝问。

鲁本显然在强忍笑意。"庞特得了瘟热。"他说,然后换了个手拿听筒。

"瘟热?"玛利亚又说,"但人不会得瘟热啊。"

"没错,"鲁本说,"我们对这个病天然具有免疫力,但庞特不是,因为他们没有和圈养的家畜生活过。更确切点说,他得的是马类瘟热,所以如果这个病是马驹得的,那么兽医就会把这种病叫作马腺疫。这是由马链球菌引起的一种病,染病的马匹一般可以用青霉素治疗,我给庞特也开了这种药,他应该没事。"

"所以我们就不用担心生病的问题了?"露易丝问。

"不单是这样,"鲁本现在笑得更欢了,"而且他们取消了隔离！今晚最后这批培养基的检测结果要出来了，如果是阴性，那我们明天早上就能解除隔离了！"

露易丝高兴地拍了个掌。玛利亚也很高兴。她看向庞特，但他还是低着头，似乎还在想他的同胞在这个世界灭绝的事情。

玛利亚走过去，把手搭在他的胳膊上。"嘿，庞特。"她温柔地说，"这难道不是好消息吗？明天你就能去到屋外看看我们这个世界了！"

庞特缓缓地抬起头，看着玛利亚。她还试着从他的表情中阅读他的心理活动，但从他睁大的眼睛和微微张开的嘴唇来看，"我必须去吗？"这句话正合适。

但他终于还是点了点头，像是认命。

第三十九章

庞特今晚多数时候都是一个人待着，独自愣愣地看着鲁本宽阔的后院发呆，大脸上挂着悲伤的表情。

露易丝和玛利亚都坐在客厅里。玛利亚不太开心，她正在读的书忘在了多伦多没带来，那本斯科特·特罗的新书她才刚看了一半，真的很想继续看下去，不过现在，她只能靠翻翻最新的《时代》杂志打发打发时间。本周的封面人物是美国总统布什；玛利亚觉得下周的封面人物很可能是庞特。相比之下，她更喜欢看《经济学人》，但鲁本没订。不过玛利亚也很喜欢看理查德·柯利斯的电影评论，虽然这段时间也没什么人陪她去看过电影。

而露易丝则坐在玛利亚身边的扶手椅上写信，玛利亚注意到，她用的是法语，信纸是黄色的拍纸本，用词很正规。露易丝今天穿了条运动短裤和一件INXS乐队的T恤，修长的双腿叠在她的身下。

鲁本走进房间，蹲在两位女士之间，朝她们两个做了个嘘声的手势。"我很担心我们的大男孩庞特。"他轻声说。

露易丝放下拍纸本，玛利亚也合上她的杂志。"我也这么觉得，"玛利亚说，"他听说自己的同胞被灭绝后，心情似乎十分低落。"

"是啊，他最近承受的压力一直很大，昨天这件事一出，他的情况就更糟了。之后，媒体还会蜂拥向他，之后还有政府的工作人员、宗教卫道士，以及各种各样杂七杂八的人。"

露易丝点点头，"我也觉得。"

"我们能做点什么？"玛利亚问。

鲁本皱起眉，像是在思考如何措辞。末了他终于说："在萨德伯里，和我肤色相同的人并不多。据我所知，多伦多的情况会好点，但就算在那里，警察也经常会找黑人的麻烦，问些：'你在这儿做什么呢？''这是你的车吗？''麻烦出示下证件？'"鲁本摇摇头，"经过这些事，你也学到了一些教训，你也知道自己拥有公民权。庞特不是罪犯，也不会对别人产生威胁。他此刻也不在边防检查站，所以没人有权让他出示证件，以证明自己可以留在加拿大。政府可能想要控制他，警察也可能想时刻监控他，但这些都没关系。庞特有自己的权利。"

"我绝对赞同。"玛利亚说。

"你们有谁去过日本吗？"鲁本问。

玛利亚摇摇头，露易丝也一样。

"这是个很棒的国家，但那里几乎都是本国人，"鲁本说，"你在那里待上一整天，可能都见不到一张白人面孔，更不用说黑人了。我之前在那里待了整整一周，只看到了两个黑人。我还记得自己有天走在东京街头：我敢说那天上午最起码和一万个路人擦肩而过，但他们全都是日本人。然后我独自走在街上，见到一个白人朝我走来。他对我微笑着，虽然根本就不认识我，只是因为我是个西方人。他的微笑仿佛就在对我说，兄弟，真高兴能见到你——兄弟啊！我突然就明白过来，然后也朝他报以微笑，心里也是这么想的。我一直记得那个瞬间。"他看着露易丝，然后再看看玛利亚，"这么说吧，庞特在这个世上能寻得他想要的一切，但他见不到任何和他长相相似的同胞。我和那个白人，甚至是我和那些日本人之间的共同点，都比庞特和世上的六十亿人中的任何一位要多。"

玛利亚瞥了眼厨房里的庞特，他还是坐在那里，呆呆地望着窗外，一手握成拳，抵在他长长的下巴中央，支起他的脑袋。"我们能做点什么?"她问。

"他来到这个世界后就像个囚犯，"鲁本说，"先是住院，然后又在这儿接受隔离。他肯定需要思考一段时间，平衡自己的思绪。"他顿了顿，"基里安·利奇在一封电子邮件里提醒了我。我之前想到的东西，英科公司的那些金领，或者说镍领们，现在肯定也想到了。他们想要详细询问庞特，让他把自己的那个世界里所有可能知道的矿址都告诉他们。他肯定愿意帮忙，但也需要更多时间来调整状态。"

"我同意，"玛利亚说，"但我们怎么才能为他争取时间?"

"他们明天才取消隔离,对吧?"鲁本说,"基里安建议我们在明早十点再开个新闻发布会,媒体肯定觉得庞特那时会在场,所以我觉得,我们应该可以在那之前把他带走。"

"怎么做?"露易丝说,"周围都是皇家骑警,说是为了保护我们,不让别人擅自闯入,但更可能是在监视庞特。"

鲁本点点头,"我们中有个人得把他带走,带到郊外去。我是他的医生,所以这就是我为他的现状开出的药方:休息和放松。但凡有人问起我就会说,他正在遵我的医嘱,接受静养。我们可能只能为他争取一天左右的时间,渥太华方面到时候应该就会联系我们了,但我真的认为庞特需要出去转转。"

"让我来,"玛利亚说,她也惊讶自己会这么说,"我来负责把他带走。"

鲁本看了眼露易丝,想确认她是不是也会毛遂自荐,但她只是点点头。

"如果我们告诉媒体,新闻发布会将在十点开始,那么他们在九点就会在家附近等着了,"鲁本说,"你和庞特离开的时候从我的后院走,时间大概就定在,呃,八点吧,那就能赶在他们来之前离开。在屋后有个栅栏,就藏在那些树背后,但你翻过去应该不太困难。总之要确保你们全程都没人看到。"

"那之后呢?"玛利亚问,"我们就来一场徒步旅行吗?"

"你们要辆车。"露易丝说。

"我的车留在克莱顿矿区了，"玛利亚说，"但我也不能开你或者鲁本的车。如果我们想把车开走，警察肯定会截停我们。正如鲁本所说，我们必须小心行事。"

"没问题，"露易丝说，"明早我可以找个朋友来接你们，不论在鲁本屋后的哪条乡间小道会合都没问题。他可以开车载你去矿区，然后你就能把车开回来了。"

玛利亚眨眨眼，"真的？"

露易丝耸耸肩，"当然。"

"但我——我对这里一点儿也不熟，"玛利亚说，"我们得要份地图。"

"噢！我知道该找谁了，我去找加斯。他有一台带卫星定位功能的掌上电脑，不管你们想去哪儿，它都能给你们指明方向，这样你们就不会迷路了。"

"他肯借给我吗？"玛利亚半信半疑，"这东西不是挺贵的么？"

"这个嘛——他还是愿意帮我这个忙的，"露易丝说，"那我就打电话给他，把这些事都安排好。"她起身朝楼上走去。玛利亚看着她离开的背影，觉得既震惊又着迷。她在想，一个人漂亮到不管找男人做什么事都知道他们肯定会答应，这该是种什么感觉啊。

然后她才意识到，原来庞特不是这里唯一觉得不自在的人。

婕斯梅尔和阿迪克搭乘旅行块回到城缘，回到阿迪克和庞特共住的家。他们在回去的路上没说什么话，当然，部分是因为达卡拉·波尔贝透露的那些事让他完全沉浸在了这段回忆里，部分也是因为有人正在远程档案室里监视着他们说的每句话和做的每件事，他和婕斯梅尔都不喜欢这种感觉。

不过他们还是有个烦人的问题亟待解决：阿迪克必须回到他的地下实验室。无论庞特获救的可能性有多渺茫，或者——阿迪克还有个想法，但他还没和婕斯梅尔说过：他觉得至少有可能通过找到庞特溺毙后的尸体来证明自己无罪。但要怎么做？他看着植入自己左手腕中的机侣。他觉得自己可能可以把它挖出来，只要小心别钳断他的桡动脉。但机侣可不仅仅要从阿迪克的身体里获得能量，它还会传输他的生命体征，如果与他分开，就无法做到这一点。它也不能快速移植到婕斯梅尔或其他人身上，植入体只能依靠阿迪克特有的生物特征解锁。

旅行块在屋前把他们放下，阿迪克和婕斯梅尔走进屋内。婕斯梅尔在厨房里转悠，想给巴伯找点吃的，阿迪克坐下来，看着房间另一头那把空荡荡的椅子，庞特之前最喜欢在那儿看书。

阿迪克意识到，绕过法律检查的确是个问题，而且是个科学问题。但只要是科学问题，就肯定有绕过它的方法，不单单是骗过机侣本身，也要绕过所有监测数据的人。

阿迪克知道机侣的发明者朗维斯·特洛波的故事，朗维斯的多数发明都是他在学院的时候研究出来的。但那已经是很久之前的事了，他也只记得一点细节。当然，他完全可以让机侣调出他所需的内容来，机侣只需要访问必要的信息源，然后把资料投在自带的小屏幕或者任何壁挂式显示器，或者阿迪克指定的任何掌上电脑上。但这种请求肯定会引起监视者的注意。

阿迪克觉得自己很生气，他肌肉紧张，心率上升，呼吸粗重。自己应不应该试着去隐藏这种变化？他想过，但不——就让那些监视他的人看看吧，看看他们把自己逼到了一个多么狼狈的下场。

聪明如朗维斯·特洛波肯定有办法得到自己想要，或者说需要的东西。那到底是什么？其实就是准确找出问题的核心，这就是他们在学院的这几个月里教会他的东西。他究竟需要做什么？

不，他不用打败机侣，这其实是件好事，因为他还没想出一个可行的方案。其实他根本不需要想办法来禁用全世界的所有机侣，说句实话，要是真要这样做，他自己心里也有点过意不去，因为机侣守护着人们的安全，他只需要禁用自己的就行了，但……

但不对，这也不行，禁用它也没什么好处。如果禁用了，那伽思珂多·杜特和其他执法者虽然无法追踪他，但因为信息传输中断了，他们也能立刻知道有人准备潜逃。那些人根本不用像朗维斯·特洛波那样聪明，也能很快推断出来：阿迪克之前想去矿井，但不幸受到了阻挠，现在肯定又在往那儿赶。

不，不，真正的问题不是因为他的机侣还在工作，而是因为有人在监控他那台机侣传出的信号。他真正要解决的其实是这个问题，而且还不能是一会儿,得维持接下来的好几个十分日,而且——

他突然想到了一个主意:一个绝妙的方法。

但仅凭他一人是绝对办不到的,这事要成功,执法人员得先觉得阿迪克肯定与此事无关才行。婕斯梅尔可能可以帮忙;他只能相信此案中只有他一人的机侣受到监控,不然就太过分了。但他要怎么悄悄地和婕斯梅尔说呢?

他站了起来,走向厨房。"婕斯梅尔,来,我们带巴伯散散步。"他说。

婕斯梅尔的表情就像在说,现在最不该做的就是浪费时间,但她还是站起来,和阿迪克一起从后门出去。巴伯根本不用催,而是在婕斯梅尔身后蹦来跳去。

他们踏上露台,步入炎炎夏日中。知了发出刺耳的蝉鸣,湿度很高。阿迪克走下露台,婕斯梅尔紧随其后。巴伯跑到了他们前面,大声吠叫。百来步之后,他们来到了屋后的溪边。湍急的溪水压过了昆虫的吵闹声。溪水的中央有一块巨砾,那是众多散落在这片土地上的冰川砾之一。阿迪克踩上一枚稍小些的石头,再跳上那块巨砾,并示意婕斯梅尔跟上,她照做了。巴伯则在岸边撒欢。

婕斯梅尔刚踏上石头,阿迪克就拍拍身边一块长着苔藓的地方,示意她和自己坐到一起。她照做了,然后阿迪克靠过去,凑在婕斯梅尔身边耳语。溪水冲击巨砾,盖过了他说话的声音。阿迪克肯定机侣绝对没法录下他说的话,所以才把计划告诉婕斯梅尔,然后他看见婕斯梅尔露出了一个调皮的微笑。

庞特坐在鲁本办公室里的沙发上。所有人都上了床，但隔壁的鲁本和露易丝显然没在睡觉。

庞特很难过。他们发出的声音和散发的气味让他想到了克拉斯特，想到了合欢日，想到了所有他来到地球前和到来后所失去的东西。

他打开电视，他在看的电视频道里，人们投身于一种叫作"宗教"的东西。这里似乎有各种各样的宗教，但所有都认为有神存在。又是这套荒诞的说法，他们还认为宇宙是有寿命的，要么太年轻，要么太老。有些人还以为人死后还能以某种形式存在……在尼安德特人的语言里没有对应的词，但玛是用"灵魂"来描述它的。而且他还注意到，玛脖子上戴着的东西就是她所信奉的宗教的象征，而辛格医生头上缠着的织物，则是他所信奉的另一种宗教所特有的标记。

庞特调低了电视的声音，找到对应的按键很容易，但他觉得自己不管做什么，都有可能打扰到隔壁的这对小情侣。

"你现在感觉怎么样？"克拉斯特的声音问道，庞特听到后，心里一惊。

克拉斯特！

亲爱的克拉斯特联系到他了……

难道是从来世?

不会的。

不可能,当然不可能。

只是哈克在和他说话罢了。可能他误触了哈克,如果他不想听机侣用默认的单调男声和他说话,那大概就要一直忍受克拉斯特的噪音了。这个世界里肯定找不到可以更改植入体程序的设备。

庞特长长地叹了口气,然后回答了哈克的问题,"我不开心。"

"你不是慢慢适应了吗? 刚来的时候你可吓得不轻。"

庞特耸耸肩,"我也不知道,我还是觉得很困惑,不知道未来的方向,但……"

庞特几乎都能想象哈克在某处听他说完,然后同情地点点头。"你需要点时间。"机侣还是在用克拉斯特的声音和他说话。

"我知道,我知道,但我必须习惯这里的生活,对吗? 现在看来,我好像——我们好像要在这里度过余生了。"

"恐怕是的。"哈克给出了温柔的回答。

庞特沉默了,哈克让他独自静了会儿。他终于说道:"我觉得自己最好还是面对现实,我最好开始计划一下在这里的生活。"

第四十章

第七天

八月八日,周四

148/104/01

新闻搜索

关键词:尼安德特人

反对党议员玛利亚莎·克罗瑟斯今天在下议院的会议中对那位明显是假冒的尼安德特人提出指控,声称他是执政的自由党为了掩盖耗资七千三百万美元的萨德伯里中微子观测站项目的惨败而作出的蹩脚尝试……

"禁止独占穴居人!"今天在加拿大驻美国华盛顿大使馆外的

一次大规模示威中,一名美国抗议者高举此标语,而另一位则举着"与世界共享庞特!"……

《萨德伯里星报》将旅费全免的邀请函转交给庞特。向他发出邀请的还有迪士尼乐园;布法罗辣鸡翅的开创者——位于纽约州布法罗市的船锚酒吧&烧烤;白金汉宫;肯尼迪航天中心;北方科学馆;新墨西哥州罗斯威尔市的UFO博物馆;多伦多桑给巴尔酒馆脱衣舞俱乐部;微软总部;明年的世界科幻大会;德国梅特曼县的尼安德特人博物馆;纽约扬基队主体育馆。同时转交给他的邀请函分别来自:日本首相和皇室;教皇;转世活佛;纳尔逊·曼德拉[①];史蒂芬·霍金,还有安娜·妮可·史密斯[②]。

提问:如果尼安德特人想换个灯泡,需要多少人? 答案:所有人。

……因此,该专栏的作家强烈要求对克莱顿矿井进行填埋,以防尼安德特人通过矿井内部的传送门入侵我们的世界。上次我们在与他们的战役中取胜,而这次的结果可能会完全不同……

论文预审:尼安德特人与智人之间的模因论和认识论的脱节……

---

① 纳尔逊·曼德拉(Nelson Mandela,1918—2013),于1994年至1999年间担任南非总统,被尊称为"南非国父"。

② 她是综艺《安娜·妮可秀》的主持。

今日,佐治亚州亚特兰大市疾病控制和预防中心的一位发言人对加拿大政府快速应对潜在的瘟疫媒介的做法表示赞扬。"我们认为他们的行事方法妥当,"雷蒙娜·凯特尔博士说,"不过,在他们送检的样本中,我们并未发现病原体……"

目前为止,一切顺利。早上八点刚过,庞特和玛利亚就离开了鲁本家,穿过屋后的树林,翻过栅栏,全程都没被人看到;庞特则利用嗅觉帮助他们避开了在屋后徒步巡逻的皇家骑警。

露易丝的朋友的确在等他们。原来加斯是个相貌英俊而且肌肉发达的加拿大原住民,大约二十五岁。他非常有礼貌,称庞特为"先生"。不过称呼玛利亚时用的是"女士",这让她有点不爽。他开车把他们送到克莱顿矿井附近不远处。保安认出了玛利亚,当然还有庞特,于是为他们放行。他们坐上了她租来的道奇霓虹,这段时间它都停在停车场里,车上落了一层灰尘和鸟粪。

玛利亚知道该往哪儿走。昨晚她问庞特:"明天你有什么特别想去的地方吗?"

庞特点了点头。"回家,"他说,"带我回家。"

玛利亚也替他难过,"庞特,如果我能送你回去,肯定会帮你,可惜不可能。你也清楚:我们没有这个技术。"

"不对不对,"庞特说,"我不是说自己那个世界里的家。我是说我在这个世界上的家:就是我家在这个地球上所对应的位置。"

玛利亚眨了眨眼。她从没想过这事,"嗯,好。如果你想看的话当然可以。但我们要怎么找到那里? 我的意思是,你能记得什么地标吗?"

"如果你能给我看看这片区域的详细地图,我就能找到那个地方,然后我们就能开车过去。"

他们用鲁本给的密码登录了英科公司的内部网站,里面包含了整片萨德伯里盆地的地质图。庞特轻易地就辨认出了地面的轮廓,找到了他想找的地方,那里和鲁本家大约相距二十公里。

接着,玛利亚尽量把庞特载到他想去的那个地方。萨德伯里周围的大部分地区都是加拿大地盾的露头、森林和低矮的灌木丛。他们花了好几个小时才穿过这片地区。尽管玛利亚算不上是运动健将,只是偶尔打几场对抗不那么激烈的网球赛,但她居然也挺享受这个徒步的过程,至少她在鲁本家隔离了这么久之后,这会儿还是充满热情。

他们最后翻过一座山脊,然后庞特就高兴地大叫道:"那儿!"他说,"就在那儿! 那里就是我的房子——不对,我是说,自己的房子就在那儿。"

玛利亚环顾四周,观察着这片区域:这里的一侧长着高大的白杨,间杂着细瘦的桦树,树干上裹着纸那样白的树皮;而另一侧则是一个湖。绿头鸭浮在湖面,一只黑松鼠蹦跳着穿过地面。一条潺潺小溪流入湖中。

"真漂亮。"玛利亚说。

"是的，"庞特兴奋地说，"当然，在我生活的地球上，这个地方的植被与眼前看到的完全不同。我的意思是，植物的类型大多相似，但它们生长的位置并不相同。但露出的岩石都非常相似——还有小溪中的那块巨砾！我知道那块巨砾！我经常坐在上面看书。"

庞特从玛利亚身边跑开几步。"这里，就是这里！我家的后门就在这里。还有这边——这里是我们的餐厅。"他又跑了几步，"卧室在这里，就在我脚下。"他振臂一挥，"这就是我们从卧室里看出去的景色。"

玛利亚顺着他的目光看去，"在你的世界里能在窗外看到猛犸象吗？"

"喔，对啊。还有鹿，还有麋鹿。"

玛利亚此刻穿着宽松的上衣和轻便的休闲裤，"猛犸象身上长着这么多毛，那它夏天不会过热吗？"

"夏天的时候，它们会换下大部分皮毛。"庞特走过来，站在离她更近的地方。他闭上眼睛。"各种声音，"他若有所思地说，"你听，树叶的沙沙声，昆虫的嗡嗡声，溪流声，还有——那里！——你听到了吗？是潜鸟的叫声。"他有些诧异地微微摇头，"听着和我的世界一样。"他睁开眼睛，玛利亚可以看到他的金色虹膜现在被粉色①包

---

① 这里指他的眼睛充血变红。

裹。"很像，"他说，声音有些颤抖，"非常像。要是我能——"他又用力闭上眼睛，整个人微微一颤，仿佛试着用意志力来穿越时间。

玛利亚也难过起来了。从自己的世界抽离，又被丢到了某个地方，这里那么熟悉，但又如此陌生，这感觉肯定糟透了。她抬起手，但不知道自己要做什么。他转向她，她说不出话，也不知道要说什么，她不确定他们两人是谁在向谁移动，但突然间，她的双臂搂住了他宽阔的躯干，而他的脑袋靠在了她的肩膀上，身体上下颤抖，哭了又哭，而玛利亚则抚摸着他金色的长发。

玛利亚努力回忆自己最后一次看到男人哭泣的场景，是科尔姆吧，她猜，但不是因为他们婚姻中的问题；它们都在如岩石般沉默的寂静中解决了。那次还是在科尔姆的母亲去世的时候。但就算这样，他也尽量装出一副勇敢的样子，只掉了几滴眼泪。但庞特现在却为他失去的世界、失去的爱人和失去的孩子哭泣，无所顾忌。玛利亚让他哭，直到他情绪平息，准备停下为止。

他哭完后，抬眼看着她，张开了嘴。她本以为哈克会翻译出一些诸如"对不起"之类的话。男的在落完泪以及放下戒备，沉湎于情绪后，不是都会说这些话吗？但他不是，庞特只是说："谢谢。"玛利亚朝他报以温暖的微笑，而他也回以微笑。

婕斯梅尔·凯特一早就去找阿迪克的女伴露特。

她果然在化学实验室里埋头工作。婕斯梅尔穿过实验室那扇方形的门,和她打招呼:"日康。"

"婕斯梅尔? 你在这里干吗?"

"阿迪克让我过来的。"

"他还好吗?"

"喔,他还好,但需要别人帮个忙。"

"是他的话,什么事都行。"露特说。

婕斯梅尔微笑道:"我就盼着你这么说。"

从玛利亚停车的地方到庞特居住地的这段距离比她想象的还要远,所以徒步走回去的那段路也费尽周折。等他们来到车边,已经是晚上七点以后了。

在长途跋涉后,他们都很饿。开车途中,玛利亚建议他们去找点吃的。他们来到一家乡村小旅馆,玛利亚停下了车,那里贴着一张广告牌,上面说这里供应鹿肉。"这个怎么样?"她问。

"我对这个可没什么评价权,"庞特说,"他们有什么吃的?"

"鹿肉。"

哔哔。"那是什么?"

"鹿。"

"鹿!"庞特惊呼,"好啊,鹿可太棒了!"

"但我从来没吃过鹿肉。"玛利亚说。

"你会喜欢的。"庞特说。

旅馆的餐厅里只有六张桌子，现在正好没有别人在吃饭。玛利亚和庞特相对而坐，他们之间点着一支白色的蜡烛。主菜差不多要等一个小时，但她在等的时候先享用了一些涂了黄油的南瓜面包。玛利亚想要一份凯撒沙拉作为开胃菜，但她和普通人一起吃饭时，大蒜味会让她感到很不自在；面对庞特，她当然不想冒险。于是她点了一份自制沙拉，配上日晒番茄油醋汁。庞特也点了一份自制沙拉，虽然他没吃油煎面包块，但其他的东西似乎也让他很享受。

玛利亚点了杯店家自酿的红酒，事实证明它喝起来极易入口。酒刚上桌的时候，庞特问："我可以试试吗？"

玛利亚很惊讶。之前在鲁本家里用晚餐的时候，露易丝问他要不要喝酒，但却被他拒绝了。

她把杯子递给他，他啜了一口就皱起眉，"它有种很强烈的味道。"他说。

玛利亚点点头，"你慢慢会喜欢的。"她说。

庞特把杯子还给她。"也许有人会吧。"他说。玛利亚慢慢喝完杯中的酒，享受着这家质朴迷人的旅店——还有对面这位绅士的陪伴。

秃顶的店老板显然知道庞特；毕竟他的外表就很引人注目，庞特一直在用他自己的语言轻声说话，这样就能由哈克来翻译。最后，这位店老板显然终于忍不住了。"不好意思，"他走到他们的桌边说，"请问庞特先生，我可以要你的签名吗？"

　　玛利亚听到哈克发出了哔哔声,庞特扬起眉毛。"签名,"玛利亚说,"就是你自己的名字,只不过是把它写下来。有人会向名人收集这些名字。"哔哔声又响了起来。"名人,"玛利亚重复道,"就是大家都认识的人,也就是你。"

　　庞特一脸震惊地望着那个人,最后终于说:"我——我感到很荣幸。"

　　店主递给庞特一支笔,然后把点餐用的小本子也递给他,呈上的是白色的卡纸底面。他把这本本子放在桌上,摆在庞特面前。

　　"除了自己的名字外,一般签名的人还会再写几个字,"玛利亚说,"比如'祝好'之类的。"

　　旅店老板点点头,"对,拜托了。"

　　庞特耸耸肩,显然这一切都让他很惊讶,然后就用自己的语言签下一串符号。他把本子和笔都还给店主,店主接过,高兴得匆匆跑了。

　　"你让他今天圆满了。"等店主离开后,玛利亚告诉了庞特。

　　"让他圆满了?"庞特重复了一遍这句话。

　　"我的意思是,他会一直记着这天的,这都是因为你。"

　　"哇,"庞特说,然后坐在桌子的另一头,透过烛光向她微笑,"我也会一直记着这天的,但这都是因为你。"

第四十一章

如果露特一切顺利,那么阿迪克明天就能进入量子计算实验室。但在那之前,他还有些事要安排。

萨尔达克是个大城市,但阿迪克认识生活在城缘的大多数科学家和工程师,以及居住在城中的大部分人。尤其是他与一位维护采矿机器人的工程师成了朋友。德恩·柯德是个胖胖的乐天派,有人说,他把自己的大部分工作都交给了机器人。但这份工作不就是在和机器人打交道吗?阿迪克出发去见德恩:现在已经入夜,德恩应该已经下班回家了。

德恩的房子很大,枝干蔓延;构成房屋主体的这棵树要想长成这个形状,肯定得花上一千月,完全可以追溯到现代树艺学的开端。

"日——好吧,夜康。"阿迪克走进德恩的屋内,他就坐在露台上,阅读着发光的数据板。露台地面和上方的遮阳篷之间罩着一层薄网,防止昆虫进入。

"阿迪克!"德恩说,"快进来,进来——小心这里挂着的东西;别让虫子跟着飞进来了。你要喝一杯吗?还是来点肉?"

阿迪克摇了摇头,"不用了,谢谢。"

"行了,是什么风把你吹到这儿的?"德恩问。

"你的眼睛还好吗?"阿迪克问,"视力怎么样?"

这个奇怪的问题引得德恩张大了鼻翼,"还好,当然了,我有眼镜,不过我阅读时用不着它们——至少看这个数据板是没问题的;只要把字号调大点就好了。"

"把你的眼镜戴上,"阿迪克说,"我想给你看样东西。"

德恩看起来很困惑,但还是走进屋内。过了一会儿,他就拿着眼镜出来了,那是一根宽大的弹性织物带,上面固定着一对镜片。他把带子套在头上,让它紧贴眉弓后的头部凹槽。镜片是装在一对小铰链上的;他把镜片翻下来盖住双眼,期待地看着阿迪克。

阿迪克把手伸进裤子左边的屁股袋,拿出他今天下午写的那张薄薄的塑料纸。阿迪克故意把这些符号写得尽量小,为此他还找了支笔尖足够细的手写笔。阿迪克之前打过庞特,那件事被录了下来。如今扫描仪分辨率虽然比当时更高,但清晰度仍然有限。阿迪克为了让远程档案库的监视员无法阅读,只能把他们使用的表意文字写成这个大小,右手都写抽筋了。

"这是什么?"德恩拿过那张纸,盯着它看。"啊!"他刚读了会儿,就不免惊呼,"不会吧!你真这么觉得?好吧,好吧……我肯定是不能给你一个新的,再说了,你很可能会弄丢它。不过我的确有几台要退役的机器,一台估计就够了。"

阿迪克点了点头,"谢谢。"

"现在的问题是,你准备在何时何地用到它们?"

阿迪克刚准备朝他"嘘"一声,示意他安静,不过德恩激动归激动,但也不傻。他在纸上发现了自己想要的信息,然后点点头,"明白了,没问题。我会在那里等你的。"

晚餐结束后,庞特和玛利亚上了她的车,驱车返回萨德伯里。"今晚我很开心,"庞特说,"我喜欢离开城市的生活,但我觉得自己应该再看看其他地方。"

玛利亚微笑道:"外面还有一整个大千世界等你去探索呢。"

"我知道,"庞特说,"而且我必须接受自己在这里的新身份,就是被人视作……奇闻逸事。"

玛利亚想张嘴反驳,但却无话可说。庞特的存在的确是件奇闻逸事;在过去更残酷的年代里,他的结局就是被当作怪胎卖给马戏团。终于,她把这话咽了回去,然后说:"我们的世界丰富多彩。我的意思是,我相信在地质层面,我们两个世界应该差不多,但我们有许多文化,各色建筑,以及古代遗迹。"

"我知道自己得去旅行;我得做出点贡献,"庞特说,"我也想过留在这里,留在萨德伯里附近,以防传送门再度打开。但已经过了那么久,我相信阿迪克已经试过了各种方法;他肯定试过但却失败了,当时的情况肯定很难复现。"玛利亚可以从庞特的话里听出他已经在勉强自己接受这一切,"对,我会去自己想去的地方;我会离这里远远的。"

他们这会儿已经把旅馆和它所属的小村庄的灯光远远甩在身后。玛利亚从她那侧的车窗向外望去,注意到了天空的景致。

"我的天!"

"怎么了?"庞特问。

"看!我从没见过那么多星星!"玛利亚把车驶上乡间道路的路肩,避开可能出现的车辆,然后停下车。"我得好好看看。"她从车上下来,庞特也是。"太漂亮了。"玛利亚弯着脖子,仰头向上看。

"夜空总能让我沉浸其中。"庞特说。

"我从来没见过这样的景色,"玛利亚说,"至少在多伦多是见不到的。"想到这,她哼了一声,"我住在一条叫作天文台巷的地方,但就算在最冷的冬夜,看到十几颗星星都算运气好。"

"我们在晚上不会开灯照亮室外。"庞特说。

玛利亚惊讶地摇了摇头,想象着一个没有路灯,也不需要提防同类袭击的世界。但她的心跳突然加速。"草丛里有什么东西。"她轻声说。

现在她眼中的庞特只是个模糊的轮廓,但她能听见他深吸了一口气。"是只浣熊,"他说,"不用担心。"

玛利亚这才放下心来，又仰头看着天空。她这么做的时候，脖子有点嘎吱作响；这个姿势不太舒服。但很快，年轻时的记忆涌上了她的脑海。她走到道奇霓虹前面，把屁股挪到车前盖上，然后一直向后，把背靠在驾驶位前的挡风玻璃上。玛利亚拍了拍她身边的车前盖："来，庞特，坐这儿。"

庞特在黑暗中挪动身子，也爬上了引擎盖，金属吃了他的重量，发出嘎吱的声响。他也靠在了玛利亚旁边的挡风玻璃上。

"在我还小的时候，父亲会带我们去露营，"玛利亚说，"那时候我们就经常这样。"

"这倒是观察天空的好方法。"庞特说。

"不是吗？"玛利亚心满意足地长叹了一口气，"看啊，银河！我从没见过这样的！"

"银河？"庞特问，"哦，我知道了，没错，但我们叫它夜河。"

"这个说法也很有意思。"玛利亚说，然后看向右侧。大熊星座在树木上方的天空中闪烁。

庞特也转头看向那边，"那边的那个图案，你们叫它什么？"

"北斗七星，"玛利亚说，"至少是指那边七颗最亮的星。我们北美把它比作长柄勺，而英国人则把它比作耕犁。"

哔哔。

"一种用来耕作的农具。"

庞特笑了起来，"我就知道。我们把它叫作猛犸头星。你看，这些星星是连在一起的,这是它的象鼻,从它的大脑袋上伸出来。"

"喔!对,我看出来了。那里的呢? 那个'之'字形的星座。"

"我们叫它裂冰座。"庞特说。

"啊,我能看出来。我们把它叫作仙后座,以一位古代皇后的名字命名。人们把星星的形状看成她的王座。"

"唔,但当中那个尖的部分不会弄伤她的屁股吗?"

这话把玛利亚逗笑了。"既然你这么说了……"她继续看着天上的星座,"说到这个,它下面的那块亮斑是什么?"

"那是——我不知道你们是怎么称呼的,它是离我们最近的大型星系。"

"仙女座!"玛利亚大声宣布,"我一直很想看看仙女座!"她叹了口气,继续抬头看星星,眼前的数量比她这辈子见过的所有星星都要多。"它真的太美了!"她感叹道,"另外——噢,我的天,我的天! 那是什么?"

庞特的脸现在也被微微照亮了。"夜光。"他说。

"夜光? 你是说北极光?"

"没错,它和地球的两极有关。"

"哇,"玛利亚说,"真的是北极光! 这我也从来没见过。"

庞特的声音里颇多惊讶,"你居然没见过?"

"没有,而且我生活在多伦多,那里比俄勒冈州的波特兰市还要往南。"这套说辞总能让美国人惊讶万分,但庞特可能看不出什么特别的。

"我见过几千次了,"庞特说,"但我从来都不觉得厌倦。"他们都沉默了一会儿,享受着如窗帘般波光粼粼的极光。"你们的世界里有很多人都没见过极光吗?"

"我猜是的,"玛利亚说,"我的意思是,不是所有人都住在非常靠北或者靠南的地方。"

"或许这就解释了背后的原因。"庞特说。

"什么原因?"

"你们对塑造宇宙的电磁细丝一无所知,露和我谈过这件事。我们就是在夜光中首次发现了这种细丝;我们就是通过它们来解释宇宙结构的,而不是用你们的大爆炸理论。"

"不过我觉得你没法让很多人相信宇宙大爆炸其实并没有发生过。"

"没关系。我觉得这种想要说服别人相信你的念头,其实也是宗教带来的。不管别人知不知道,我只要清楚自己知道就够了。"

玛利亚不禁在黑暗中微笑起来。这样一个在别人面前放开了哭的男人,一个不会总是想证明自己是正确的男人,一个和女人相处时持尊重和平等态度的男人,要是她的姐姐克莉丝汀看到了肯定会说,他真是个好男人。

玛利亚还在想,庞特显然也挺喜欢她的,当然,肯定是喜欢她的思想;在他看来,她的外表肯定是普普通通的,就像他——不,庞特在她眼里不是,现在已经不是了,但是在地球上的其他人眼里,他还是属于普通的这类。想象一下,庞特看重的不是她的相貌,而是她这个人本身。

真是个好男人,真的,但是——

玛利亚的心跳了一下。庞特的左手在黑暗中找到了她的右手,温柔地抚摸着。

她浑身的肌肉突然紧张起来。没错,她现在是可以和男性独处了;没错,她是可以拥抱和安慰别的男性了;但——

但不行,这一切进展得太快了。太快了。玛利亚抽回手,跳下引擎盖,然后打开车门,车顶的灯有点刺眼。她坐上驾驶座,过了会儿,庞特也坐上了副驾驶的位置,一直耷拉着脑袋。

开回萨德伯里的路上,他们一路无言。

第四十二章

第八天

八月九日,周五

148/104/02

新闻搜索

关键词:尼安德特人

环境保护组织"翡翠黎明"宣称对萨德伯里中微子观测站的爆炸负责,但邦尼·简·马却说观测站内并未发生爆炸,并把设施损坏的原因归咎于快速涌入的空气。

庞特·博迪特头骨的X光片于今早在eBay上架。萨德伯里地区医院的一位发言人在CBC电台上作出声明,说这些X光片一定是假的。该在线拍卖网站的出价随后终止,出价已逾355美元……

加拿大元昨日下跌逾2/3分。因美加两国持续争夺穴居人命运的控制权,致使两国关系维持紧张迹象……

依安大略省北部蒙塔戈的住处所发回的迹象表明,尼安德特人并不认同我们所有的科学信仰。尼安德特人的文化在我们所早已认定的创世理论方面也有相悖之处,他们拒绝大爆炸理论这一科学界最广为人知的宇宙起源学说,这对神创论者来说肯定是个好消息……

今日,有未经证实的传言称,俄罗斯已经用携带核弹头的洲际弹道导弹瞄准了安大略省北部。有位署名尤里·A.彼得罗夫的人在网上某个关注跨领域健康问题的新闻群组中发帖说:"如果瘟疫进入了我们的世界,为了全人类的福祉,必须有人时刻准备对染疫地区进行消毒。"

庞特·博迪特已经同意下周四在多伦多的天虹体育馆①开球,届时多伦多蓝鸟队将迎战纽约洋基队……

---

① 现已改名为罗杰斯中心,后文的两支队伍均为棒球队。

"根据我们的 CNN 在线调查,人们最想问尼安德特人的三个问题是:你们那个世界里的女人长什么样? 你们那个世界里的人类最后怎么样? 你相信耶稣基督吗?"

露特,也就是阿迪克的女伴,有权随时查看自己的远程档案。其实几个月前她就访问过,那时有个学生不小心擦掉了她写在墙板上的一个公式。她没试着再写一遍,而是直接去档案库访问了她的远程档案,找到了一帧清晰的墙板图像,再把那串符号记下来。

多亏了这次经历,露特才知道她的档案块插在了 13997 号容器内;于是这次她直接把档案块的位置告诉了档案管理员,都没让她在电脑上查。管理员陪露特走到了正确的壁龛前,然后露特把机侣对着档案块上的蓝眼,说道:"我,露特·芙拉多,出于好奇,希望访问自己的档案。特此为证。"

档案块上的蓝眼变黄了,方块识别到面前的露特正是她本人。

档案管理员也举起自己的机侣,"我,玛拉巴·达布达尔巴,档案库的管理员,特此证明:露特·芙拉多确认身份时本人正在场。特此为证。"数据块上的眼睛又变成了红色,自带的扬声器上发出了一个声音。

"一切就绪,"管理员说,"你可以使用四号房间的投影仪。"达布达尔巴转身带路,露特跟着她。她进入四号房间,这个小房间里只有一把椅子。但露特想象此刻在某处的另一间屋子内,正有一名执法人员正在接收并录下阿迪克发出的数据,同时还在时刻监控其内容。

但观看录好的内容和试着边录边看的感觉完全不一样。露特拔出控制钮,随便挑了一天的记录看起来,眼前的全息泡充斥着平淡乏味的图像,全都是她在实验室里工作的场景。画面还在继续播放,露特却悄悄离开房间,表面上是在朝着厕所的方向走,但随后就拐入一条无人的走廊,戴好用餐手套,小心取出自己随身携带的小装置,启动后,再把它丢入垃圾桶,然后再摘下手套。

露特一边吹着口哨回到回放室,一边暗想:波尔贝错了,地下深处并不是实施没有目击者的犯罪的最佳场所。其实,最佳的地方反而就是在档案室里,不但没人盯着你,而且你自己的档案块正在回放,而不是记录……

她最初想到的方法是用硫化氢,它肯定能达到预期的效果,但如果浓度超过百万分之五,那就算人们短暂暴露其中,也会有致命危险。她也考虑过臭鼬气,但她又看了下化学式,发现它的成分很复杂,里面有反-2-丁烯-1-硫醇、3-甲基-1-丁硫醇、反-2-丁烯基硫代乙酸盐,等等。最后她选择了硫化铵,这是熊孩子的最爱,他们那时候还没意识到,自己的所作所为全都被机侣记录下来了。

嗅觉敏锐当然有好处,不过露特也听过这种说法:他们很少吃植物,但其他灵长类动物却以它们为生,就是因为他们对异味过于敏感,没法忍受植物性饮食导致的胃肠胀气。不管怎样,这都是那

位博士给的建议,虽然他只是个想方设法不要挨刀子的物理学家
(指阿迪克)。

露特觉得自己是最先闻到气味的人,虽然她看录像的回放室离
她丢下小装置的走廊还是挺远的。然后她就静静等待,过程中也免
不了张大鼻孔来捕捉味道。但她不愿最先做出反应,而是一直等别
人四处奔逃后才离开房间,努力不被这股恶臭恶心到。一个身形魁
梧的家伙用手捏着鼻子,离开了另一间回放室,露特猜他就是阿迪
克的数据流管理员和监控员。她在匆忙离开之际瞥了眼那个人正
在看的全息泡,发现他看的就是婕斯梅尔和阿迪克离开阿迪克家里
的画面,这个猜测得到了证实。

露特经过满脸拧成一团的达布达尔巴,听见这位档案管理员抱
怨:"这是什么恶心的味道?"

"太可怕了!"另一个人匆忙穿过前厅。

"开窗! 开窗!"第三个人大喊。

露特和另一群人一起,冲向了建筑室外的开阔地带。露特知
道,要想等这个味道散掉并让人重回室内,至少得等六个小时。

她只希望这些时间能让阿迪克完成他的计划。

第二天一早,玛利亚就去了劳伦森大学,她终于摆脱了那些在
华美达酒店大堂蹲点的记者,而且他们最后还发现庞特其实没住在
这里,更是失望透顶。鲁本之前显然是暗示过这些记者,说庞特可

能在这里下榻，他用这种声东击西的策略来掩盖庞特的行踪。玛利亚昨晚已经把庞特送回家了，据她所知，他现在应该还在那里。

早上十点半，她在劳伦森大学基因实验室外的走廊上居然碰巧撞见了露易丝·贝努特。她穿着紧身的牛仔热裤，白色T恤在她平坦的小腹上打了个结。玛利亚不由暗想：今天是很热，但她穿得也太——就像是要……

不对！

玛利亚暗暗骂了自己几句；在这件事上，她的立场很清楚。不管女人穿什么，都应该是安全的，都应该拥有在外大方散步且不会被骚扰的权利。

玛利亚决定友好一点，于是等自己接近了露易丝的时候用法语说："你好啊，今天怎么样？"

"我很好，"露易丝说，"你呢？"

"还不错。你怎么来了？"

露易丝指了指大厅，"我来见见物理系的几个熟人。观测站现在也没什么事，他们已经把探测器室的水排干了，原产厂家派了个小队过来检修，刚刚开始重新组装球体，但还得等上几周才能完工，所以我在想，不如来这里和他们讨论一下这个想法，看看他们能不能发现漏洞来。"

玛利亚边听边朝着自动售货机走去，她盯着一袋薇琪小姐的海盐与麦芽醋味薯片，这是只有金钱才能换来的放纵，在每周第一个工作日都来上一袋这种净含量四十三克的薯片已经成了她的习惯。

"怎么样？"玛利亚问她时并未停下脚步，"他们发现漏洞了吗？"

露易丝摇摇头，跟上玛利亚，和她并肩走着。

"那这就是最合理的解释了？"玛利亚问。

"我猜是的。"露易丝说。她们一进休息室，玛利亚就拿出钱包找零钱。她拿出一枚一卢尼①和一枚二十五分的硬币，把它们塞进自动售货机里。露易丝则用边上的机器买了杯咖啡。

"还记得我们在英科公司的会议室里开的那个会吗？"露易丝说，"嗯，正如我当时所说，量子力学的多世界解释表明，如果某个量子事件可能有两种发展方向，那它就肯定会有两种情况。"

"时间线分叉。"玛利亚靠在了人造革的椅子上。

"没错，"露易丝说，"我还花了点时间和庞特谈过这件事。"

"庞特提过这件事？"玛利亚说，"我肯定错过了。"

"那会儿已经很晚了，而且——"

"那天晚上我给他上完语言课后，你又进他房间了？"玛利亚心头突然涌上一股情绪——天啊，居然是嫉妒。

"对。你也知道的，我喜欢熬夜，而且也想多了解下尼安德特人的物理观。"

"然后呢？"玛利亚试着让语调保持平稳。

"这个嘛，结果还挺有意思的，"露易丝喝了口咖啡说，"量子力

---

① 一加元硬币。

学在我们的世界里主要有两种解释：即哥本哈根派和埃弗雷特的多世界理论派。前者假设了观测者的特殊地位，认为观测者的意识可以影响现实世界。这个想法让一些物理学家觉得很不舒服，因为它听着像是退回了19世纪初的生命力论。埃弗雷特的多世界理论试图回避这种观点，他认为量子现象会不断分裂出新的宇宙，每个可能出现的结果都来自于量子之间的互相作用，只是所处的宇宙各异。现实不必依靠观测者存在，所有存留于世的现实都是自发生成的。"

"嗯。"玛利亚这么回答倒不是因为她真的理解了，但如果换种说法，可能就要再听一节更长的课了。

"另外，庞特他们只有一套量子理论，听着有点像这两种理论的综合体。他们也认为世上有许多世界，也就是承认了平行宇宙的存在，但它们并不是随机的量子事件所产生的结果，而是通过有意识的观测者创造的。"

"我们为什么没有类似的大一统理论呢？"玛利亚问，嘴里还嚼着一块特别大的薯片。

"部分是因为几个理论间还存在着许多似乎无法调和的数学问题，"露易丝说，"当然还有科学界里的老问题——派系斗争。那些支持哥本哈根学派的人整个职业生涯都会不断试图证明它是对的；同理，那些支持埃弗雷特的人也是一样。所以你想让他们都心平气和地坐下来承认'可能我们都只对了一部分，也错了一部分'是完全不可能的。"

"啊!"玛利亚叹道，"就像人类学中的'地域连续说'和'更替说'之间的争论一样。"

露易丝点点头，"可以这么理解。不过假设尼安德特人这套二合一的量子理论是正确的，那这就意味着人类意识的力量其实能够开辟出一个新的宇宙。但这样就提出了一个重要的问题。假设在最开始的时候，也就是在大爆炸的那一刻，世上只有一个宇宙。之后的某个时间里，它就开始了分裂。"

"我觉得庞特好像不相信大爆炸理论?"玛利亚说。

"对。显然，尼安德特人的科学家们认为宇宙是恒在的。他们觉得从宏观角度上看，被我们当作宇宙膨胀主要证据的红移应该和宇宙的年龄而不是距离成正比；也就是说，质量是随着时间变化而变化的，所以他们觉得星系和星系团的总结构是由单极子和等离子体挤压涡流细丝产生的。我们认为宇宙微波背景辐射是大爆炸后遗留的电磁波辐射，但在庞特看来，它其实是困在这些强磁场中的电子吸收和发射微波的结果。数十亿星系反复吸收和发射微波，消弭了最初的辐射，产生了我们现在检测到的均匀背景。"

"你觉得这个说法可能吗?"玛利亚问。

露易丝耸耸肩。"我还得再查些资料。"她又喝了口咖啡，"但你知道吗，庞特说了这些东西后，又告诉了我一件最惊人的事情。"

"什么?"玛利亚问。

"我猜你给他看过教堂里的仪式,对吧?"

"对,在电视上看过。"

露易丝找了另一张乙烯基覆面的椅子坐下,"他的对话中出现了更多宗教思想,所以那天晚上他肯定是花了点时间看电视。他说我们那个有起源故事的宇宙只是一个被人创造出的神话,就像《圣经》一样,说什么:'起初,神创造天地……'庞特还说,'就连你们的科学也被错误的宗教污染了。'"

玛利亚也找了把椅子端正坐好,"你知道吗……我的意思是,物理的确是你擅长的领域,不过他可能也是对的。我刚刚提到过'地域连续说'和'更替说';这两种说法有时也被叫作'多区域起源说'和'走出非洲说'。不管怎么样,我和其他基因学家所赞同的'更替说'基本上也还是从宗教的角度出发的:人类走出非洲,正如被上帝逐出伊甸园,而且我们与动物王国中的万物,甚至与还存于世的人属动物,都有着一道明确的分界线。"

"这个观点很有意思。"露易丝说。

"你也可以说,对方也在努力寻找一个合乎《圣经》的解释:'多区域起源说'和以色列'十个消失的部落'之间的相似之处非常明显。此外还有'线粒体夏娃'学说,说的是有位生活在距今十多万年前的女性是现在所有人类的祖先。但你看这个假说的名字——夏娃!这就很能说明问题了:这个说法之所以广为人知,完全是因为宗教的关系,而不是它背后的科学理论。"玛利亚顿了顿,"哎呀,不好意思,你前面在说尼安德特人的量子物理观……"

"没错没错,"露易丝说,"好吧,我的想法是,假设他们的平行宇宙起源说是正确的,但对宇宙恒在的看法错了呢?如果宇宙的确有起源,那产生平行宇宙的首次分裂又是什么时候发生的?"

玛利亚皱起眉,"这个嘛,唔……我不知道。我猜是人类第一次做决定的时候?"

"对!我觉得这就是答案!那第一个决定又是什么时候做出的呢?"露易丝顿了顿,"你也清楚,这就是为什么庞特总是说,如果深入探寻我们科学角度的世界观,就会发现我们总是在证明那些创世神话里说的故事。比如宇宙大爆炸理论还有你的智人进化学说,其实就是《圣经:创世纪》的现代版。不过嘛,或许我应该为自己有这种想法而感到愧疚,毕竟在《圣经》里,除上帝之外做出的第一个决定就是身为人类的夏娃面对苹果的诱惑时决定吃掉它,这就是人类的原罪。人们可以这么理解:这种做法就等于开启了一个平行宇宙。其中一条时间线就是我们身处的时间线,人们被逐出了伊甸园。而在另一条时间线里,这一切都未曾发生。其实庞特的情况和这个有点类似,他也是从一个世界穿越到了另一个世界。"

玛利亚完全糊涂了,"此话怎讲?"

"我以玛利亚举例,不过沃恩教授,我这里说的不是你,而是另一个玛利亚,也就是耶稣的母亲。你信天主教,对吧?"

玛利亚点点头。

"我注意到你身上的十字架了。"玛利亚低头一看才明白过来。"我也信天主教,"露易丝继续说,"不管怎么样,关于天主教,很多人都会犯一个错误,但作为天主教徒的你可能不会,那就是圣灵感孕说。很多人都觉得耶稣是处女所生这个说法很奇特,但其实并非如此,你觉得呢?"

"对,不是那样。"玛利亚说,"这一说法的重点其实是玛利亚本人。她之所以能诞下上帝之子就是因为她的诞生本就没有罪——她是纯洁无瑕的象征。"

"没错!但想想看,如果一个世界上的所有人都是亚当与夏娃的后代,那么没有原罪的人又从何而来?"

"我不知道。"玛利亚老实承认。

"你还没看出来吗?玛利亚似乎就是那个从其他时间线内转移到这个宇宙里的人,在她原来的世界里,夏娃并没有吃下苹果,人类没有堕落,世人都没有受到原罪的污染。"

玛利亚半信半疑地点点头,"听着很有道理。"

露易丝面带微笑,"你很快就能看出庞特和圣母玛利亚之间的相似之处了,我们先回到更早的问题上:我说过,如果他是对的,宇宙的确在每次做决定的时候都会发生分裂,那第一次分裂又是什么时候?你的回答是:人们第一次做决定的时候。但那究竟是什么时候呢?不是在《圣经》里,而是……怎么说,在现实中……"

玛利亚又拿了个薯片,"噫,我也不知道。可能在三叶虫第一次决定向左走而不是向右走的时候？"

露易丝把手里的咖啡放到桌上，"我觉得不是。三叶虫没有自主意识，它们以及其他所有初级生命体的行为都只是靠化学递质驱动的。美国的古生物学家斯蒂芬·杰·古尔德在他的书里反复强调这样一个观点：如果生命可以倒带，重新进化，那结果会完全不同。但他说这话的时候，一直觉得自己在间接提及混沌理论，可他错了。不管你把三叶虫放在一个十字路口多少次，它都不会产生自我意识。它只会处理自己感知到的东西，然后遵照其结果行事，不会作出选择。不过古尔德在某种程度上也是对的：当你改变了初始条件，那么结果可能完全不同。但他那种让生命倒带重新进化一遍的说法其实和再放一遍《乱世佳人》录影带的结果大差不差，瑞特和斯嘉丽最后都会在一起。我觉得真正的决定、真正的选择、真正的自我意识要在很久很久之后才会出现。其实我认为，我们，也就是智人，才是这个星球上真正具有自我意识的存在。"

"但早期人类也有许多复杂的行为，"玛利亚说，"匠人、直立人、能人，还有南方古猿与肯尼亚平脸人都有。"

"沃恩教授，我知道这是你的领域——"她们一起隔离了那么久，自己难道真的没有和露易丝讲过她可以叫自己玛利亚吗？"——这些不过都是我从网上看到的。就我目前的认识来说，这些早期人类所表现出来的行为最复杂的也不过是海狸造水坝的程度吧。"

"他们还会制作工具呢。"玛利亚说。

"没错，"露易丝说，"但是他们成百上千年来也只是在不断重复制造工具，外观大同小异，都遵循着相同的思维方式，采用相同的设计。"

玛利亚点点头，"的确。"

"当然了，这些石制工具肯定多少都会有点区别，"露易丝说，"但这些只是石片从更大的石头上敲下来后解理面所产生的随机变化。早期人类在从事生产工作的时候，就算起初没什么很好的想法，但也很快会意识到，有些工具用起来会比另一些更顺手。好比刚开始不一定能立刻想到应该把轮子做成圆形；你可能会先做一个五边形的，偶然间又做了个六边形的，发现它转起来的时候要稍微好用些，最后才造出来一个完美的圆形轮子。"

玛利亚点点头。

"但如果人在工作的时候没有自主意识，那只会把更好的工具丢到一边，因为它根本不符合自己的思维定式：它和应该生产出的形状不一样嘛！你觉得呢？这就是考古记录里的工具所体现的情况：他们并没有逐步升级工具，而是始终保持原样。对此我能想到的唯一解释就是：他们在选择更称手的工具方面并没有自主意识；工具的制造者根本没有意识到也不会想到，用这种方式处理掉石头表面的凸起后，得到的工具要比用那种方式做出来的更好。整个设计完全停滞了。"

"这个说法很有意思。"玛利亚听着，打心眼里感到惊讶。

"如果我们在动物身上观察到了复杂但重复的行为,比如筑坝这一类行为,我们会称之为本能,但从本质上来说,原始人制造工具不也是一样的吗?但在智人出现后,这就不再是无意识的事了。但是重点来了,其实在智人出现后的六万年里,他们也是没有自主意识的。"

"你在说什么?"玛利亚问。

"现代人在解剖学上首次出现是在什么时候?"露易丝又拿起了她的咖啡杯。

"大概十万年前吧。"

"这和我在网上看到的数字差不多。那你看看我这么理解对吗:大概十万年前,那些长相和走路姿势都与我们完全相同的生物首次出现在世界上。他们大脑的形状和尺寸和我们一样,这是通过颅骨形状判断的。"

"没错。"玛利亚说。她吃完了薯片,然后从钱包里抽了张舒洁纸巾,把自己油乎乎的手指擦干净。

"但是,"露易丝说,"根据我读到的东西来看,他们出现后的整整六万年里,他们都没有产生过主动的思考。他们的行为在整整六万年里都是由本能驱动的,但随后,就在四万年前,一切都变了。"

玛利亚来精神了,"认知大跃进!"

"对!"

玛利亚觉得自己的心怦怦跳了起来。认知大跃进是一些古人类学家给大约发生于四万年前的文化觉醒所起的名字；也有人称其为旧石器时代晚期革命。正如露易丝所说，拥有现今外观的人类在那件事发生时，已经大约出现了六万年，但他们并没有创造艺术，没有用珠宝来装饰自己，也不会在安葬同伴时加入随葬品。不过在距今约四万年前，人类突然开始在岩壁上绘画，佩戴项链和手镯，在自己的亲友去世后用食物、工具以及其他有价值的东西陪葬，希望他们能在可能的来世继续使用。艺术、时尚、宗教在这段时间里全都涌现出来了；可以说，这是真正的大跃进。

"所以你才说四万年前，有些克罗马农人突然开始作出选择，然后宇宙也随之开始分裂？"

"也不完全是。"露易丝说，她显然刚把第一杯咖啡喝完了，然后起身去倒另一杯，"你再想想，为什么突然就有了认知大跃进？"

"谁都不知道。"玛利亚说。

"但不管从哪方面看，它都堪称考古史上的里程碑，标志着意识的出现，你觉得呢？"

"我猜也是。"玛利亚说。

"但这种突然开始艺术创作的行为并没有伴以任何明显的生理变化；也没有突然出现什么新人种。本可以产生意识活动的大脑此前已经存在了六万年，却并没有点燃意识的火花，但突然间，有什么事发生了。"

"没错，这就是认知大跃进。但正如我之前所说的，没人知道原因。"

"你看过罗杰·彭罗斯写的《皇帝新脑》吗?"

玛利亚摇摇头。

"彭罗斯是牛津大学的数学家[①]。他声称,人类的意识活动本质上就是量子力学。"

"什么意思?"

"这就意味着我们以为的智力也好,感知也罢,其实并不是通过神经元的生化网络或者类似的原始结构产生的。相反,它是某种量子计算的结果。更准确点说,他和一位名叫哈默罗夫的麻醉师共同提出了一个理论:脑细胞中的微管中存在孤立电子,它们的量子叠加创造了意识。"

"唔。"玛利亚的反应里显然充满疑惑。

露易丝又啜了口新倒的咖啡,"你没发现吗? 这就是认知大跃进的原因。没错,我们的大脑的确和十万年前没有变化,但意识却是在某次偶然的量子活动发生后才产生的:按照埃弗雷特的说法,正是这一现象,才让新的宇宙从原有的宇宙中剥离了出来。"

玛利亚点点头,这个说法很有趣。

"因为量子的特性,一起量子事件会有很多结果,"露易丝说,"因为量子涨落或者其他什么原因,智人产生了意识,那么相同的事情也可能发生在那些生活在四万年前的人类身上,也就是尼安德特

---

① 他在1973年就任牛津大学数学教授。

人身上！宇宙的首次分裂完全是个意外，是个量子侥幸。在一个世界里，思想与认知的萌芽在我们的祖先身上出现；而在另一个世界里，则是庞特的祖先。我读到的资料是，尼安德特人是距今二十万年前出现的，对吧？"

玛利亚点点头。

"而且他们的脑容量比我们的还大，对吧？"

玛利亚又点了点头。

"但在这个世界，"露易丝说，"在这个时间线内，他们的大脑却从未闪过意识的火花，反而是我们的大脑产生了意识，而这就给我们带来了优势，让我们拥有了谋略与远见，彻底打败了尼安德特人，成为了世界的主宰。"

"啊！"玛利亚说，"但这样的话，在庞特的世界——"

露易丝点点头，"在庞特的世界，事情正好相反。尼安德特人拥有了意识，发展出了自己的艺术与文化，也拥有了谋略；他们实现了认知大跃进，而我们还是又蠢又野蛮，就和六万年前一样。"

"完全有可能，"玛利亚说，"说不定你还能据此发表一篇好论文。"

"还不止呢，"露易丝又喝了一口咖啡，"如果我是对的，那就意味着庞特有可能可以回家。"

玛利亚心里一惊，"什么？"

"这个观点部分是基于庞特和我说过的东西，部分是基于我们的世界对物理的理解和认识:宇宙自我分裂和阿米巴变形虫的自我分裂不太一样,后者是一只阿米巴变形虫分成两只更小的,母本就在这个过程中消失了。而我们现在的假设是,宇宙的分裂更像是脊椎动物的分娩:原来的宇宙还是保持不变,但却多了个新的宇宙。"

"OK,"玛利亚说,"然后呢?"

"你看,各个平行宇宙的年龄其实并不相同。假如你今早因为选择吃什么早餐而发愁,那分裂出的宇宙看起来可能和原来的相同,但其中一个已经有一百二十亿年的历史了,而另一个可能只有"——她看了眼自己的手表——"好吧,到现在可能也只有几个小时那么久。当然了,分裂出的宇宙看起来像是有几十亿年的历史,但其实并不是。"

玛利亚皱起眉,"露易丝,你不会是个神创论者吧?"

"什么?"但她随后笑了起来,"不不不——不过我能明白你在暗示什么。不,我现在说的可是真正的科学。"

"如果真就如你所说,那又要怎么把庞特送回家?"

"这个嘛,假设这个宇宙,也就是我们都身处其中的宇宙,最初产生自我意识的是智人,但它其实是从尼安德特人先有意识的那个宇宙中分出来的,而其他无数个具有自我意识的智人所生活着的宇宙都是它的女儿、孙女,或者曾曾曾曾孙女。"

"真是个宏大的假设。"玛利亚说。

"如果我们没有其他证据,那它也只是假设而已。但我们却掌握着实实在在的证据,能够证明这个宇宙就是独一无二的——那就是庞特来了这里,而不是其他那些可能去的地方。当庞特的量子计算机遍历了所有同样包含自身的宇宙后,它下一步会做什么？它只能开始遍历自身不存在的世界,这样一来,它首先接触的就是我们,因为我们所处的世界正是拥有量子计算机的世界所在的那颗分叉树的开端,正是在四万年前,这个世界开始迈向另一个方向,另一种人类开始接管。当然了,一旦它所接触的世界的相同地点没有量子计算机,那么计算过程就会崩溃,两个世界之间的接触也就停止了。但如果庞特世界里的人能够重复将他放逐至此的过程,那我觉得通向这个世界、也就是与他们所处的时间线首次分道扬镳的世界的传送门,的确有可能会再度开启。"

"涉及的假设太多了,"玛利亚说,"再说了,如果他们真的能够重现实验,为什么到现在还是没动静？"

"我不知道,"露易丝说,"但如果我说的是对的,那么通向庞特世界的传送门有可能会重新打开。"

玛利亚觉得胃里正在翻腾,这不单是薯片的问题,因为她听到了这件事的可能性,此刻正在试着理清由此生发的种种情绪。

第四十三章

阿迪克·胡德盯着德恩给他的采矿机器人。这个奇妙的装置看起来显得实在简陋；其实就是把齿轮、滑轮组和机械钳随便拼在一起，乍一看还以为是棵掉光了松针的矮小松树。这个机器人之前应该遭受过火灾；阿迪克想起来，四个月前，矿井里是有过一场火灾。它身上的零件有些已经熔化了，有些金属部件也已经伤痕累累，整体看起来也是黑黢黢的一团。德恩之前说过，他们已经准备把这个机器人送去回收厂了，所以它丢了也没人在意。

找到控制机器人的方法还挺困难的。虽然拥有人工智能的机器人已经问世，但价格极为昂贵。他们这台机器人不够聪明，还不能自己做事；需要有人远程辅助操作。他们不能用无线电信号，因为这会干扰量子储存器，这样就没法成功重现实验时的状态了。德恩最后决定从机器人身上接出一根光纤，连到一个小控制箱，再把控制箱放在量子计算控制室的控制台上,然后用两根摇杆来控制机器人的手,让它按住第六十九号寄存器的顶部,和庞特之前的做法如出一辙。

阿迪克看着德恩,"都设定好了?"

德恩点点头。

他又看着同样在场的婕斯梅尔,"准备好了?"

"嗯。"

"十!"阿迪克站在控制单元边上,就算这次计算室里并没有人在听他倒数,他也和第一次实验时那样,大声喊出倒计时的拍数。

"九!"他无比希望这次能够成功,既是为了庞特,也是为了他自己。

"八!七!六!"

他望着德恩。

"五!四!三!"

然后向婕斯梅尔投去鼓励的微笑。

"二!一!零!"

"哇!"德恩喊出了声。他的控制盒被拽下了桌,砸在地上,又在地面上拖行,连在它后面的光纤绷得直直的。

阿迪克感到一阵强风袭来,但双耳却没有鼓胀的感觉;说明气压没有明显的变化,好像只是交换了空气。

婕斯梅尔艰难地说出了几个字:"我不敢相信。"但她发出的所有声音都被风尽数吞没了。

德恩冲过房间，用右脚踩住光纤，才成功停住控制器，避免它被拖到更远的地方去。阿迪克匆忙跑到窗边，低头查看计算室的地面。

机器人不见了，但——

但光纤被扯得紧紧的，离地大约有半臂高，从控制室开着的门里一直延伸到离计算设备还有四分之三的距离处，然后——

然后它就在六十九号柱状寄存器边上消失得无影无踪，好像穿过了一堵无形之墙上的无形洞口。

阿迪克看着德恩。德恩看着婕斯梅尔。婕斯梅尔看着阿迪克。三人面面相觑，然后匆匆跑到监视器前，上面显示的应该是机器人的摄像机拍到的东西，但监视器只是一块空荡荡的黑屏。

"机器人不在了，"婕斯梅尔说，"就像我父亲一样。"

"还不一定，"德恩说，"也有可能是视频信号没法穿过那个，呃，不知道是什么东西的东西。"

"还有另一种可能，"阿迪克说，"或许它只是进入了一个漆黑的房间。"

"那——那你觉得我们该怎么办？"婕斯梅尔问。

德恩耸了耸自己圆圆的肩膀。

阿迪克说："我们先把它拉回来，看看物体穿过那个——那个东西后能剩下点什么。"他走进计算机室，轻轻握住光纤，那根线缆就消失在他面前几步远的地方，消失在了齐腰高的虚无里。他的另一只手也握住光纤，开始慢慢向后拉。

婕斯梅尔走到他身后，也开始轻轻用力拉动绳子。

“它用的只是标准的贝当克接口。”

“会松吗？”

“太用力就会。不过光纤的连接处有几个帮助固定位置的小卡扣。”

阿迪克和婕斯梅尔继续慢慢往回拽，“你把卡扣锁好了吗？”

“这——我不太确定，”德恩说，“应该是扣好了。这些线缆在我设置机器人的时候插拔了很多次，所以——”

阿迪克和婕斯梅尔拽回了三个臂长左右的线缆，然后——

“快看！”婕斯梅尔说。

机器人那矮胖的轮廓已经透过那个，呃，那个他们不知道怎么描述的东西显露了出来。他们现在已经能看到它的底盘，看着就像是穿过了一个漂在空中的洞，形状刚好和机器人的横截面相同。

德恩匆忙跑过计算室，裤脚拖在光滑的岩石地板上，“啪嗒”作响。然后他伸手抓住了机器人细长的机械臂，它的一部分已经穿过了空气中的那扇传送门，露在了外面。他的时机刚好，光纤和机器人的连接处瞬间就断了，阿迪克和婕斯梅尔跌跌撞撞地向后倒去，他压在了她身上。他们很快站起来，看见德恩已经快把机器人——这个说法突然闪过阿迪克的脑海——从另一侧拉过来了。

阿迪克和婕斯梅尔跑去帮助德恩,他坐在地板上,而机器人也摔了个底朝天,躺在他边上。这次的意外造成的损害倒比之前还小。但德恩却死死盯着自己的左手,瞠目结舌。

"你还好吗?"阿迪克问。

"我的手……"德恩说。

"手怎么了? 受伤了吗?"

德恩抬起头,"没有,没事没事。但——但是当我第一次抓住机器人的时候……光纤松开了,然后机器人掉了进去,我的手也一起穿过去。我看到半截手臂也消失在……消失在了那个东西里。"

婕斯梅尔拿起德恩的手,仔细端详,"它看起来还好。穿过去的时候是什么感觉?"

"一点儿感觉都没有,但手就像从手指后面点儿的地方被砍断了一样,断面光滑平整,可是没有流血。我把手向后拉的时候,断面也会沿着我的手指移动。"

婕斯梅尔打了个冷战。

"你确定你还好吗?"阿迪克问。

德恩点点头。

阿迪克朝着传送口的方向走了半步,缓慢伸出右手,试探性地扫了几下。刚刚打开的某种入口现在似乎已经关闭了。

"现在怎么办?"婕斯梅尔问。

"我不知道,"阿迪克说,"我们能在机器人上装盏灯吗?"

"当然,我能从头部护具上拆一个下来。你们有多余的护具吗?给我一个。"

"餐厅的架子上有一个。"

德恩点点头,然后举起手,转动腕部,先是手掌朝上,再是手心向下,他好像是第一次见到自己的手。"难以置信。"他呢喃着,然后摇摇头,打断自己的胡思乱想,动身去拿灯。

他们在等德恩回来的时候,婕斯梅尔对阿迪克说:"你肯定知道发生了什么,我的父亲就是穿过了这个不知道是什么的东西,所以没人能发现他的尸体。"

"但另一侧的高度和我们这儿的不同。"阿迪克说。

婕斯梅尔扬起眉毛,"他可能已经摔断了脖子。这也……这也意味着,如果我们到了另一边,看到的就会是……"

阿迪克点点头,"就会是他的尸体。对不起,我也想到过……但我脑海中浮现的画面其实是溺毙在重水罐里的他。"阿迪克沉思了一会儿,然后走到机器人前,发现它摸着很干燥,"在庞特穿过的另一头有一个储存重水的容器,但——烂骨头!"

"怎么了?"

"我们肯定连接到了别的宇宙,不是庞特去的那个。"

婕斯梅尔的下嘴唇颤抖着。

阿迪克把机器人抱起来摆好,检查了光纤的接线处,不过这些地方在他看来一切完好,与此同时,婕斯梅尔则低头慢慢地走着,捡起落在地上的光纤线缆，然后把它递给阿迪克，后者"啪"的一声把它接好，然后再取下两个卡箍，卡在接口边缘的凹槽上，帮助光纤固定到位。

德恩这时带着两盏电灯回来了，还拿着为灯具供电的电池组以及一卷胶带，再用胶带把灯牢牢固定在机器人摄像头的两侧。

三人重新把机器人放在之前的位置，也就是第六十九号寄存器边上，再一起回到控制室。阿迪克拿了几个设备箱垫在脚下，这样他既能操作控制台，也能转头看着计算室的地面。

然后，他又喊了一遍倒计时："十、九、八、七、六、五、四、三、二、一、零!"

这次，阿迪克见证了全过程。传送门打开的样子就像一圈逐渐向外扩散的蓝色火焰。他又听见了空气从耳边掠过的声音，而那个机器人似乎正身处悬崖峭壁之巅，跌跌撞撞地向前摔去，然后就不见了。控制的光纤先是绷得紧紧的，光圈随即在线缆周围收紧，接着就消失了。

他们三人一起望向其中一个方形的视频监视器，动作如出一辙。起初画面里似乎还是没有视频信号，但接着，灯光肯定是照到了什么东西，他们瞥见了反光，可能是玻璃，也可能是塑料，但此外就什么都看不到了；不管机器人此刻悬在何处，它所处的空间肯定巨大无比。

机器人像个钟摆一样来回摆动，光扫过了什么东西，看着像是一些交叉的金属管？

但突然间，周围的一切都被照亮了，好像——

"肯定有人开了灯。"婕斯梅尔说。

现在他们才看清，吊在光纤末端的机器人其实正在旋转。他们扫过一面石壁，之后还是石壁，接着——

"那是什么？"婕斯梅尔大声问。

但他们只瞥见一眼：在整个空间弯曲的那侧，靠着个梯子一样的东西，穿着蓝色衣服的纤细身影沿着梯子飞速而下。

机器人还在继续旋转，他们看到地面上的图案，就像是测绘时用的栅格线，在交叉的地方还有着金属花朵似的东西。

"我从来没见过这种东西。"德恩说。

"真漂亮！"婕斯梅尔也感叹道。

阿迪克深吸了一口气。画面还在晃动，又看到了梯子，又有两个人影顺着梯子爬下来，但最让人抓狂的是，机器人一转，就看不到那些人影了。

旋转还在继续，他们又瞥见了那些人形生物两次，好奇心让他们愈加心痒难耐，对方穿着宽松的蓝色连体服，头戴亮黄色的护具，肩膀太窄，不像是男性；阿迪克觉得她们可能是女的，但这个体型就算是女性也太瘦了。阿迪克虽然只是匆匆一瞥，也注意到她们的脸上几乎没有毛发，接着——

接着画面突然震了一下，然后稳定下来，机器人不再旋转。有只手从侧面伸过来，短暂控制了镜头的方向。那只奇怪的手看着很瘦弱，拇指很短，一根手指上还戴着某种金属圆环。显然，就是这只手牢牢地抓住了摄像机，稳住了镜头。德恩疯狂地操作控制盒，让摄像机尽快向下转，然后他们终于好好地见到了那只手的主人。

德恩倒吸一口凉气，阿迪克则觉得自己的胃就像打了结。这些生物面目可憎，身形怪异，下巴似乎因为里面的骨头而向外凸。

这些令人恶心的生物依然紧抓着机器人，试着把它拉向地面；机器人的底部离地看着好像只有半个人那么高。

阿迪克在机器人身上的摄像机倾斜时看见那个网格球体的底部有个开口，好像有一部分已经被拆开了。地上堆放着好几块巨大的弧形玻璃，也可能是透明的塑料片，肯定就是它们捕捉到了灯最开始发出的光。看来地上这些弯曲的玻璃最初是这个巨型球体的一部分。

他们现在能时不时地看见另外三个同样的生物，畸形的程度如出一辙。其中两个脸上也没有毛发。另一个指着机器人，手臂看起来就像一根细弱的树枝。

婕斯梅尔双手叉腰，缓缓地摇着头，"他们是什么来头？"

阿迪克也惊诧地摇了摇头。

"像是某种灵长类。"婕斯梅尔说。

"既不是黑猩猩，也不是倭黑猩猩。"德恩说。

"没错，"阿迪克表示赞同，"他们虽然身形瘦弱，但毛发却很稀疏。看起来不像猩猩，倒更像我们。"

"可惜他们戴着这种奇怪的头饰，"德恩说，"这有什么用？"

"保护？"阿迪克猜。

"看样子好像没什么用，"德恩说，"如果有什么东西砸到他们头上了，最先承重的应该是他们的脖子而不是肩膀。"

"这里没有父亲的踪迹。"婕斯梅尔难过地说。

他们三人都沉默了一会儿。然后婕斯梅尔开口了，"你知道他们看起来像什么吗？有点像原始的人类，好比你们在伽达拉布大厅里见到的那些化石。"

阿迪克听罢，后退几步，显然是被她的话吓到了。他找了一把椅子，转了一圈，然后弯腰坐了上去。

"格里克辛人！"这个学名突然闯入了阿迪克的脑海；因为他们的化石最早是在格里克辛地区发现的，所以得名。已知的灵长类动物中只有格里克辛人没有眉骨，而且下颌上还长着可笑的突起。

他们这次实验是不是真的打破了世界的边界，接入了这个远在量子计算机出现之前就与现在世界分裂的宇宙？不，不，阿迪克甩甩头，这个想法太荒诞、太疯狂了。毕竟格里克辛人早就灭绝了——时间足有五十万月之久，但他也不确定自己是不是对的。阿迪克用手的一侧揉了揉自己的眉脊上方。周围唯一的声音就是空气净化器发出的嗡嗡声，唯一的气味就是他们的汗水和费洛蒙。

"这也太大了，"德恩轻声说，"实在是大得惊人。"

阿迪克也缓缓点了点头,"另一个世界。另一种人类。"

"他们在说话!"婕斯梅尔指着屏幕上的人形惊呼道,"把声音打开!"

德恩伸手去调控制钮。"交谈?"阿迪克惊讶地摇着头,"我之前读到的资料说格里克辛人不会讲话,因为他们的舌头太短了。"

他们听那些生物说了一会儿,但听不懂他们在说什么。

"听起来很怪,"婕斯梅尔说,"和我之前听过的所有声音都不一样。"

镜头前的格里克辛人不再拉扯机器人,他显然是察觉到光纤已经拉到头了。那人走开后,其他格里克辛人也凑近瞧了瞧。阿迪克过了一会儿才意识到,在场的既有男性,也有女性;他们的面部都没什么毛发,不过有些男性留着胡子;女性的身形看着更加娇小,但个别人的胸部隔着衣服看还是很明显的。

婕斯梅尔看着计算室的地面。"传送门看来还是很稳定,"她说,"我在想,它到底能维持多久?"

阿迪克也在考虑同样的问题。能够拯救他和儿子戴伯以及妹妹科隆的证据与例子,现在全都在传送门后的世界里:另一个世界!但达卡拉·波尔贝肯定会说,这些图片和录像中的画面全都是假的,都是由电脑合成的复杂图像。

如果机器人可以带回什么东西……什么东西都行! 如果可能的话,最好能拿个人造的东西回来,或者……

镜头里的人到处走动的时候,也不时显露背后的场景。那是个桶形空间,约有十五人那么高,而且是直接从岩层里凿出来的。

"他们肯定有很多种类吧?"婕斯梅尔说,"看起来好像有好几种肤色,而且你看那个女的,那边! 她的头发是橙色的,看着就像是只红发猩猩!"

"有个人跑开了。"德恩指着屏幕说。

"他也是,"阿迪克也发现了一个,"他要去哪?"

"是庞特! 庞特!"

庞特·博迪特抬起头。他正坐在劳伦森大学餐厅的桌边,两名大学物理系的人利用午餐时间为他制定了一套参观世界各地物理和科学设施的行程,包括欧洲核子研究所、梵蒂冈天文台、费米实验室,以及前些时候意外损坏的日本超级神冈中微子探测器。百来个参加夏令营的学生在不远处盯着这个尼安德特人,显然是被他吸引住了。

"庞特!"玛利亚·沃恩又喊了一声,声音断断续续。她跑到庞特面前时,差点就要趴在桌上了,"快过来!"

庞特准备起身,那两位物理学家也跟着照做。"怎么了?"其中一个人问。

玛利亚没有理会他。"跑起来!"她喘着气对庞特说,"快跑!"

庞特迈开双腿。玛利亚抓住他的手,也开始跑了起来。她本就喘个不停。因为她在科学一号大楼的基因实验室里接到了观测站的电话后，就一路跑过来了。

"怎么了？"庞特问。

"传送门！"她说，"某种设备，某种，像是机器人或者什么的东西过来了。现在，那个传送门还开着！"

"在哪里？"庞特问。

"中微子观测站，下面。"

她把手放在剧烈起伏的胸口上。玛利亚知道，庞特要是跑起来，一下子就能甩下她，于是她边跑边摸索，打开自己的小钱包，把车钥匙拿出来递给他。

庞特微微摇了摇头。有那么一会儿玛利亚觉得他想说：没你不行。但答案肯定更简单：因为庞特·博迪特这辈子都没开过车。于是他们继续跑着，玛利亚试着跟上他，但他的步子更大，而且才刚刚开始——

他看着她，显然也认识到了矛盾所在：先玛利亚一步赶到停车场其实没有意义，因为如果玛利亚没来，他什么事都做不了。

于是他停了下来，她也停住脚步，同时关切地望着他。

"我来吧？"庞特问。

玛利亚还没明白过来他这话是什么意思，但还是点点头。于是他伸出自己健硕的胳膊，把她从地上抱起来。玛利亚环抱着他粗壮的脖子，然后庞特开始奔跑，落在瓷砖地面上的双腿就像活塞般有力。玛利亚可以感受到他在全力奔跑时肌肉的收缩。学生和教职工们都愣住了,望着眼前的奇景出神。

他们来到了那条笔直的"保龄球道",于是庞特开始用尽全力向前冲刺,他的脚步重重地落在两侧都是玻璃的走廊地面,发出深沉的回响。他们冲过电话亭,冲过Tims咖啡,然后——

一名学生刚开了门准备往里走,看到眼前的景象,惊得合不拢嘴,但还是替庞特和玛利亚把着玻璃门,看着他们冲入阳光下。

玛利亚的视线是朝后的,所以能看到在庞特身后飞起的草皮断片。于是她抱得更紧了些,继续坚持。庞特对她的车很熟悉,所以在这个小小的停车场里找到她那辆红色的道奇霓虹不是什么难事,这就是大学规模小的优势之一。他继续奔跑,当他从草地跑到停车场的沥青地面时,玛利亚能从声音和自己的感觉中觉察到这份变化。

他又跑了几十米才放慢脚步,然后把玛利亚放下来。刚才那阵狂奔让她觉得有点晕乎乎的,不过她还是很快恢复过来,把到车边的这段短暂路程给走完了,她掏出车的遥控钥匙,门"咔哒"一声打开了。

玛利亚爬进驾驶座,庞特也坐上了副驾驶位。然后她插上车钥匙,打火,把油门踩到底,车就冲到了路上,把劳伦森大学抛在身后。很快他们就离开了萨德伯里,朝着克莱顿矿区驶去。玛利亚一般不开快车,主要是在多伦多这样交通拥挤的路况中也没什么机会,但她在乡间路上则把车开到了时速一百二十公里。

他们终于进入矿区,车驶过巨大的英科公司商标,穿过安检门,沿着蜿蜒曲折的道路飞驰而下,来到了一座大建筑里,那里有通往矿井的电梯。玛利亚打了个弯,溅起一层碎石,车刚停,她和庞特就急着冲了出去。

但现在,庞特也没必要再等玛利亚了,时间更是至关重要。谁知道那扇传送门还会开多久?或者说,谁知道它现在是不是还开着?庞特先是看着她,然后冲上前,紧紧把她抱在怀里。"谢谢你,"他说,"谢谢你做的一切。"

玛利亚也使出她最大的力气,紧紧地抱着他,但应该做不到尼安德特人的女性那么有力。

然后,她松开他。

然后,他就朝着电梯楼冲去。

第四十四章

阿迪克、婕斯梅尔和德恩继续盯着显示器,眼前的场景虽然离他们只有几个臂长远,但又像是在无尽的远方。

"他们看起来很瘦弱,"婕斯梅尔皱着眉说,"胳膊就和树枝一样细。"

"那个不是,"德恩指着屏幕说,"她看起来怀孕了。"

阿迪克斜睨一眼屏幕。"那不是女的,"他说,"是个男的。"

"男的还长着这么个大肚子?"德恩难以置信,"我还以为自己够胖了!这些格里克辛人到底要吃多少东西?"

阿迪克耸耸肩。他不想浪费时间说话;只想仔细观察,试着沉浸其中。另一种人类!而且还是个科技发达的类型。真是难以置信。他真想和他们好好对照下两个世界之间究竟有什么不同,比如物理学、生物学,还有……

生物学。

没错,他要的就是这个!好几个格里克辛人已经摸过了机器人,肯定有一些他们的细胞蹭在了外壳上;肯定能从这些细胞中复原出他们的DNA信息。这就能证明屏幕上显示的世界是真实存在的。但是——

谁都不能保证这个传送门还会继续开着,或者之后是否还能重现这个场景。但至少他能借此脱罪,而戴伯和科隆也不必致残。

"把机器人拉回来。"阿迪克说。

德恩看着他,"什么?为什么?"

"上面可能已经有了格里克辛人的DNA。传送门随时可能会关,我们不想就这么失去它。"

德恩点点头。阿迪克看到他穿过房间,抓住光纤,轻轻拉了拉。阿迪克转头看着方形的显示器。离机器人最近的是个棕色皮肤的格里克辛人,可能是个男的,他看到机器人被向上提了一下,很是惊讶。

德恩又拉了一下。那个棕皮肤的格里克辛人正在扭头看着后面,很可能是有另一个人来了。他大声说了几句话,对方也用叫喊声作答,然后他点了点头,抓住机器人逐渐上升的框架底部,把整个人的重量都挂在上面。

另一个男性格里克辛人跑进视野里。这个人的个子要矮一些,肤色也更浅,和阿迪克自己的肤色差不多,但他的眼睛却很……奇怪:整个眼睛是深色的,还半睁着奇特的眼睑。

棕色皮肤的格里克辛人看着新来的家伙,后者用力摇着头,但却不是朝着前者。不,他在直勾勾地望着机器人的玻璃镜头,双臂做出粗野的动作:他双手平伸,掌心向下,在胸前来回摆动,嘴里始终重复着一个单音节的词:"喂!喂!喂!"

当然,阿迪克想,他们肯定也急着想拿个东西来证明自己的所见所闻;所以他们肯定也不想放弃这个机器人。于是他转头对着德恩喊道:"继续拉!"

玛利亚·沃恩经过矿工的更衣区,终于在电梯楼的另一端赶上了庞特,他就站在通向电梯入口的斜坡上,但通向电梯轿厢的金属网格门还关着。轿厢可能在任何位置,甚至可能在七千四百英尺深的矿道那里。但庞特还是说服了操作员,让他把电梯叫上来,但还要等好几分钟才能到地面。

庞特和玛利亚在这儿都没有什么权力,而且到处都贴着矿井的安全守则;毕竟英科公司在预防事故方面创下了令人称羡的纪录。庞特已经穿上了安全靴和硬质安全帽,于是玛利亚也走到远离坡道的一边,从一堆变了形的护具里挑出一对穿上。然后走到庞特身边,他已经不耐烦地抖起了左腿。

电梯终于到了,里面没人。庞特和玛利亚走进去,地面的操作员按响了五次蜂鸣器,这意味着升降机在下降的过程中不会停。升降机开始运行了。

他们下降的途中没法与观测站的控制室或者其他任何人联系，只能与电梯操作员沟通，而他也只能通过蜂鸣器向他们传递信号。之前那段令人汗毛倒竖的飙车途中，玛利亚和庞特交谈甚少，部分原因是她要集中注意力控制车辆，部分是她的心跳和车的引擎运转得一样快。

但现在——

电梯要下降1.25英里，在这个过程中，她也没什么事可做。一到地下六千八百英尺的深度，庞特就会立刻跑出去，这也不能怪他。出了电梯到观测站还有最后的四分之三英里，庞特若是放慢脚步让她跟上，就会浪费宝贵的时间。

玛利亚看着通道逐层闪过，毕竟她也从未见过这样迷人的场景，但是……

但这也许是她和庞特交谈的最后机会了。虽说这段路程还要花很久，但她想和庞特说的话几小时、几天，甚至几年都说不完。

她不知道从何说起，可她肯定，如果自己现在不告诉他，那她永远都不会原谅自己。毕竟他前往的并不是史前世界；那个世界和现在平行，而非倒退。她的明天，也是他的明天，而他们相逢第十年的纪念日，也会在两个地球上同时到来，不过在他所处的世界，第十年可能应该换算成第一百个月，或者类似的时间。但玛利亚还是相信，他会反思、会思考、会感到悲伤、会试着拼凑他和她的情绪，试着理解他们之间所发生的一切,以及那些同样重要但尚未发生的事。

"庞特。"她说,声音很轻柔,而电梯又很聒噪。可能他没听见吧。他正盯着电梯门,茫然地望着黑色的岩层。他们慢慢下坠。

"庞特。"玛利亚又说了一次,这次声音更响了。

他转过来望着她,扬起眉毛。玛利亚不由露出了微笑。她第一次看到他那古怪的表情时觉得很不安,但现在已经习惯了。他们之间的相似要远大于差异。

但在他们共处的这段时间里,两人间始终横亘着一道鸿沟。这倒不是因为他是另一个种类的人,原因很简单:就是他的性别。还不单是这样。还有个原因,就是他的男性特征极其明显:他不但像阿诺德·施瓦辛格那样肌肉发达;而且浑身遍布毛发;满脸胡子;强大、粗糙和笨拙同时存于一体。

"庞特,"现在是她第三次说出他的名字了,"我有——我有件事想要告诉你。"然后她不说话了,部分原因是她觉得自己最好还是不要说,让它去,就像她对许多其他事那样,不言,不语。当然,也有一种可能,那得等他们来到观测站的房间之后才能揭晓,这当中还有好几分钟的路程,先要下电梯,然后再步行,那个不知为何连通他们两个世界的传送门很可能就会消失,她就能日夜与庞特相伴,并向他袒露自己的灵魂,她相信他们都有这种看不见也摸不着的东西,但他却坚信这是无稽之谈。

"嗯?"庞特问。

"你以前觉得,"玛丽说,"其实我以前也觉得,那个让你出现在这个世界的物理学意外无法再现,你会永远留在这里。"

他微微点了点头,在电梯半明半暗的光线里,他的大脑袋一上一下地点着。

"我们以为你不能再回到婕斯梅尔和梅噶梅格身边,也以为你再也见不到阿迪克了。虽然我知道,你的心是属于他的,是属于他们的,过去是这样,未来也是如此。我也知道,你已经接受了现实,准备在这个世界、在这个地球开始新的生活了。"

庞特又点点头,但他移开了眼睛。或许他预见了这段话会如何发展,或许他觉得接下来的话不必说出口。

但她必须说出来。她必须让他明白——让他明白这一切不是因为他,而是因为她自己。

不不不,不是这样的。这也不是她的问题,而是那个遮着脸的、邪恶的男人,那个魔鬼,那个恶魔。正是他成了自己和庞特之间的芥蒂。

"在我们见面之前,"玛利亚说出了口,"就在你来到萨德伯里的前一天,我被……"

她停住了。她的心怦怦直跳,她能感觉到,但她现在只能听见电梯运行时的嘈杂声。

电梯已经到了地下一千两百英尺,她见到一位正在巷道里等电梯的矿工,明亮的头灯射入电梯轿厢,肯定也飞快地闪过了她和庞特的脸,就像贸然闯入的陌生人。

庞特什么都没说,只是静静地等她继续。最后,她终于开口了:"那天晚上,我……"

她准备勇敢地把那个词说出来,不带感情地说出口,但她根本没法发出那个词的声音。"我……受伤了。"她说。

庞特歪着脑袋,有点困惑,"事故吗?太可怜了。"

"不,我的意思是,我被伤害了,被一个男的。"她深吸一口气,"我被袭击了,就在约克,就在大学里,当时天黑了——"她知道,这些无意义的细节只是在拖延那个必须说出口的词。她垂下目光,看着金属地面上覆盖的尘土,"我被强奸了。"

哈克发出哗哗声,电梯内声音嘈杂,所以机侣自动调大了音量。玛利亚又试了一次,"我被侵犯了。是性侵犯。"

她听见庞特倒吸一口气,就算电梯的声音如此嘈杂,她也能听见。玛利亚抬起头,在半明半暗的灯光下寻找他那双金色的眼睛。她的目光来回游移,看着他的双眼,从一只眼扫到另一只眼,她寻觅着他的反应,试着揣摩他的想法。

"我很难过。"庞特温柔地说。

玛利亚猜,他或者哈克说出"难过"这个词的时候,应该是出于同情而不是忏悔,但她还是对他说:"这不是你的错。"因为这是她此刻唯一能想到的话。

"不,"庞特回答,现在不知如何说的人反而是他了。最后,他终于说:"你受伤了吗? 我是指身体上,有没有受伤?"

"动作很粗暴,但没什么,可是……"

"那就好,"庞特说,"可是,"他顿了顿,"你知道是谁做的吗?"

玛利亚摇摇头。

"当局肯定检查过你的远程档案,而且——"他把目光移开,再次看着面前不断闪过的石墙。"对不起。"他停了下来,"所以——所以他就这么逃了?"尽管这是隐私,但庞特说得很大声,目的是让哈克能在嘈杂的环境里捕捉到他的声音。玛利亚能从他的话语里听出震怒与气愤。

她呼出一口气,缓慢而又难过地点了点头,"可能吧,"她停住了,"我——我们,你和我之间,还没有说过这件事。或许是我想得太多。在这个世界里,强奸女性是一件可怕也可憎的犯罪行为。我不知道——"

"在我的世界里也是这样,"庞特说,"只有少数畜生才会做这种事,比如红毛猩猩,可我们是人,不是动物。当然了,因为远程档案的存在,很少有人会犯蠢去做这种事,但只要发生了,就会面临严苛的惩罚。"

两人之间沉默片刻,庞特抬起右臂,像是要伸手去触碰、去安慰她,但他却低下头,脸上带着惊讶的神情,好像那是个陌生人的手臂,于是又放了下来。

但玛利亚发现自己已经伸手去触碰他粗壮的前臂,动作轻柔,小心翼翼。然后她的手沿着手臂向下滑,找到了他的手指。他又抬起了手,于是,她纤细的手指和他粗大的手指紧扣在一起。

"我想让你明白,"玛利亚说,"在你来到这个世界的这段时间里,我们走得很近,几乎无话不谈。而且我之前也说过,你觉得你永远都不能回家了,你觉得自己可能要在这里开始一段新的生活了。"她沉默了一会儿,"你从来不急躁,也从来没有刻意地利用过自己的优势。最后,我觉得,你是整个星球上唯一能同我舒服相处的人,但是……"

庞特温柔地合拢他香肠般粗壮的手指。

"这一切发生得太快了,"玛利亚说,"你觉得呢?我知道你喜欢我,而且……"她欲言又止,眼角感到一阵刺痛,"对不起,"她说,"之前也有几位男士对我有兴趣,想和我在一起,但——"

"但如果有个男人的长相和其他男人不一样……"

玛利亚摇摇头,抬头看着他,"不不,不是因为这个;不是因为你的长相——"

她在忽明忽暗的灯光下发现庞特有些愣住了。她不觉得他长得难看,至少现在不再这么想了。她发现他的相貌显得宽容、体贴、怜爱和聪明,而且,对啊,要命了,他看起来那么有魅力。但她的话说出口后,全都变得词不达意。现在,为了不伤害他的感情,也为了让他不再一直留有这份困惑,现在的她开始试着去解答,为什么他们在观星时,自己对他温柔的触碰会是那样的反应,自己在最后却伤害了他。

"我的意思是,"玛利亚说,"这和你的相貌无关。说真的,我发现你很——"话要出口,她却犹豫了,倒不是因为对要说的话缺乏信心,而是因为她的一生中甚少对男人如此主动,"——英俊。"

庞特露出苦笑,"我算不上,我的意思是,我不算英俊。照我自己世界的标准来看也不算。"

"我不介意,"玛利亚立刻说,"我根本不在意。我的意思是,我也没想到你会觉得我好看。我……"她的声音轻了下来,"我猜自己就是他们说的那种相貌平凡的人。我走在路上也不怎么引人侧目,但——"

"我觉得你特别抓人眼球。"

"如果我们的时间更充裕,"玛利亚说,"如果我能有更多时间,你懂吗,能有更多时间去克服它"——不,玛利亚肯定自己永远做不到——"那我们之间的事……可能会变得不一样。"她的肩膀微微动了动,无可奈何地耸耸肩,"就这些。我就是想让你知道,我想让你明白,我喜欢过——不,我喜欢你。"

她的脑海中闪过一个疯狂的念头。如果她来到萨德伯里的时候身心健康,而不是像现在这样饱受摧残,那庞特现在可能就不会那么急着回归他过去的生活,不会急着回到他自己的世界,事情可能会完全不同。有可能……

不不不,这就太过头了。他有阿迪克。他有孩子。

再说了，不管怎么样，如果事情不像现在这样，她可能会做好准备和他一起离开，穿过传送门，前往他的世界。毕竟这个世界已经没有可以让她留恋的人，而且——

但事情不会有别的可能性。事情只能是它现在的样子。

电梯震了一下，停了，蜂鸣器发出粗粝的铃声，说明电梯门就要开了。

第四十五章

格里克辛人突然慌乱起来。阿迪克起初还不知道发生了什么，但随后他意识到，有人从桶形的空间里向下走来，经过了他们之前见过的那段梯子。那个人用宽阔的背部对着机器人的摄像头；他有可能是格里克辛人的首领，特意过来检查这个奇怪的装置。如果传送门两侧的视觉效果一致，那他们眼里的机器人此刻正吊在一根线上，而那根线又无端地出现在空中。

镜头前的格里克辛人示意新来的人靠近点，他就跑了过来，动作很快。德恩把机器人越拉越高，它也在线缆的末端晃来晃去，但随后，阿迪克在显示屏上瞥见了那个新来的人。

没错！简直难以想象，太棒了！就是他！

阿迪克的心怦怦直跳。那人就是庞特！虽然他穿着格里克辛人的怪衣服，头上也戴着塑料龟壳一样的东西，但错不了！庞特·博迪特还活着,而且安然无恙!

"德恩!"阿迪克喊道,"停下!把机器人放下去!"

屏幕上的摄像机随即开始下降,婕斯梅尔不由地倒吸了一口气,激动地拍着手。阿迪克伸手拭去流出的泪。

庞特冲到机器人前,古怪地歪着脑袋,阿迪克过了会儿才明白他在做什么:他在检查机器人的外观,寻找着制造商的出厂标识,想要确定这个东西的确是来自他的世界。然后庞特抬起头,看着机器人的摄像头,灿烂地笑了起来。

"你好,"庞特说,音响里传来的一阵嘈杂的噪声,这是阿迪克唯一能辨认出的词,"你好,我的朋友!我以为自己永远失去你们了!谁在另一头看着?阿迪克!肯定是你!我想死你了!"

他停了下来,两名格里克辛人在和他说话:一个人肤色较浅,另一个男性肤色较深,他就是之前抓着机器人的家伙。

庞特转过身来对着摄像机,"我不知道我现在该怎么办。我看到有根线缆从空中伸出来,但我能安全过去吗?我能回家吗?"他的声音停了一会儿,"我能回家吗?"

阿迪克扭过头,看着刚刚回到控制室的德恩。后者耸耸肩,"至少机器人穿过去后看起来没什么事。"

"我们不知道传送门还能开多久,"婕斯梅尔说,"而且也不知道如果门关上了,还能不能再次打开,不过他现在应该能过来。"

阿迪克点点头,"我们要怎么才能让他知道?"

婕斯梅尔果断地给出答案，"我知道。"她急忙走下台阶进入计算室。大步走向线缆消失在空中的地方，然后把手搭在线缆上，沿着它慢慢向前滑动，直到她的指尖，全部手指，然后是她的手掌和前臂，直到所有肩膀以下的部分全都穿过去后，她再把头探到了另一侧，大声叫喊。阿迪克和德恩能听见她的声音，但都是从监视器的喇叭里传来的，至于计算室里则是一片死寂。"父亲！快回家！"

"婕斯梅尔！我的好女儿！"庞特叫喊着抬起头，"我——"

"现在就过来！"婕斯梅尔回答，"我们也不知道这个传送门可以持续多久。沿着线缆上来就行，用那架梯子，那里，然后爬上来。计算室的地板大概就比我的脑袋低半个臂长，你应该很容易就能找到入口。"

然后婕斯梅尔把头缩回来，跑回控制室里。

监视器里的人们一阵骚动；看来谁都没料到会有这件事。两个人跑去拿婕斯梅尔说的那把梯子。其中一人给庞特来了个大大的拥抱，庞特也热情地作出回应。看来格里克辛人没有亏待他。

现在，一个黄头发的女人出现在庞特边上，她是第一次出现在画面里，看起来气喘吁吁。她踮起脚尖，把嘴唇贴在了庞特的脸上，他以灿烂的微笑回应。

机器人在德恩的命令下转动摄像头，阿迪克发现问题比婕斯梅尔以为的更严重。没错，线缆是从洞里伸出来了，但这个洞离周围的岩壁很远，而且还悬在空中，离地有好几人高，离最近的墙面也差不多有这么远,根本没有架设梯子的地方。

"他能顺着线缆爬上来吗?"阿迪克问。

德恩耸耸肩,"我觉得他肯定比机器人重。可能可以,但……"

但如果它断了,庞特就会摔在地上,可能会把背摔断。

"我们能给他找根更结实的吗?"

"有就好了,"德恩一边点头一边说,"但在这么深的地下,该上哪儿去找这么根线缆?我是想不出。我会去地面的工作室拿,但这样花的时间太久了。"

虽然格里克辛人身型可能稍显弱小,但工具却很丰富。已经有四个人扛着梯子从底部过来了,全力稳住。梯子没有靠在别的东西上,但他们还是喊庞特过来,或许是在让他快点爬上去试试看。

庞特跑向梯子,它还没放得特别稳,但庞特已经准备踏上第一级了。黄发女人突然跑向他,把手搭在他的胳膊上。庞特转过身,双眉惊讶地挑过眉脊。她往庞特的另一只手里塞了个东西,然后探着身子,再次把自己的脸颊贴在庞特脸上。他再次露出微笑,然后开始攀登楼梯,几个格里克辛人帮他扶着。

庞特爬得越高,梯子也晃动得越厉害。阿迪克看着摇摇欲坠的梯子,心差点都要跳出嗓子眼,好在更多格里克辛人跑来帮忙,梯子终于稳住了。庞特开始向上伸手,试着抓住那根从半空中出现的洞口里伸出的线缆。梯子前后左右地晃动,庞特先抓住了,但脱了手,接着又一次抓住了,然后又脱手了一次,然后——

德恩的控制盒突然向前轻轻一颤。庞特抓住了！

阿迪克、婕斯梅尔和德恩都冲到计算室里。婕斯梅尔和德恩在通道前摆好了架势。而阿迪克呢，他环顾四周，想着自己能帮上点什么忙，接着他走到通道背后——

不由地倒抽了一口凉气。

庞特的头不知道从哪里冒了出来，站在后面的阿迪克能直接看到庞特颈部的横截面，就像被一把巨刃利落地切开了。德恩和婕斯梅尔正在试着把庞特拉上来，但阿迪克只是愣愣地看着自己的爱人从越变越大的通道里爬出来，横截面沿着他的身体不断下移，到了他的双肩；然后到了他的胸口，露出了他跳动的心脏和鼓胀的肺部；现在穿过了他的内脏；接着是双腿；最后是——

然后他穿过来了！全都回来了！

阿迪克绕到正面，冲向庞特，紧紧地抱住他，婕斯梅尔也抱着自己的父亲。他们三个人又哭又笑，末了，阿迪克松开怀抱，说道："欢迎回来！欢迎！"

"谢谢你。"庞特灿烂地微笑着。

德恩礼貌地退让了一段距离，阿迪克察觉到了这点，"不好意思，庞特·博迪特，这位是德恩·科德，是位工程师，这次他真是帮了大忙。"

"日康。"庞特对德恩说，朝他走去，然后——

"不！"德恩惊叫道。

但他提醒得太晚了。庞特绊到了紧绷的线缆,它断成了两截,于是通向格里克辛人世界的那半根飞速滑向了传送门,门发出一阵蓝色的电光,消失了。

两个世界再次相隔于两端。

第四十六章

德恩此刻显然觉得自己就像个没有乘客的旅行块，于是礼貌告退，返回地面，让这家人得以团聚。庞特、阿迪克和婕斯梅尔三人则来到了量子计算实验室里的小餐厅。

"我从没想过自己还能见到你们，"庞特先是笑眯眯地看着阿迪克，然后再是婕斯梅尔，"我以为再也见不到你们了。"

"我们也是这么想的。"阿迪克说。

"你没事吧？"庞特问，"大家都好吗？"

"我们都没事。"阿迪克说。

"梅嘎梅格呢？亲爱的小梅嘎梅格怎么样？"

"她很好，"婕斯梅尔说，"她其实还没弄明白到底发生了什么事。"

"我等不及想见她，"庞特说，"十七天后才是合欢日，但我不管了,明天就去城中好好抱抱她。"

婕斯梅尔微笑着,"爸爸,她肯定喜欢这样。"

"巴伯呢?"

阿迪克咧嘴笑了起来,"她想死你了,时刻都在捕捉一切风吹草动,希望回来的是你。"

"这个大可爱。"庞特说。

"说到这个,爸爸,"婕斯梅尔问,"那个女人给了你什么?"

"噢,"庞特说,"我还没看呢。让我看看……"

庞特把手伸进那件造型怪异的裤子里,掏出了一团白色纸巾。他仔细地把它打开。里面包着一条金链子,末端系着两根呈直角的条状物,长短不一,两者在较长的那根东西的三分之一处互相交叉。

"真漂亮!"婕斯梅尔惊叹不已,"这是什么?"

庞特扬起眉毛,"这象征着他们部分成员的信仰体系。"

"那个女人是谁?"阿迪克问。

"我的朋友,"庞特温柔地说,"她的名字是——好吧,我只能说出她名字中的第一个音节:'玛'。"

阿迪克笑了起来;在尼安德特人的语言里,"玛"的意思是"被爱之人"。

"我记得自己让你再找个女伴,"他戏谑道,"但我倒还真没想到,你要去那么远才能找到另一个受得了你的人。"

庞特笑了,但其实是强颜欢笑,"她是个非常好的人。"他说。

阿迪克对自己的搭档很了解,不管那里发生了什么,他都会在恰当的时候自己说出来。不过……

"说到女人们,"阿迪克说,"我,呃,你不在的时候,我和克拉斯特的女伴有了些过节。"

"达卡拉!"庞特说,"她怎么样?"

"其实……"阿迪克看着婕斯梅尔,然后说,"她因为你失踪的关系,一下子名声大噪。"

"真的? 为什么?"

"因为提出谋杀指控并上诉。"

"谋杀!"庞特惊呼,"谁死了?"

"你。"阿迪克面无表情地回答。

庞特惊呆了。

"你看,你失踪了,于是波尔贝就认为……"阿迪克解释道。

"她觉得你谋杀了我?"庞特疑惑地问。

"这个嘛,"阿迪克说,"你失踪了,而且矿井下面太深,远程档案库没法收到我们的机侣发出的信号,于是波尔贝就把它说成是一起完美的犯罪。"

"难以置信,"庞特摇了摇头,"那谁为你辩护?"

"我。"婕斯梅尔说。

"好姑娘!"庞特赞许道,一把将她搂在怀里,脑袋靠在女儿的肩上说，"阿迪克，是我让你经历了这一切，对不起。"

"我也对不起你，但——"他耸了耸肩，"你很快就会听到了。波尔贝说我恨你，她说我觉得自己对你来说，就是工作中的附庸。"

"胡说，"庞特松开婕斯梅尔，"如果没了你，我根本不会有现在的成就。"

阿迪克歪着脑袋，"你能这么说真好，但……"他停了下来，然后双手一摊，"但她说的有些也有道理。"

庞特搂着阿迪克的肩，"如果单看这些理论，我占的比例可能是比你多，但设计和制造这台量子计算机的人是你，多亏有它，才能为我们打开了通往新世界的大门。正因如此，你的贡献远超过我百倍。"

阿迪克笑了，"谢谢你。"

"所以，发生了什么？"庞特笑了起来，"你说话的声音不怎么激动，所以我猜她没成功？"

"其实，"婕斯梅尔说，"这起案件会移交到正式法庭审理，明天开庭。"

庞特疑惑地摇摇头，"这个嘛，我们显然要让她撤销指控。"

阿迪克微笑着，"这就要看你的意愿了。"他说。

翌日一早，审判长萨德坐在审判席上，一位枯瘦的男性和一位更加枯瘦的女性分坐两侧。银须长老会的大厅内坐满了人，旁听者和十来个曝录者们都穿着银色的衣服。达卡拉·波尔贝还是穿着橙色的套装,也就是原告。阿迪克进来的时候,他引得周围的人窃窃私语,因为他穿的不是被告应该穿的蓝色套装,而是件时髦的衬衫,上面还印着花,下身是条亮绿色的裤子。他一路走到自己熟悉的那把圆凳前站好。

"学者胡德,"审判长萨德说,"我们有自己的传统,也希望你能遵守这些传统。我想你现在已经知道,我对浪费时间的事没什么耐心,所以今天我不会让你回去换衣服,但明天,我希望你出席时能穿好蓝色被告服。"

"尊敬的审判长,您所言极是。"阿迪克说,"请原谅我。"

萨德点了点头,"萨尔达克城缘居民阿迪克·胡德,谋杀同区域居民庞特·博迪特的终审调查,现在开庭。主审法官由法巴·冬德——"审判席上的老年男性点了点头,"——卡布·乔德勒,以及我本人担任。原告是达卡拉·波尔贝和她已故的女伴所养育的未成年少女,梅噶梅格·贝克。"萨德环顾了一下这个拥挤的房间,满意地微皱双眉;她很明白,这起案子在今后的无数个月里,都会是别人的谈资。"我们将从原告的最初陈述开始。达卡拉·波尔贝,你可以开始发言了。"

"审判长,恕我直言,"阿迪克站起来,朗声说道,"我想请求替我辩护的人率先发言。"

"学者胡德,"冬德厉声说,"审判长萨德已经警告过你,不要无视我们的传统。原告总是最先发言，而且——"

"哦，我知道这个规定，"阿迪克说，"但其实，怎么说呢，我的确知道审判长萨德希望加快案件的进展，所以才觉得这样可能会有帮助。"

波尔贝站起来，或许嗅到了机会。如果她在辩方之后发言，那就有机会在自己首次陈述时击破对方的陈述。"作为原告，我同意辩方首先陈述。"

"谢谢。"阿迪克说着，举止优雅地鞠了一躬，"现在，如果可以的话——"

"学者胡德！"萨德呵斥道，"礼数不是由被告决定的。我们将会按照传统规则进行，由达卡拉·波尔贝首先发言，而且——"

"我只是想——"阿迪克辩解道。

"肃静！"萨德的脸变得通红，"你根本就不应该说话。"她望向婕斯梅尔，"婕斯梅尔·凯特，只有你能为学者胡德辩护；请确保他清楚这个规定。"

婕斯梅尔站了起来，"恕我直言，审判长大人，这次为阿迪克辩护的并不是我。您之前建议过他，让他再找个更合适的辩护人。"

萨德客气地点点头，"他至少在有些时候还能听进我的建议，我很欣慰。"她扫视了一下人群。

"好了，那么，谁来为阿迪克·胡德辩护？"

庞特·博迪特就站在议会大厅的门外，听闻这句话，推门入内，

"我来。"他说。

一些旁听者惊讶万分。"非常好,"萨德看着下方的来客,低头准备记录,"请问你的名字是?"

"博迪特,"庞特刚说罢,萨德就猛地抬起头,"庞特·博迪特。"

庞特望向房间的另一头,婕斯梅尔之前正在努力拉住梅噶梅格,但她现在也松开手,让妹妹跑上前去。梅噶梅格冲过议会大厅,庞特一把把她从地上搂起来,紧紧抱在怀里。

"肃静!"萨德大喊,"肃静!"

庞特灿烂地咧嘴笑着。部分是因为他担心当局可能会试着把另一个地球当作秘密,毕竟蒙塔戈和辛格医生在最后一刻才成功保住庞特,让他不被格里克辛人的政府带走,否则他就永远都回不来了。但现在有好几千人都在用通过窥机看着这些曝录者传回的画面,厅里的所有观众的机侣都在向他们的档案传输信号。整个世界,他所生活的世界,很快就会听到真相。

波尔贝站了起来,"庞特!"

"亲爱的达卡拉,你想报复我的心情很强烈,"他说,"但是……如你所见,这很幼稚。"

"你去哪儿了?"波尔贝质问他。阿迪克觉得她看起来并没有放松多少,反而更生气了。

"我去哪儿了?"庞特重复了一遍,然后望向观众席上穿着银色衣服的人,"我必须承认,自己有点受宠若惊。一个没什么名气的物理学家可能险遭不测,这种琐事居然能吸引那么多曝录者前来,而且还有百来台机侣正在向远程档案库传输数据。能向诸位解释原委是我的荣幸。"他打量着这些面孔——他们都是宽阔的大圆脸,长了个尺寸与之相配的鼻子,和格里克辛人的那种小鼻子完全不同;男性的脸上毛茸茸的,女性的脸上毛发要少些;眉脊凸起,下巴呈流线型;英俊的脸,美丽的脸,这些脸的主人是他的同胞、他的朋友、他的同类。"但首先,我想说:去哪里都比不上回家。"

第四十七章

六天后

八月十六日,周五

148/104/09

阿迪克和庞特到了机器人工程师德恩的家里。德恩催他们赶快进来,然后关掉自己的窥机,庞特发现他原来是露拉斯姆的粉丝。

"先生们,先生们! 很高兴见到你们,"他指了指黑色方块状的窥机,"你们看过露拉斯姆今早对经济学院的采访了吗?"

庞特摇了摇头,阿迪克也是。

"你的朋友萨德已经卸任审判长的职位了。审判结果出来后,她的同事显然觉得萨德的判决看起来多少有些不公正。"

"只是有些吗?"阿迪克很惊讶,"这就有点轻描淡写了。"

"不管怎么样,"德恩说,"银须会为了让她发挥余热决定让她为146代的公民教授高级调停课程,让她做出更有价值的贡献。"

"这对曝录者可能没什么吸引力,"庞特说,"不过达卡拉·波尔贝现在也在接受帮助,包括学习对抑郁和愤怒管理,还有些其他的治疗。"

阿迪克微笑起来,"我把之前治疗我的性格塑造师介绍给了她,她现在已经和该联系的人联系上了。"

"那很好,"德恩说,"你会让她公开道歉吗?"

阿迪克摇了摇头,"我的庞特回来了,"他给出了简短的回答,"别无他求。"

德恩微笑着,在许多家务机器人中挑了一个,让它去拿点喝的。"感谢你们两个人的到访。"他说,然后躺在一张长沙发上,双脚交叉,双手十指交错,叠在脑后,滚圆的肚子随着呼吸上下起伏。

庞特和阿迪克跨坐在鞍形凳上。"你说你有重要的事情想谈?"庞特试探性地问。

"没错,"德恩懒洋洋地转过头来,这样才能看着他们,"我觉得我们需要想个方法,让两个不同的地球一直保持联络。"

"目前看来,只要有实体始终横在入口处,那么通道就会一直开放,"庞特说。

"这个嘛,没错,短时间内是这样,"阿迪克说,"但我们真的不知道它能不能始终保持连通。"

"如果可以的话,"庞特说,"那它背后蕴藏的潜力是惊人的。

旅游业、贸易业,还有文化和科学交流。"

"没错,你们来看看这个。"德恩晃荡双脚,落在地上,然后把一个东西放在了抛光的木桌上。这是根金属网制作的管子,比德恩最长的手指长了点,也比最短的手指稍微粗一些。"这是根博克斯管。"说罢,他用两根手指的指尖撑开管口,管口也随之不断扩大,上面的网眼以及弹性膜不断拉伸,越撑越大,直到它和德恩的手掌一样宽。

他把管子递给庞特,"试着把它捏碎?"

庞特用一只手尽可能地把它整个握住,然后用另一只手握住管子的其他部分,开始捏它,起初力道很轻,然后就用上了全身的力气,但这根管子也没有瘪下去。

"这还只是小尺寸的,"德恩说,"但我们在矿井里用的这种管子可以扩大到三个臂长那么宽。如果矿道有可能塌方,我们就会用它来保护隧道。毕竟我们不能损失那些采矿机器人。"

"它的原理是什么?"庞特问。

"这个网其实就是一连串相互铰接的金属链段,每个末端都有棘轮相啮合,一旦你撑开它,只能带着工具进到管子里去,然后解锁每个模块。"

"所以你建议我们应该重新打开通向另一个宇宙的传送门,然后塞根这种管子进去,你叫它什么来着? 博克斯管? 我们先把这根博克斯管塞进通道,再把它扩到最大?"

"没错,"德恩说,"之后人们就能往返于这两个宇宙了。"

"他们必须在另一边造好通向管道的平台和楼梯。"庞特说。

"对他们来说很简单，我敢打包票。"德恩说。

"如果通道不是一直打开的呢?"阿迪克问。

"我不建议任何人在通道里逗留，"德恩说，"但根据推测，如果传送门真的关闭了，那么也只会切断通道，把它分成两半，或者会把通道全部推到一侧去。"

"还有些问题，"庞特说，"我刚过去就生了一场重病，因为我们对那个世界的病菌没有抵抗力。"

阿迪克点点头，"我们必须小心行事。我们当然不希望病原体从他们的宇宙自由传播到这个世界，前往那个世界的旅行者可能要先接种一系列疫苗。"

"这个问题可以解决，我有信心，"德恩说，"虽然我不知道具体程序应该是什么。"

他们随后沉默了一阵子。最后，庞特说话了，"谁来做决定?"他问，"谁来决定我们要不要和另一个世界建立永久的、或者临时的联系?"

"这里肯定没有类似的程序，"阿迪克说，"我甚至怀疑是不是真的有人考虑过通向另一个地球的可能性。"

庞特说："要不是怕细菌会传到这里，我敢说我们几个肯定会立刻动身打开通道，但是……"

他们又陷入了沉默，过了会儿阿迪克说："庞特，我问你，他们

——他们都是好人吗？我们真的应该和他们接触么？"

"他们之间的差别非常非常大。"庞特说，"但他们对我展现出了相当的善意，对我很好。"他顿了顿，点点头，"没错，我觉得我们应该和他们展开接触。"

"那就这么决定了，"阿迪克说，"我觉得首先要向最高银须长老会提出申请。我们可以着手准备了。"

庞特回忆起很多玛在通向中微子观测站的电梯里和他说的话。没错，对方真的对他有兴趣。她对自己的揣摩很准确。就算两人分属不同的人种，就算两人分属不同的时间线，但有些事却很清楚。

庞特的心怦怦直跳。看来，他有可能会与她重逢。

谁能清楚这件事的后果？

这么说来，只有一个方法可以得到答案。"可以，"庞特·博迪特微笑着说，"我们开始吧。"

通常要到九月，多伦多才会出现如此动人的美景。天空清澈无瑕，温度宜人，清风拂面，这种深切的愉悦感提醒着玛利亚她为什么会信仰上帝。

但现在离九月还有两周，当劳动节①这个标志着夏天结束的终止符骤然到来时，玛利亚就要回到学校，继续教授基因学，回到没有

_____

① 加拿大劳动节在每年九月的第一个星期一。

爱人,饮食放纵的生活中去。但现在——至少到目前为止——气候还是很宜人。多伦多宛如天堂。

玛利亚在北安大略省的时候瘦了几磅,但她知道这些肉早晚还会回来的。她每次节食都会想到科瑞牌起酥油的广告:只用一勺,蓬松加倍。

不过她最近的饮食也不怎么规律,只是量没有之前多了。部分原因是她在萨德伯里与庞特共度欢乐时光已经一去不复返,所有这些美妙的事都已经成了回忆。

还有一部分原因,也是永远不会了结的原因,就是强奸带来的后遗症。玛利亚同意在今天回到约克大学,今天是周一,她要参加一个部门会议。现在离那个可怕的夜晚真的才过了十七天?玛利亚回校后肯定会经过她遇袭的地方,就是那面水泥墙,而那个把脸藏在黑色面罩里的强奸犯正是把她的身体狠狠地按在这面墙上伤害她的。

但她被强奸并不是这堵墙的错,而是他的错!那个禽兽!以及产生他的变态社会!当她经过那里时,便伸出手指轻轻抚过墙面,小心不要让自己的红色指甲刮擦到。这时,她的脑海里突然浮现出了一个疯狂的想法。她想起了另一面墙,那是很久之前的事了,她和科尔姆把他们姓名的首字母刻在了墙上。

一个三十八岁的女人还会仔细考虑这件事的确挺可笑,但自己或许也应该在这面墙上刻下MV和PB这几个字母,不过要是做得更正确一点,她应该用拉丁字母刻下MV,再用庞特·博迪特的语言刻下代表他名字的首字母。

不管用哪个方案,之后她每次看到这面墙,都会露出微笑,而不是感到恶心。确切来说,是在微笑中带着懊悔。因为她知道,自己永远都见不到他了。但这的确是一段……爱的回忆,没错:让这里留下爱的回忆,远比回忆起曾经发生过的事要好。

玛利亚·沃恩走过了那堵墙,继续向前,向着未来走去。

附录

尼安德特人的计时方式

地球上有三种自然计时单位：日（地球绕着地轴自转一周所需的时间）、月（月亮绕着地球旋转一周所需的时间）和年（地球绕着太阳旋转一周所需的时间）。

我们的农业经济以季节性的耕作与收获为基础，所以更强调"年"的概念，并修改了这三种单位的真实长度，让它们之间成为单纯的倍数或者等分的关系。

标准的恒星年（地球相对周围某一恒星而言，绕太阳一周所需要的时间）是365天6小时9分9.54秒，但我们把平年记为365天，把闰年记为366天。

标准的朔望月（一个完整的月相周期）是29天12小时44分3秒，但我们的"月"从28天到31天不等。

标准的恒星日（地球相对周围某一恒星而言，完成自转一周所需的时间）是23小时56分4.09秒，四舍五入后，记为24小时。

此外,我们的许多宗教对日历进行了模糊处理,以便将确定节日的权力交给神职人员。(如何计算复活节日期的秘密最初就是被严格保护起来的。)

但尼安德特人的社会是非农业社会,且不存在宗教,所以他们没必要把计算时间变得过于复杂。因为朔望月(两个相邻满月之间的间隔时长)对他们的生殖生物学非常重要,因此他们从来不会改动朔望月的时长。当然,任何人只要仰望夜空,就能得知以此法计算的时间,所以这比我们的系统要公平得多。

尼安德特人计算时间的最小单位是"拍",最初的定义是一次心跳所需的完整时长,但现在的正式定义是一个恒星日的十万分之一。

尼安德特人的其他计时单位大多是基本单位的十进制倍数。以下是尼安德特人所用的标准计时单位,以其持续时间的长短正序排列,并用我们的计时单位给出大致的等同时长:

尼安德特单位	等同时长
一拍	0.86 秒
百拍	86 秒
十分日	2.39 小时
日	1 个恒星日
月(时长全都相同)	29 天 12 小时 44 分
旬月	295.32 天
年	1 个恒星年
百月	8.085 个恒星年

代	10 年
千月	80.853 个恒星年

(如果只是非常粗略地估算,那我们可以把一拍看作一秒,把一百拍看作一分钟,把旬月看作一年,把百月看作十年,而把百代看作一个世纪)。

月 份

尼安德特人将一个月四等分,分别为新月、上弦月、满月和下弦月,并根据月经周期划分为特定的组别。

天数	事件
第一天	新月
第一天~第五天	月经高峰期
第八天	蛾眉月(上弦月)
第十天~第十七天	受孕期
第十五天	满月
第十五天	排卵高峰期
第二十二天	残月(下弦月)
第二十五~第二十九天	末候日

世 代

尼安德特人的世代间隔为十年。日历由三个数字组成:所在世代,所在世代中的月份,以及所在月份的天数。比如148/103/28就是自现代尼安德特历创立后第148代人首次按计划足月出生后(按照人类历法计,是公元前523年)的第103月(约为第8年年中)中的第28天(月亮是残缺的下弦月,马上就要消失了)。

世代	换算后的年份(公元)	现在的岁数(年)	角色
第148代	1993	8	梅嘎梅格·贝克、戴伯
第147代	1983	18	婕斯梅尔·凯特
第146代	1973	28	
第145代	1963	38	庞特,阿迪克、达卡拉·波尔贝
第144代	1953	48	
第143代	1943	58	玛拉巴·达布达尔巴(数据库管理者)
第142代	1933	68	萨德(审判长)
第141代	1923	78	

(机侣时代始于朗维斯·特洛波对植入装置的推广,在尼安德特历第140代末,大概公元1922年。)